Südstadt-Komplott

VII. Band der Peter-Merzenich-Reihe

Ein Kriminalroman von Gereon A. Thelen

Impressum

Math. Lempertz GmbH
Hauptstraße 354
53639 Königswinter
Tel.: 02223 / 90 00 36
Fax: 02223 / 90 00 38
info@edition-lempertz.de
www.edition-lempertz.de

1. Auflage – März 2019

Text: Gereon A. Thelen

Umschlaggestaltung, Satz: Ralph Handmann
Lektorat: Philipp Gierenstein, Eva Weigelt
Titelbild: fotolia

Printed and bound in Germany

ISBN: 978-3-96058-203-8

Gereon A. Thelen wurde 1978 in Köln geboren. Nach dem Abitur absolvierte er eine Ausbildung beim Zolldienst, sein Studium an der Fachhochschule schloss er als Diplom-Finanzwirt ab. Er arbeitet seit 2005 als Ermittlungsbeamter im Zollfahndungsdienst, zunächst beim Zollkriminalamt in Köln, seit 2009 beim Zollfahndungsamt Essen – Dienstsitz Köln. Sein Spezialgebiet ist das Verbrauchssteuerrecht. Gereon A. Thelens erster Peter-Merzenich-Krimi, „Ehrlos“, erschien 2009.

Südstadt-Komplott

VII. Band der Peter-Merzenich-Reihe

Ein Kriminalroman von Gereon A. Thelen

EDITION
LEMPERTZ

Prolog – Teil I (Das schwarze Schaf)

Köln-Innenstadt, Donnerstag, 29. Juli 1999, 14:25 Uhr

Sie hatten bereits einen harten Tag hinter sich. Die Kollegen der Ermittlungsgruppe „Tasna“ hatten sie um Hilfe ersucht. Diese Spezialeinheit des für Diebstahl zuständigen innerstädtischen KK 3 war vor zwei Jahren aufgestellt worden, um die ausufernde Zunahme an Taschendiebstählen durch rumänische Jugendliche einzudämmen.

So waren sie den ganzen Vormittag rund um Domplatte, Roncalliplatz und Hohe Straße unterwegs, um verdächtige rumänische Sinti- und Romakinder zu observieren. Und wieder einmal war ihnen Florin, ein rotzfrecher Dreizehnjähriger, ins Netz gegangen. Diesem Typen hätten sie am liebsten die Ohren langgezogen, als er sich losschüttelte und fast akzentfrei sagte: „Du kannst mir gar nix, Mann. Ich bin erst dreizehn! Jetzt zieh ab, Alter!“

Tja, damit hatte dieser Lümmel leider recht. Viermal erwischten sie ihn noch im Laufe des Vormittags.

Was hatte diese ganze Aktion gebracht? Nichts. Reine Zeitverschwendung, die einigen unaufmerksamen Passanten immerhin ihre prallgefüllten Portemonnaies zurückgebracht und damit ihre Shoppingtour gerettet hatte.

Und jetzt saßen sie in der brütenden Hitze in ihrem alten Kombi, einem dunkelroten VW Passat Variant von 1990, der vor seiner Zeit beim innerstädtischen ET bereits Jahre als ZKB[1]-Fahrzeug im Einsatz gewesen war und schon zig Beulen und Schrammen

1 Abk. f. „(Unterabteilung) Zentrale Kriminalitätsbekämpfung“ (ehem. Organisationseinheit des Polizeipräsidiums, in der die Kriminalkommissariate für die Bekämpfung der mittleren und schweren Kriminalität zusammengefasst waren)

hatte. Zu allem Überfluss hatte die Wolfsburger Karre auch noch ein Bergheimer Tarnkennzeichen.

„Arnold 31/82", wie das Zivilfahrzeug laut Kodierstecker im Funkverkehr hieß, passte nun wirklich wie die Faust aufs Auge zu ihm und seinem jungen, nervigen Kollegen. Ihm, dem abgebrühten Polizeihauptmeister, der sich vor einigen Jahren von seinem neuen Job beim ET, dem Einsatztrupp der Polizeiinspektion 1, noch einen Sprung auf der Karriereleiter zum Kommissar versprochen hatte, konnte nun keiner mehr etwas vormachen. *Alles die gleichen Wichser, die da hochtrabend von Recht und Ordnung lamentieren, um uns zu motivieren, und sich mit ihren goldenen Sternen auf der Schulter vor die Kamera stellen und über irgendwelche Kriminalstatistiken fachsimpeln*, dachte er bei sich.

Ihm war eines bewusst: Jeder war auf sich allein gestellt – auch bei der Truppe. Er wusste, dass er von seinem Dienstherrn nichts mehr zu erwarten hatte. Darum nahm er den ganzen Scheiß auch nicht mehr ernst. Sich in ein Auto ohne Klimaanlage setzen und den ganzen Tag 'nen saublöden Kleindealer observieren? Aber gerne doch! Besser, als auf der Couch rumlungern und in die Glotze gucken. Es war ein nettes Zubrot zu seinen eigentlichen Haupteinnahmequellen ...

Aber das war doch wirklich der größte Witz, dass er jetzt mit diesem Hirnamputierten in einem Auto sitzen musste. Er blickte den Mann am Lenkrad verstohlen an. Kurze, dunkelblonde Haare, Plauze, wulstige Lippen – der Typ sah doch aus wie'n Riesenbaby, stellte er lächelnd fest. Tatsächlich wirkte sein Kollege mit seiner Entenjägerweste, der Hose mit Tarnmuster, der Ray-Ban-Sonnenbrille und der Yankees-Baseballkappe wie ein texanischer Hinterwäldler.

Sein ET-Leiter Uwe hatte ihn vor vier Wochen als Polizeimeister Jan Wickrath vorgestellt. Zweiundzwanzig, nach der Zeit bei der Brühler Hundertschaft im Streifendienst bei der PI 5 in Nippes

tätig – hochmotiviert, wenn auch so was von einfältig, wie sich sein erfahrener Kollege auf dem Beifahrersitz dachte.
Wickrath stammte aus dem kleinen Kaff Rommerskirchen im Kreis Neuss. *'n Landei, das davon besessen ist, in der größten Stadt von NRW für Ordnung sorgen zu müssen und einen auf Wyatt Earp machen zu können*, glaubte Dümbgen zu wissen.
Müde lächelnd stellte Christian Dümbgen die Rückenlehne des Beifahrersitzes weiter zurück, so dass er fast lag.

Sein Nebenmann hingegen hatte sich die Einsatzanforderung der sachbearbeitenden Dienststelle, das für die Allgemeine Rauschgiftkriminalität zuständige KK 33, in allen Einzelheiten gemerkt:

Zielperson (ZP): STAAKOW, Roy
Personenbeschreibung: 170 cm, kurzrasierte rotblonde Haare, durchtrainiert
Geburtstag und -ort: 18. April 1967 in Berlin-Kreuzberg
Beruf: Kfz-Schlosser (derzeit arbeitslos)
Adresse (Zielobjekt [ZO]): Im Ferkulum 7,
50678 Köln-Altstadt/Süd
Zielfahrzeug (ZF): orangeroter Oldsmobile Toronado,
Erstzulassung 06/1980, amtl. Kennzeichen K-A 148

Kurzsachverhalt:
ZP wird verdächtigt, trotz einschlägiger Vorstrafen weiterhin im Bereich der Innenstadt Heroin an Betäubungsmittelkonsumenten (BTMK) abzugeben.

Auftrag:
Erstellung Bewegungsbild. Dokumentation (schriftlich sowie fotografisch) der Anfahrtspunkte und Treffen der ZP mit Kontaktpersonen.

Bei möglicher Feststellung BTM-Übergabe ist Zugriff erst nach Rücksprache mit Sachbearbeitung, KHK Reuter, Durchwahl -83 34, freigegeben.

Besonderheiten/Hinweise:
Vonseiten ZP ist laut gesicherten Erkenntnissen auf Grund regelmäßiger Aushilfstätigkeit als Türsteher in der Studentendisco „Das Ding" erst ab Nachmittag mit auswärtigen Aktivitäten zu rechnen.

Wie lange hatte Wickrath doch darauf gewartet, endlich zum ET einer der neun Kölner Polizeiinspektionen zu kommen. Schließlich genossen die in Zivil agierenden Schutzpolizisten, die für die Bekämpfung der Straßen, Drogen- und Beschaffungskriminalität verantwortlich waren, innerhalb der Truppe einen guten Ruf. Er war dankbar, ausgerechnet zum arbeitsintensiven Innenstadt-ET gekommen zu sein und würde sich über alle Maßen in die Arbeit knien. Das hier war seine Chance, sich für die Spezialeinheiten zu qualifizieren. Er war der festen Überzeugung, diese Chance auch zu nutzen. Auch wenn er seinen Teamkollegen, diesen prolligen und leicht abgehalfterten PHM Dümbgen, alles andere als vorbildlich empfand.
Der untersetzte Siebenunddreißigjährige mit graumelierten Haaren, Stirnglatze und Knollennase sah mit seinem weit aufgeknöpften, bunt bedruckten Hemd, das zu Beginn des Jahrzehnts sicherlich mal als modisch-schick galt, der goldenen Halskette, dem Pilotenblouson aus Glanzseide sowie der schwarzen Lederhose und den Westernstiefeln eher wie ein Angehöriger der Gegenseite aus, die er eigentlich im Auge behalten sollte.

Während Dümbgen die ohnehin stickige Luft in dem geräumigen VW-Kombi mit einem lautstarken Furz verpestete, blickte

Wickrath gebannt auf das Zielobjekt, die Hausnummer 7 – ein schmales, dunkelgraues Gebäude, dessen Fassadenbereich nur aus der Eingangstür und einem Garagentor sowie den drei erkerartigen, übereinanderliegenden Fensterfronten bestand.
Am Ende der kleinen Einbahnstraße Im Ferkulum erblickte er das sandsteinfarbene Severinstor, das den Abschluss der parallel zu ihrem momentanen Aufenthaltsort verlaufenden Severinstraße bildete.
Seitdem sie vor anderthalb Stunden, um 12:55 Uhr, eingetroffen waren, war rein gar nichts passiert – außer vielleicht, dass Dümbgen ziemlich intensiv nach billigem Fusel stank. Wickrath sah darüber hinweg. Wahrscheinlich war es in der Truppe üblich, mit Restalkohol zum Dienst zu erscheinen. *Die sind wohl immer ziemlich gestresst, brauchen das, um runterzukommen. Und selbst, wenn nicht – mir steht darüber kein Urteil zu. Ich habe einen Auftrag zu erledigen*, dachte er und griff entschlossen nach dem Peiker-Handmikro. Es wurde wieder mal Zeit für eine Sachstandsmeldung.
„31/81 von 31/82! Zurzeit keine besonderen Vorkommnisse! Lage weiterhin statisch!“
Es rauschte im Funkgerät. „Verstanden, 31/82! – Hey, Chrissy, dein neuer Kumpel hat aber ’nen ganz schön dicken Stock im Arsch! Mach den mal ’n bisschen locker, Mann! Der hört sich ja an wie so ’ne Leitstellen-Tunte!“, sagte Polizeikommissar Ralf Knübig am anderen Ende der Leitung.
Während Wickrath leicht verlegen rot anlief, riss ihm Dümbgen das Mikro aus der Hand. „Wem sagste das, Alter?! Dem Typen geht bei so ’ner Obs wahrscheinlich einer ab! Ich glaub, der ist schon ganz feucht im Höschen! Aber ich bemüh mich! Ende!“
Dümbgen griff in die Innentasche seines Blousons. „Hier, Jung, komm mal runter!“, sagte er und reichte ihm die kleine Flasche Korn, die nur noch halbvoll war.

„A-aber wir sind doch im Dienst?!“
„Laber nicht und sauf!“, sagte Dümbgen und presste ihm die Flasche auf die Brust.
Zögernd nahm Wickrath einen glucksenden Schluck. Er konnte sich eigentlich nicht vorstellen, dass dieses Verhalten den Vorschriften entsprach. Aber dem erfahrenen Kollegen zu widersprechen, traute er sich nicht.

Chrissy Dümbgen steckte die Flasche wieder ein und griff nach seinem Handy.
So langsam machte ihn das lange Warten richtig geil. *Ich glaub, ich muss mal wieder dringend zu Angélique, es ihrer heißen Möse besorgen*, dachte er und stellte sich seine Freundin in ihrer ganzen prallen Nacktheit vor. Ein Gedanke, der ihn von Sekunde zu Sekunde immer mehr stimulierte. So griff er nach seinem Handy und wählte ihre Nummer.
Angélique, die eigentlich Angelika Findeisen hieß, war sein bestes „Pferd im Stall“. Schwarze Haare, braun gebrannt – sie sah aus wie eine Südländerin und ging im Bett auch dementsprechend temperamentvoll ab. Die Freier zahlten überdurchschnittlich gut für eine Stunde mit ihr – besser als für seine anderen Mädchen. Dümbgen fühlte sich irgendwie zu ihr hingezogen. Bei guten Bekannten nannte er sie auch liebevoll seine „Freundin“. Gemessen daran, dass er sie nicht so häufig grün und blau prügelte wie seine übrigen „Damen“, stimmte das ja auch irgendwie.
„Hey, Baby, ich brauch mal wieder 'nen Stoß! Komm sofort in den Bonner Hof, klar?! Beeil dich! Ich hab's nötig!“, blökte Dümbgen in das Handy und legte auf.
Wickrath traute seinen Ohren kaum. Er hatte bislang keinen erfahrenen Kollegen kennengelernt, der sich derart seltsam verhielt.

Dümbgen langte nach dem Peiker. „31/81 von 82! Wir machen mal eben 'ne Versorgungsfahrt!"
„Ja, verstanden! Bis gleich!", antwortete am anderen Ende der Leitung Polizeihauptkommissar Uwe Schmahlacker, der Leiter des Innenstadt-ET.
Er wusste, was Dümbgen vorhatte, aber er war machtlos. Schließlich hatte ihn der Polizeihauptmeister vor einem Jahr bei der Weihnachtsfeier derart mit Wodka und Tequila abgefüllt, dass er sich an nichts erinnerte. Am nächsten Morgen war er neben der nackten Angélique im Hotel garni „Bonner Hof" in der Elsaßstraße wach geworden, das Dümbgens Tante gehörte.
„Ich möchte, dass du dich in Zukunft nicht mehr in meine Angelegenheiten einmischst!", hatte Dümbgen ein paar Stunden später im Büro gesagt und ihm die Polaroidbilder von Angélique beim Oralverkehr auf den Schreibtisch geschmissen. Seitdem war er vollends in Dümbgens Hand. Seine Frau hätte sofort die Scheidung eingereicht, wenn sie Wind von dem Abend im Bonner Hof bekommen hätte. Also spielte er mit.
Jetzt saß der untersetzte Schmahlacker mit seinen kurzrasierten grauen Haaren, der Brille und dem fliehenden Kinn auf dem Beifahrersitz von „Arnold 31/81", einem weißen Golf III mit Siegburger Kennzeichen, im benachbarten Severinswall und wartete auf den Einsatz.

Sein braun gebrannter, dunkelhaariger Kollege in den Dreißigern auf dem Fahrersitz lächelte über beide Ohren und gab den Blick auf seine strahlend weißen Zähne preis. Polizeikommissar Ralf Knübig hatte erst im Vorjahr seine Aufstiegsausbildung beendet und allen Grund zum Lachen. Kurz nachdem er zum innerstädtischen ET gekommen war, hatte er herausgefunden, welche dreckigen Geschäfte sein Kollege Dümbgen abzog – Grund genug, ihn mit seinem Wissen zu erpressen und als „stiller Teilhaber"

abzukassieren. Die Geschäftsbeziehung zu Chrissy funktionierte einwandfrei. Er spielte mit, muckte nicht auf. Besser hätte es nicht laufen können. Die zwanzig Prozent der Einnahmen von Dümbgens „Nebenaktivitäten“ hatten gereicht, einen Teil seiner schönen Eigentumswohnung im Colonia-Haus in Riehl zu finanzieren.
Aber jetzt hatte er einen neuen Plan ins Auge gefasst, der den „Deal“ mit Chrissy völlig bedeutungslos erscheinen ließ:
Das kinderlose Ehepaar Henriette und Karl-Ludwig von Hohenfels, Hauptaktionär der namhaften Kölner Privatbank „Hohenfels'sche Credit-Anstalt AG“, hatte per Zeitungsannonce in einer bislang beispiellosen Aktion geeignete Adoptionsbewerber gesucht, die ihr Erbe antreten sollten.
Ralf Knübig hatte umgehend alle erforderlichen Unterlagen eingereicht und war laut handgeschriebenem Brief Karl-Ludwig von Hohenfels', der sich neben der Tätigkeit als Aufsichtsratsvorsitzender seiner eigenen Bank nebenberuflich als Honorarkonsul des kleinen mittelamerikanischen Staates Belize verdingte, in die nähere Auswahl gekommen.
Knübig hatte die mit Federhalter auf feinstem Briefpapier verfasste Nachricht sorgsam gefaltet und in seiner Schreibtischschublade eingeschlossen. Ihren Inhalt hatte er sich genauestens gemerkt. Wort für Wort.

Sehr geehrter Herr Knübig,
lieber Ralf,

mit großer Freude haben wir Ihre Nachricht zur Kenntnis genommen, die uns vor wenigen Tagen ereilte.

Ohne unserer endgültigen diesbezüglichen Entscheidung vorwegzugreifen, möchte ich mir erlauben, Ihnen mitzuteilen, dass Sie sich aufgrund des von Ihnen vermittelten sog. „ersten Eindrucks“

und Ihres integren Charismas zu dem erlesenen Personenkreis zählen dürfen, den meine Ehefrau und ich für eine etwaige Adoption favorisieren.

Ich bitte um Nachsicht, dass das Auswahlverfahren noch einige Zeit in Anspruch nehmen wird. Wir werden uns mit unserem Notar beraten und uns alsbald bei Ihnen melden.

Bis dahin verbleibe ich mit vorzüglicher Hochachtung

Ihr Karl-Ludwig von Hohenfels

Jetzt hieß es, abzuwarten und zu hoffen. Wenn das klappte, konnten ihn diese ganzen Arschgeigen mal kreuzweise. Er würde den Dienst quittieren und sich ein sorgenfreies Leben machen, im eigenen Privatjet zwischen Köln-Hahnwald, Monaco und der Karibik pendelnd – immer ein Glas Champagner in der Hand und eine traumhaft schöne Frau im Arm. Der Gedanke an das bevorstehende Leben als James-Bond-Verschnitt gefiel ihm von Tag zu Tag besser. Aber jetzt war ihm in der kleinen Karre einfach nur warm. Da sie auf Grund des Funkverkehrs die Fenster nicht öffnen konnten, hatte er kurzzeitig überlegt, die olivgrüne Feldjacke auszuziehen und auf den Rücksitz zu werfen – keine allzu gute Idee, da er darunter das Gürtelholster mit der klobigen SIG Sauer P6 trug. Und da sie sich so unauffällig wie möglich verhalten mussten, kam es leider nicht in Frage, sich Kühlung zu verschaffen. Also musste er schwitzenderweise der Dinge harren.
Der Gedanke an den Wodka Martini, den er sich an der Hotelbar auf Mauritius gönnen würde, sobald er von dem Ehepaar von Hohenfels adoptiert worden war, sorgte zumindest kurzzeitig für Linderung.

„Ich bin gleich wieder da!", hatte Dümbgen zu Wickrath gesagt und das Handfunkgerät mitgenommen, kurz bevor er aussteigen wollte. Sie hatten unmittelbar vor dem Bonner Hof in der Elsaßstraße geparkt, einem langweiligen beigefarbenen Nachkriegsbau mit vier Etagen und einem Dachgeschoss, dessen Eingangsbereich in altmodischem Rotbraun verklinkert war.

Leicht fassungslos schaute Wickrath seinen Kollegen an. „A-aaber was soll ich denn jetzt machen?"

„Mensch, Jung, hol dir einen runter oder geh zu den Kollegen nach gegenüber und trink dir 'nen Kaffee! Aber nerv mich nicht!", sagte Dümbgen und schlug lauthals die Beifahrertür zu.

Wickrath schaute auf den nüchtern-modernen Backsteinbau auf der anderen Straßenseite, der die Polizeiwache Severinsviertel der PI 1 beherbergte.

Zwei uniformierte Kollegen hatten dort vor der Eingangstür gerade ihren grün-weißen Mondeo geparkt und waren ins Gebäude gegangen.

Sollte er wirklich die Kollegen auf der Wache um einen Kaffee bitten? Nein, er würde sich vorbildlich verhalten und seinen Posten nicht aufgeben – auch wenn er mehrere hundert Meter vom Zielobjekt, der Wohnung Staakows, entfernt war.

In der Zwischenzeit hatte Dümbgen den stickigen Rezeptionsbereich des kleinen Familienhotels betreten, das seiner betagten Tante Irmgard gehörte. Es müffelte nach Mottenkugeln und altem Teppich. Hinter der hölzernen Theke erblickte er Heinz, den schlaftrunkenen Portier, der so lange er denken konnte für seine Tante gearbeitet hatte und in einem Jahr in Rente ging.

Der schmächtige kleine Mann war eingeschlafen und lag mit dem Kopf auf dem Schreibtisch, so dass sein Toupet verrutscht war. Dümbgen musste lächeln. Als Kind hatte er sich einen Spaß daraus gemacht, die Tischklingel ohne Unterbrechung zu betätigen, sobald Heinz eingenickt war. *Der Typ ist echt 'ne wandelnde*

Schlaftablette, dachte er und schüttelte belustigt den Kopf.
In dem flackernden Fernseher auf dem Schreibtisch lief irgendeine Dokumentation. Dümbgen trat hinter den Tresen und schnappte sich den Schlüssel für Zimmer 1, sein Stammzimmer, das er immer für seine Schäferstündchen mit Angélique nutzte. Kaum, dass er den Schlüssel – vom schlummernden Heinz unbemerkt – geholt hatte, wurde die Haustür geöffnet. Angélique betrat in viel zu knappem Ledermini und Leopardenoberteil das Hotel.
„Na endlich!", raunzte Dümbgen die eingeschüchterte Frau Anfang dreißig an und fuhr ihr mit der Hand unter den kurzen Rock, den er hochschob.
„Ich hab extra nix drunter!", flüsterte sie zaghaft.
„Hältst du mich vielleicht für blöd? Das hab ich doch schon selbst gemerkt! So, komm, ich hab nicht ewig Zeit!", fuhr er sie an und zerrte sie an der Hand ins erste Obergeschoss, wo er, kaum, dass er das Zimmer betreten hatte, ihren Rock weiter hochschob und von hinten mit einem heftigen Stoß in sie eindrang.
Nach gut zwei Minuten war die Sache vorbei. „Das war so schön", sagte Angélique und streichelte Dümbgen über die Wange.
„Mensch, Alte, spar dir dein Liebesgesülze für die Freier!", antwortet er ungehalten, fegte ihre Hand von seiner Wange und rülpste laut, nachdem er einen kräftigen Schluck Korn getrunken hatte.
„Was macht die Tageskasse?", fragte er, während Angélique ihn immer noch schmachtend ansah. *Ich würde alles für ihn tun. Er ist so stark und männlich.*
„Ja, also, mehr als 150 hab ich heute noch nicht einnehmen können. Du hast mich ja schließlich angerufen und da musste ich ja vom Strich weg und ..."
Dümbgen zog an ihren langen schwarzen Haaren. „Halt die Klappe! Seh ich aus wie die Heilsarmee, oder was? Willst du

mir jetzt etwa die Schuld geben, wenn du keine Typen an Land ziehst? Ich glaub's ja nicht!", sagte er und holte kräftig aus.
Durch den Schlag war Angéliques Lippe aufgeplatzt. Sie taumelte zurück und fiel auf das Bett.
„Heute Abend treffen wir uns wieder hier! Und wenn du dann nicht mindestens 500 Mark mitbringst, wirst du dir wünschen, mir nie begegnet zu sein, Miststück!", schrie er sie an.
Angélique heulte auf, als sie sah, dass Blut von ihrer Lippe auf ihr Oberteil tropfte.
Dümbgen deutete auf das blutige Top und die aufgeplatzte Lippe. „Mach dich mal frisch, Mensch! Siehst ja schrecklich aus! So verdienste heute keinen Pfennig mehr!", schrie er, mehr auf sich selbst als auf Angélique wütend. Schließlich könnte sich seine Unbeherrschtheit noch „geschäftsschädigend" auswirken: Welcher Freier wollte es schon mit einer Nutte treiben, deren Gesicht wie nach einer üblen Kneipenschlägerei aussah?
Grußlos verließ er das Zimmer und hinterlegte den Schlüssel an der Rezeption. Er drückte mehrmals auf die Tischklingel, so dass Heinz unweigerlich wach werden musste. Aber bevor der überhaupt zu sich gekommen war, hatte Dümbgen das Hotel verlassen und saß wieder in dem bordeauxroten Zivilwagen.
„So, es geht doch nix über so 'nen richtig geilen Nachmittagsfick, was, Wickrath?!"
Aber Jan Wickrath antwortete darauf nicht. Er hatte nur Angst, dass sie Staakow durch ihren „Ausflug" unter Umständen verpasst haben könnten. Also gab er jetzt Gas. Seltsamerweise war ihr Parkplatz noch frei, als sie in der kleinen Einbahnstraße Im Ferkulum wieder Position bezogen.
Wickrath beeilte sich, nach dem Mikro zu greifen. „31/81 von 31/82! Haben wieder Standort bezogen!"
„Verstanden, 31/82! – Und, war's gut, Chrissy?", fragte Ralf, unüberhörbar amüsiert.

Dümbgen riss dem jungen Kollegen das Peiker aus der Hand. „Danke der Nachfrage! Kann nicht klagen!“, antwortete er überdurchschnittlich freundlich. Auch wenn er diesen Emporkömmling Knübig auf den Tod nicht ausstehen konnte – er musste gezwungenermaßen nett zu ihm sein. Der Typ war der Einzige, der seinen Geschäften ernsthaft in die Quere kommen konnte. Also musste er gute Miene zum bösen Spiel machen.

Die Zeit verging. Inzwischen war es halb fünf. Dümbgen hatte seine Flasche Korn fast geleert. Staakow, die Zielperson, rührte sich nicht. Das würde sich dieser laufende Meter aus Berlin auch nicht trauen, dachte Dümbgen selbstsicher und nahm einen Schluck Korn. Schließlich hatte er mit Dümbgen eine Vereinbarung. An jedem Deal, den er abschloss, verdiente Dümbgen gut 60 Prozent.

Er hatte Staakow vor etwas mehr als zwei Jahren auf frischer Tat erwischt, als er einem Junkie am Dionysos-Brunnen unter der Domplatte ein paar Gramm Heroin verkaufte. Seitdem war er in Dümbgens Hand, unterrichtete ihn über jeden geplanten Verkauf.

Aber an jenem Tag sollte Dümbgen sich irren und eines Besseren belehrt werden.

Es war bereits 17:24 Uhr, als das Garagentor der Hausnummer 7 aufging und ein ungepflegtes orangerotes US-Coupé aus den frühen Achtzigern, dessen hinterer Dachbereich mit orangefarbenem Vinyl bezogen war, auf die Straße fuhr. Der Motor machte sich mit dem satten Blubbern eines amerikanischen V8-Motors lautstark bemerkbar. Ein kleiner Mann mit kurzen rotblonden Haaren, auf den die Personenbeschreibung der Zielperson Roy Staakow passte, stieg aus und schloss das Tor, wobei der Fransenbesatz seiner Westernjacke sichtbar wurde.

Staakow setzte sich ins Auto und fuhr los. Wickrath startete den Motor des großen VW, während Dümbgen, immer noch fassungslos vor Wut, nach dem Mikro griff. Das würde er diesem Wichser heimzahlen! Niemand hatte ihn zu hintergehen. Niemand.

„31/81 von 82! ZP hat sich mit ZF in Bewegung gesetzt. Wir sind dran!"

„Ja, verstanden!", antwortete Schmahlacker.

„Passieren Einmündung Severinstraße und Kölner Bank, ZF blinkt links und biegt links ab in Severinswall. Sind weiterhin in A. Passieren Früh em Veedel, Weiterfahrt geradeaus."

„In Ordnung, 31/82!", antwortete Schmahlacker, während Dümbgen und Wickrath den im Severinswall abgestellten weißen Golf mit den beiden Kollegen passierten, der sich jetzt auch in Bewegung setzte.

„31/82! Wir sind hinter euch in B!"

„Ja, ich seh euch! ZF blinkt rechts und biegt ab auf Alteburger Straße. Passieren Tagesklinik mit 35 km/h ... ZF bremst ab und hält am rechten Fahrbahnrand ... ZP steigt aus und betritt Colonia-Apotheke."

Nach fünf Minuten ging die Fahrt weiter. „ZP kommt mit Plastiktüte aus Apotheke, steigt in ZF ... Biegt rechts ab auf Ubierring, Weiterfahrt geradeaus ..."

So ging das Spiel weiter, bis sie letztendlich in den Rheinufertunnel fuhren, an dessen Ende sie sich links einordneten.

„Kommen an roter LZA zum Stehen, linke Hand Musical Dome. Hinweisschild Nord-Süd-Fahrt ... LZA wird grün, ZF fährt an, biegt links ab in Goldgasse, rechte Hand alte Bundesbahndirektion. Könnt ihr wieder in A gehen?", fragte Uwe Schmahlacker.

„Aber sicher doch!", antwortete Dümbgen, während Wickrath den Passat Variant konzentriert durch den Stadtverkehr lenkte.

„Weiterfahrt mit 55 km/h, rechte Hand DEVK-Versicherungen passiert. Hauptbahnhof voraus ... ZF blinkt links und biegt Höhe Kommerz-Hotel links ab. ZF blinkt direkt wieder links und fährt auf Busbahnhof, wir ziehen nach!"
„Ja, verstanden! Wir bleiben am Taxistand am Breslauer Platz stehen!"

Der alte Toronado fuhr auf die hässliche Betonplatte im Schatten des Hauptbahnhofes, der den zentralen Busbahnhof beherbergte. Im Hintergrund war das riesige blaue Zelt des Musical Dome sichtbar, deren bisherige Betreiber im Vorjahr Konkurs anmelden mussten.
Dümbgen deutete Wickrath, am Rande des großen Parkplatzes neben einem Reisebus anzuhalten. Am anderen Ende des Platzes stieg Staakow aus, guckte sich verschwörerisch um und öffnete den Kofferraumdeckel. Wickrath griff nach dem Fotoapparat auf dem Rücksitz.
„Lass die Scheiße!", fuhr ihn Dümbgen an und nahm ihm die Kamera ab. Er hatte schließlich ganz andere Pläne.
Während Wickrath jetzt per Funk einen Lagebericht durchgab, beobachtete Dümbgen, wie ein ausgemergelter, hohlwangiger Mann mit langen Haaren und aschfahler Haut Richtung Staakow und seinem Oldsmobile schlurfte. Sie begrüßten sich per Handschlag. Staakow reichte ihm ein kleines Tütchen aus dem Kofferraum, der andere, offensichtlich ein Junkie, reichte ihm ein paar Geldscheine.
Die beiden Männer verabschiedeten sich, Staakow setzte sich in seinen alten Amischlitten und fuhr los.
„Sollen wir jetzt nicht lieber diesen Hauptkommissar Reuter vom KK 33 benachrichtigen?", wollte Wickrath wissen.
„Halt ja die Klappe, du Arschloch!", wurde er von dem immer wütender werdenden Dümbgen angeschrien, der nach dem Mi-

kro griff. „31/81! Wir hängen uns ans ZF! Ihr könnt jetzt abbrechen!“
„Ja, verstanden! Viel Erfolg!“, antwortete Schmahlacker. Er wusste, was Dümbgen vorhatte – und es gefiel ihm überhaupt nicht ... Aber er konnte es nicht verhindern.
Der Toronado bog links ab, fuhr weiter auf der Rheinuferstraße Richtung Zoobrücke.
„Los, überhol den Arsch!“, schrie Dümbgen.
„A-aber ...“
„Schnauze! Mach gefälligst, was ich sage, Mann!“
Wickrath holte alles aus dem spießigen Automatik-VW raus und setzte sich auf ein Zeichen Dümbgens neben das Zielfahrzeug, das auf der rechten Spur fuhr.
„Na warte, du Sau!“, sagte Dümbgen erzürnt und langte unter den Beifahrersitz, wo die Anhaltekelle lag. Er kurbelte das Fenster herunter und schwenkte die Kelle.
Mit Panik in den Augen sah Staakow, dass sich in dem Zivilwagen, der auf gleicher Höhe mit ihm fuhr, der menschgewordene Albtraum Dümbgen befand. Wenn der herausfand, dass er ihn hinterging und trotz anderslautender Warnungen weiterhin Deals auf eigene Rechnung abzog, konnte er sich verdammt warm anziehen.
Der Bergheimer Passat setzte sich jetzt vor seinen Wagen und geleitete ihn auf einen bei Campern und Ausflüglern äußerst beliebten Parkplatz in unmittelbarer Nähe des Rheinufers, unterhalb der Bastei.
Nach ein paar Metern auf der holprigen Kopfsteinpflasterpiste hielt der Zivilwagen in einer Parktasche an, Dümbgen stieg aus und beugte sich in den Innenraum.
„Du bleibst im Wagen, klar?!“, sagte er bestimmt in Polizeimeister Wickraths Richtung.
„Geht klar“, antwortete der eingeschüchtert.

Mit entschlossenem, wenn auch dank des Alkoholkonsums leicht schwankendem Schritt ging Dümbgen auf den Amischlitten zu. Staakow verkrampfte sich am Steuer zusehends und wurde immer panischer.
Dümbgen pochte gegen die Seitenscheibe und deutete Staakow mit einem Kopfnicken an, auszusteigen.
Der tat gezwungenermaßen, wie ihm befohlen. „Hallo Chrissy, allet in Butta?", bemühte sich Staakow zu schauspielern, doch sein nervös zuckendes linkes Auge verriet das schlechte Gewissen. Er hoffte inständig, die Sache mit halbwegs heiler Haut zu überstehen.
Aber Dümbgen hatte sich längst entschieden. Als er sah, dass das ältere Pärchen mit den beiden Retrieverhunden außer Sicht- und Hörweite und die Luft somit rein war, griff er in seine Hosentasche und holte den Schlagring raus, den er sich über die rechte Hand streifte. Bevor Staakow wusste, was los war, hatte er ihm einen heftigen Hieb in die Magengrube verpasst. Staakow ging vor Schmerz schreiend zu Boden. Als sich der Kleindealer auf dem Kopfsteinpflaster krümmte, verpasste er ihm mit seinen schweren Cowboystiefeln ein paar saftige Tritte in seine Rippen.
„Hör uff, Mann, mach keen Scheiß! Bitte hör uff! Nimm die Penunse, aba lass ma am Le'm! Ick wollte janz bestimmt keene Zicken machen!", winselte Staakow.

Zwischenzeitlich war Wickrath mit entsetztem Blick ausgestiegen. „Hey, Chrissy, also ..."
Dümbgen preschte wie ein wilder Stier auf seinen jungen Kollegen los und packte ihn am Kragen. „Ein Ton von dir und du kannst mit meinem Schlagring auch mal Freundschaft schließen, klar?! Die Sache hier ist für dich Trottel 'ne Nummer zu groß! Zisch ab, setz dich in die Karre und hör 'n bisschen Polizeifunk! Da stehste doch drauf, du verblödetes Riesenbaby!"

Mit schlotternden Knien folgte Wickrath den Anweisungen seines Vorgesetzten, setzte sich mit Tränen in den Augen und zitternder Unterlippe wieder ins Auto. Auch wenn er merkte, dass er in einen Sumpf aus Korruption und Verbrechen geraten war, war die Erkenntnis, dem hilflos ausgeliefert gegenüberzustehen, zu viel für den jungen Beamten.

Währenddessen prügelte Dümbgen immer weiter auf Staakow ein – der sich gar nicht wehren konnte, da sich der Polizeihauptmeister mit voller Wucht auf seinen Brustkorb gekniet hatte und er somit kaum Luft bekam.
Dümbgen blickte in das zerschundene, blutbesudelte Gesicht des Dealers.
„Ich hoffe, das war dir 'ne Lehre, Arschloch!“, sagte er, durchsuchte Staakows Jackentaschen und nahm sein Portemonnaie und das Bündel Geldscheine an sich, bevor er den blutüberströmten Mann ohne jegliche Gefühlsregung am Boden liegend seinem Schicksal überließ.

Mit einem Gefühl tiefer Genugtuung stieg er wieder zu Wickrath ins Auto und klopfte dem ängstlichen Kollegen gönnerhaft auf die Schulter. „Tut mir leid, Jung, aber das war eben rein geschäftlich. Nimm's mir nicht übel.“
„Schon okay“, antwortete Wickrath mit viel zu heftigem Kopfnicken.
„Was jetzt?“, fragte Wickrath mit einem Blick auf Staakow, der sich taumelnd aufrappelte und schluchzend Richtung Wagen schwankte.
„Ich muss noch was an der Riehler Straße erledigen. Gib Gas, Mann!“
So fuhren sie zur ARAL-Tankstelle an der Riehler Straße, in unmittelbarer Nähe des Oberlandesgerichts und der Oberfinanz-

direktion. Dass sich ausgerechnet hier der Kölner Straßenstrich befand, war den Stadtoberen seit Langem ein Dorn im Auge.
Wickrath, dem der Schreck immer noch ins Gesicht geschrieben stand, lenkte den Passat auf das Tankstellengelände. Er blickte auf das halbe Dutzend leicht bekleideter Damen, die hier herumlungerten.
Dümbgen klopfte ihm auf die Schulter. „Meine Mädels! Alle absolut erstklassig und ganz schön versaut. Die gehen voll ab, Jung! Wie wär's: Ich geb an Silvester 'ne ganz persönliche Milleniumsparty, im kleinsten privaten Kreis. Alles ganz ungezwungen. Du bist herzlich eingeladen. Die Häschen sind auch da. Siehste die Rothaarige da hinten an der Waschstraße? Zuzana aus Tschechien. Mann, wenn die dir einen bläst, saugt die dir dein Gehirn gleich mit raus, ich schwör's dir!"
„Und – und die arbeiten alle für dich?!"
„Na, sagen wir mal so: Deren Zuhälter haben sie mir als so 'ne Art Schweigegeld kostenlos überlassen. Alles kleine Fische, die ihre eigentlich unbedeutenden Leichen im Keller haben. Aber ich hätte genug gegen sie in der Hand gehabt, um sie einzubuchten. Also haben wir uns so geeinigt. Halt mal an!"

Die rothaarige Zuzana Pavlásková hatte Angst. Pure Angst. Sie hasste es, Dümbgen zu sehen. Gegen ihn war ihr alter Zuhälter ein Waisenknabe. Aber dieser Bullenarsch – der setzt doch nur auf rohe Gewalt, dachte sie und zitterte vor Angst. Sie konnte gar nicht mehr zählen, wie oft er sie und die anderen schon windelweich geprügelt hatte. Und jetzt kam er auch noch auf sie zu. Aber wenn alles glattlief, war sie ihn bald los – wenn alles glattlief ...
Dümbgen trat vor sie und gab ihr einen Klaps auf den Po. Sein Schnapsatem ließ sie kurz würgen. „Zuzana, alles klar, meine Schöne? Wie sieht's aus? Ist doch heute schönes Sommerwetter – idealer Ficktag, oder?!"

„G-geht s-so“, stammelte sie.
Dümbgens Miene verdüsterte sich. „Was heißt das? Wie viel hast du denn schon eingenommen?“
„Zwei-zweihundertdreißig.“
„Was? Sag mal, hast du einen an der Waffel?“, fragte er, während er die Prostituierte unsanft am Oberarm packte. „Ich sag's dir nur noch einmal: Ich lass mich von euch Schlampen nicht verarschen! Sieh zu, dass du bis heute Abend mindestens das Doppelte ervögelst! Sonst kriegen die Jungs vom Ausländeramt 'nen Tipp von mir und dann kannste deine Klamotten packen und Richtung Heimat abdampfen! Ist das klar?! Ich bin doch hier nicht die Wohlfahrt! Ich will Kohle sehen!“
Zuzana nahm ihren ganzen Mut zusammen. „Chrissy, so geht das nicht weiter! Du behandelst uns alle wie den letzten Dreck!“
„Was war das?“, schrie der Polizist. „Willst du aufmucken, Püppchen? Weißt du was? Du steigst jetzt mit mir in den Wagen und dann fahren wir dahin, wo's schön einsam ist. Und dann werd ich dir mal zeigen, dich gegen mich aufzulehnen! Ich bin dein Boss, klar?!“
In diesem Moment öffnete sich die seitliche Schiebetür eines VW-Busses mit abgedunkelten Scheiben. Ein großer Mann mit dunklen, ordentlich gekämmten Haaren, kleiner ovaler Brille und roten Wangen, der ein kariertes Sommerhemd trug, stieg in Begleitung von zwei anderen Männern, die nach Verwaltungsbeamten aussahen, aus dem zivilen Transporter.
„Polizeihauptmeister Dümbgen?!“, fragte der Rotwangige.
„J-j-ja“, stammelte der nur.
„Johannes Wiesmann, KK 24“, antwortete der Kriminalbeamte des für die Bekämpfung der Organisierten Kriminalität und der Korruption zuständigen Kriminalkommissariats und zückte seine Dienstmarke. „Meine Kollegen Bürvenich und Poetes“, sagte er mit einem Blick auf die beiden anderen Beamten. „Herr

Dümbgen, Sie sind wegen dringenden Tatverdachts der Zuhälterei und der Bestechlichkeit vorläufig festgenommen. Machen Sie uns keinen Ärger!"

„Aber wieso? Ich hab hier doch nur Infogewinnung betrieben! Die Mädchen sind meine Informanten! Ich wollte Informationen zu ihrem Zuhälter! Mein Kollege Wickrath kann das bezeugen! Fragen Sie ihn doch!"

„Sparen Sie sich das Geschwätz, Mann! Sie sind eine Schande für die gesamte Polizei! Wir haben alles mitbekommen!", sagte Wiesmann mit Blick auf das Fahrzeuginnere, in dem sich ein Richtmikrofon befand.

Nachdem Poetes die Dienstwaffe Dümbgens und dessen Schlagring sichergestellt hatte, wurde er von Bürvenich durchsucht und gefesselt.

„Vielen Dank, Zuzana! Ohne Ihre Hilfe hätten wir das nicht geschafft!", sagte Kriminalhauptkommissar Wiesmann und schüttelte der erleichterten Frau, die es nicht mehr ausgehalten und sich der Polizei anvertraut hatte, die Hand.

Prolog – Teil II (Pressestimmen)

a) Kölner Stadt-Anzeiger, Mittwoch, 3. Mai 2000

Haftstrafen im Kölner Polizei-Skandal

Steffenhagen: „Aufatmen bei Kölns Polizei“

Köln - Vor dem Landgericht Köln ging gestern nach 24 Verhandlungstagen der spektakuläre Prozess um den ehemaligen Polizeibeamten Christian D. (38) mit einer Verurteilung des Hauptangeklagten zu 6 Jahren Haft zu Ende. D., dem unter anderem zur Last gelegt wurde, im Rahmen seiner Tätigkeit als Angehöriger der innerstädtischen Zivilstreife über Jahre hinweg Zuhälter und Prostituierte des Straßenstrichs an der Riehler Straße erpresst und sich letztendlich selbst als Zuhälter verdingt zu haben, beteuerte bis zuletzt seine Unschuld. Er habe nur „milieubedingte, durchaus gewöhnungsbedürftige Methoden der Informationsgewinnung“ angewandt, so Dr. Ulrike Engelhardt, seine Strafverteidigerin. Dies sei eine „ungeheuerliche Schutzbehauptung“, entgegnete Staatsanwalt Hans-Ulrich Krienen, der Anklagevertreter.

D.s Aussage stand von Anfang an im Widerspruch zu den Angaben der Hauptzeugin der Anklage, der tschechischen Prostituierten Zuzana P. (26), die mit ihrer Anzeige bei der Polizei das Verfahren gegen D. erst ins Rollen gebracht hatte. P. sprach in ihrer richterlichen Vernehmung von unvorstellbaren Gewaltexzessen des Angeklagten. Nachdem er das Geschäft von ihrem Zuhälter übernommen habe, seien Prügel und Drohungen „an der Tagesordnung“ gewesen. Zu den anfänglichen Verdachtspunkten Zuhälterei und Bestechlichkeit war aufgrund der Aussage des Polizeimeisters Jan W. (23), Teamkollege des Angeklagten, der Vorwurf des mehrfachen Verstoßes gegen das Betäubungsmittelgesetz gekommen. Die Ermittlungen der Polizei hatten letztendlich ergeben, dass D. mehrere Kleindealer mit seinem Wissen um ihre Taten erpresste und sich an ihren Gewinnen beteiligen ließ.

Mit der Verurteilung zu 6 Jahren Haft folgte die 4. Große Strafkammer des Landgerichts dem Antrag der Staatsanwaltschaft. Der mitangeklagte Polizeihauptkommissar Uwe S. (43), D.s ehemaliger Vorgesetzter, wurde wegen Strafvereitelung im Amt zu anderthalb Jahren Haft auf Bewährung verurteilt.

Die Führung der Kölner Polizei zeigte sich angesichts der Verurteilungen erleichtert. Polizeipräsident Klaus Steffenhagen sprach von einem „Aufatmen bei Kölns Polizei“. Kölns Leitender Polizeidirektor Winrich Granitzka sagte, dass Beamte wie D. und S. in den Reihen der Polizei „nichts zu suchen haben“, da sie die gesamte Behörde, die „auf qualititativ hohem Niveau arbeitet und in ihrer Unbestechlichkeit und ihrem bürgernahen Auftreten eine Vorbildfunktion für die gesamte Gesellschaft einnimmt, in Misskredit bringen“.

Für Überraschung unter den anwesenden Zuschauern sorgte Dr. Engelhardt, als sie im Namen ihres Mandanten auf Rechtsmittel verzichtete, obwohl D. bei der Verlesung des Urteils nur fassungslos mit dem Kopf schüttelte und spontan lautstark äußerte, dieses Urteil „niemals zu akzeptieren“. Das Urteil wurde somit rechtswirksam. (mk)

b) Kölner Stadt-Anzeiger, Freitag, 15. August 2003

Ehepaar in Belize tödlich verunglückt

Kölner Honorarkonsul von Hohenfels und Frau in Autowrack gefunden

Kingston/Jamaika - Wie Heinrich Kortmann, der auch in Belize akkreditierte deutsche Botschafter auf Jamaika, und Ralf Hohenfels auf einer gemeinsamen Pressekonferenz in Kingston mitteilen, wurde vergangenen Dienstag das Kölner Bankiersehepaar Henriette und Karl-Ludwig von Hohenfels in einem Autowrack am Rande des Western Highway bei San Ignacio im mittelamerikanischen Belize gefunden. Für den 62-Jährigen und seine 62-jährige Ehefrau kam jede Hilfe zu spät.

Nach offiziellen Angaben war der Jeep Cherokee des belizischen Honorar-Konsuls und Hauptaktionärs der traditionsreichen Kölner Privatbank „Hohenfels'sche Credit-Anstalt AG" aus noch ungeklärter Ursache von der Fahrbahn abgekommen und hatte sich mehrfach überschlagen.

Ralf von Hohenfels, der Adoptivsohn des Ehepaars, sprach von einer „unglaublichen Tragödie". Der Tod seiner Adoptiveltern sei die „schmerzlichste Erfahrung, die er je durchleben musste". Der ehemalige Polizeibeamte war erst vor rund vier Jahren von dem kinderlosen Millionärspaar adoptiert worden. Dieser Adoption war eine mehrfach kritisierte, beispiellose Anzeigenkampagne vorausgegangen, mit deren Hilfe das Ehepaar von Hohenfels nach geeigneten Bewerbern suchte. Nach Angaben des Adoptivsohns hielt sich das Ehepaar in seinem Landhaus am Rande von San Ignacio auf, um Urlaub zu machen. Dass die Reise in unmittelbarem Zusammenhang mit den Vorwürfen gegen die Von-Hohenfels-Stiftung stand, die vor sieben Jahren von Karl-Ludwig von Hohenfels gegründet wurde, wies Ralf von Hohenfels als „absurd" zurück.

Vor einigen Wochen hatten Recherchen des Nachrichtenmagazins DER SPIEGEL den Verdacht genährt, dass die in Köln ansässige Von-Hohenfels-Stiftung Spendengelder zweckentfremde und von kongolesischen Rebellen sogenannte „Blutdiamanten" aufkaufe, um somit deren Kampf zu finanzieren.

Karl-Ludwig von Hohenfels hatte gegenüber dem SPIEGEL zugesichert, dass er als Stifter den Vorwürfen mit „schonungsloser Härte und Vehemenz" nachgehen wollte. (dpa)

c) Auszug aus dem Artikel „Ich bin kein moderner Luther“, erschienen in DER SPIEGEL 27/2005, Montag, 4. Juli 2005 Interview des SPIEGEL-Redakteurs Adam Sbrzesny mit Prof. Dr. Domenico Prangetti SJ, Kölner Theologieprofessor, Beststellerautor und Stiftungsrat der Von-Hohenfels-Stiftung, über dessen angespanntes Verhältnis zum Vatikan und einen möglichen Stiftungsskandal

vom Erzbistum als letzte Konsequenz die Missio canonica, die Lehrbefugnis entzogen wird, können Sie versichert sein, dass ich meinen Platz räume! Ich werde mich nicht verbiegen und keinen Zentimeter von meinen Positionen abweichen!

SPIEGEL: Das sind harte, kämpferische Worte …

Prangetti: Zu denen ich aber hundertprozentig stehe – auch wenn es mich sicherlich zutiefst schmerzte, diese von mir so geliebte Aufgabe nicht mehr wahrnehmen zu können. Aber jeder Mensch gelangt nun mal irgendwann zu dem Punkt, an dem er – um seiner Selbst und seines Seelenheils willen – Standhaftigkeit beweisen muss.

SPIEGEL: Als sie mit 33 Professor wurden, waren Sie einer der jüngsten Universitätsprofessoren Deutschlands. Haben Sie das je als Belastung empfunden?

Prangetti: Nein. Wieso?

SPIEGEL: Nun, man kann in so einem Fall doch von einer besonders hohen Erwartungshaltung seitens der Kollegenschaft oder der Studenten ausgehen, die kaum jünger waren als Sie.

Prangetti: Nein, absolut nicht. Ich danke Gott, dass mir dieser Erwartungsdruck erspart geblieben ist. Ich habe mich auch nie als Lehrmeister betrachtet, eher als Vermittler der Geschichte unseres Glaubens. Jeder Student muss seinen eigenen, individuellen Weg zu Gott und den Lehren der Bibel finden. Ich kann sie auf ihrem Weg nur mit helfender Hand begleiten. Und außerdem: Der von Ihnen erwähnte Hans Küng, ein von mir hoch geschätzter Kollege, wurde mit 32 zum Professor ernannt, war also sogar noch ein Jahr jünger als ich. Und er hat diese Aufgabe bis zum Entzug seiner Lehrbefugnis mit

Bravour gemeistert – wie ich zumindest finde. An ihm habe ich mir seinerzeit ein Beispiel genommen.

SPIEGEL: Sind Sie ein unorthodoxer Professor?

Prangetti: Wenn es unorthodox ist, mit seinen Studenten ein U2-Konzert zu besuchen und danach mit Bono, den ich schon seit Jahren persönlich kenne, im Backstagebereich ein paar Bier zu trinken, dann bin ich wohl unorthodox.

SPIEGEL: Kommen wir zu einem weitaus unerfreulicheren Thema. Sie haben die Von-Hohenfels-Stiftung ja eben selbst beiläufig erwähnt …

Prangetti: Ich weiß, worauf Sie hinauswollen. Aber dazu möchte ich mich zum jetzigen Zeitpunkt noch nicht äußern. Haben sie dafür bitte Verständnis.

SPIEGEL: Also gehen auch Sie in Ihrer Eigenschaft als Vorsitzender des Stiftungsrats von Unregelmäßigkeiten bei der Von-Hohenfels-Stiftung aus? Das schließe ich zumindest aus Ihrer Formulierung. Wie Sie ja sicherlich wissen, liegt unserer Redaktion seit ein paar Wochen ein anonymer Hinweis vor, wonach Mitglieder Ihrer Stiftung von kongolesischen Rebellen Diamanten aufkaufen sollen, um somit deren Kampf zu finanzieren …

Prangetti: Ich kann mich da nur wiederholen: Zum jetzigen Zeitpunkt kann und möchte ich mich nicht dazu äußern. Ich kann nur so viel sagen, dass ich im Rahmen des Weltjugendtages einen vertrauenswürdigen Informanten treffen werde, der zur Aufklärung des Sachverhalts beitragen kann. Darüber hinaus werde ich meinen Urlaub in den Dolomiten nutzen, um in der Abgeschiedenheit der Alpenwelt Kraft zu tanken und die Bücher unserer Stiftung zu prüfen.

SPIEGEL: Können Sie denn nähere Angaben zu Ihrem Informanten machen?

Prangetti: Auch dazu ist es zum jetzigen Zeitpunkt viel zu früh. Bitte üben Sie sich in Geduld. Ich kann Ihnen jedoch versichern, dass es sich um eine zuverlässige Quelle handelt, die nahe beim Geschehen vor Ort ist. Damit habe ich eigentlich schon mehr gesagt, als ich wollte.

SPIEGEL: Bruder Domenico, ich möchte mich für das anregende und offene Gespräch mit Ihnen bedanken und wünsche Ihnen einen schönen Urlaub!

Prangetti: Vielen Dank, Herr Sbrzesny! Das Gespräch mit Ihnen hat auch mir sehr viel Freude bereitet! Ich wünsche Ihnen alles Gute!

d) Kölner Stadt-Anzeiger, Dienstag, 12. Juli 2005

Prangetti spurlos verschwunden

Kölner Theologieprofessor in den Dolomiten unauffindbar

Canazei/Dolomiten - Wie die italienischen Behörden mitteilten, ist der streitbare Kölner Theologieprofessor Prof. Dr. Domenico Prangetti SJ, Angehöriger des Jesuitenordens und Autor des Beststellerbuchs „Der Vatikan und das Kondom", am Sonntag spurlos verschwunden.

Zuvor hatte er dem Wirt der Berghütte „Rifugio Contrin" am Fuße der Marmolata, mit über 3.300 Metern höchster Berg der Dolomiten, mitgeteilt, dass er für diesen Tag gemeinsam mit dem französischen Touristen Jean R. einen Ausflug zur Punta Penia plante, zu der ein in Expertenkreisen als ungefährlich eingestufter Klettersteig führt. Seit ihrem Aufbruch am Sonntagmorgen gelten beide Bergsteiger als verschollen.

Die Suchmannschaften sind pausenlos im Einsatz. Man habe die „Hoffnung noch nicht aufgegeben, die beiden Verschwundenen lebend zu finden", sagte ein Sprecher der italienischen Bergwacht. (dpa)

e) Kölner Stadt-Anzeiger, Donnerstag, 14. Juli 2005

Prangetti tot aufgefunden

Kölner Theologieprofessor Opfer eines Tötungsdelikts

Canazei/Dolomiten - Die zuständige Staatsanwaltschaft im italienischen Trient teilte auf einer gestrigen Pressekonferenz mit, dass die Suchmannschaften den am Sonntag bei einer Bergtour an der Marmolata, dem höchsten Berg der Dolomiten, verschwundenen Kölner Theologieprofessor und Beststellerautor Prof. Dr. Domenico Prangetti SJ am Fuße der Marmolatascharte tot aufgefunden haben.

Nach ersten Untersuchungen wurde Prof. Dr. Prangetti SJ Opfer eines Gewaltverbrechens. Der mit Prangetti zu der Bergtour aufgebrochene französische Bankangestellte Jean R. bleibt auch weiterhin spurlos verschwunden. Ob er etwas mit dem Tod Prangettis zu tun hat, ließ Maggiore Gaspare Cimigotto, Leiter der zuständigen Ermittlungsabteilung der Carabinieri in Trient, ebenso unbeantwortet wie Fragen zu den genauen Todesumständen.

Prof. Dr. Prangetti SJ hatte in einem SPIEGEL-Interview in der vergangenen Woche geäußert, dass er seinen Urlaub nutzen werde, um die Bücher der ins Zwielicht geratenen Von-Hohenfels-Stiftung zu prüfen. Laut anonymen Hinweisen soll die Kölner Hilfsorganisation, deren Stiftungsratsvorsitzender Prangetti war, von kongolesischen Rebellen Diamanten aufgekauft haben. Neben dem Stiftungsgründer, dem Kölner Privatbankier Karl-Ludwig von Hohenfels, ist Prangetti das zweite Stiftungsmitglied, das auf nichtnatürliche Weise ums Leben kam. Von Hohenfels war vor zwei Jahren bei einem Autounfall in der Nähe seines Feriendomizils im mittelamerikanischen Belize ums Leben gekommen.

Die Von-Hohenfels-Stiftung wollte sich zum Tode Prangettis vorerst nicht äußern. Die italienischen Behörden haben die Kölner Mordkommission um Amtshilfe gebeten. (dpa)

Prolog – Teil III (Auszeit)

Polizeipräsidium Köln, Direktion Kriminalitätsbekämpfung, Kriminalinspektion 3, Kriminalkommissariat 32 (Beamten- und Korruptionsdelikte), Hohe Pforte 4–6, 50676 Köln-Altstadt/Süd, Montag, 15. August 2005, 09:00 Uhr

Schweren Herzens pochte ich gegen die Tür, an der das Schild *Litterscheid, KHK* angebracht war.

Zwar kannte ich Berthold Litterscheid von den „Internen" – um einmal diesen durch zahlreiche US-Krimis geprägten Ausdruck zu verwenden – schon seit meinen Tagen auf der Kalker Hauptwache, als wir dort zusammen mit meinem besten Freund Marcel Streifendienst schoben, und mochte ihn auch verdammt gerne. Aber das alles täuschte nicht darüber hinweg, dass ich mich in jenem Moment gar nicht freute, von „Berti", wie ich ihn seit Ewigkeiten nannte, empfangen zu werden.

Die Vorladung zur zeugenschaftlichen Vernehmung, die ich vergangenen Freitag in meinem dienstlichen Postfach vorfand, hatte mir drei schlaflose Nächte bereitet und mich der dringend nötigen Wochenenderholung beraubt.

Berti, dessen graumeliertes, dunkles Haar mit hohem Ansatz an jenem Morgen leicht ungekämmt und zackenartig abstand, lächelte mich freundlich mit seinen leicht dunkel umrandeten Augen an, wodurch seine Krähenfüße gut sichtbar wurden. Was nicht darüber hinwegtäuschen konnte, dass er ein gutaussehender Mann war.

„Mensch, Pitter, schön, dich zu sehen", sagte er, während er aufstand, sein graues Jackett zurechtrückte und mir die Hand reichte.

„Hallo Berti. Ich würd das ja gerne erwidern, aber so richtig freuen kann ich mich nicht, dich zu sehen. Zum Glück bin ich nur Zeuge ..."

„Ach, komm, setz dich erst mal und entspann dich. Möchtest du einen Kaffee?“

„Nä, lass mal. Ich will die Scheiße nur hinter mich bringen.“

„Okay. Also, wie ich dir in der Vorladung ja geschrieben habe, geht es um ein Verfahren gegen unser Sorgenkind, Kriminaloberkommissar Andríkos Vikelas – wegen Körperverletzung im Amt. Du weißt, dass du als Zeuge zur Wahrheit verpflichtet bist und die Auskunft auf solche Fragen verweigern kannst, bei …“

„Spar dir die Floskeln und komm zum Punkt! Ich bin selbst lange genug bei dem Verein und kenne meine Rechte als Zeuge!“

Berti hob beschwichtigend die Hände und sah mich entschuldigend an.

„Ich mach auch nur meinen Job, Pitter. Und wenn an dem Vorwurf nichts dran ist – umso besser für unseren Hallodri. Also: Ein gewisser Stefanos Volos, Restaurantbesitzer aus Porz-Wahn, hat behauptet, dass er im Rahmen einer Befragung von Andríkos tätlich angegriffen und aufs Übelste beleidigt wurde. Ich hab mich schlau gemacht: Diese Befragung fand im Rahmen eurer Ermittlungen zum gewaltsamen Tod des Schornsteinfegermeisters …“

„… Axel Ückesdorf …“, fiel ich Berti ins Wort und erinnerte mich voller Wut an Ückesdorfs unglückliche Witwe Katja, mit der ich eine kurze, aber heftige Affäre eingegangen war – bevor sie mich aus heiterem Himmel sitzenließ.

„Ja, genau. Also wie gesagt, wurde Stefanos Volos im Rahmen dieser Ermittlungen in seinem Restaurant befragt. Das war am 31. März 2004. Ich habe in euren Ermittlungsakten einen Vermerk bezüglich dieser Befragung gefunden – unterzeichnet von dir. Du warst damals mit Andríkos vor Ort.“

„Ja, das stimmt. Wir haben Volos befragt, da Ückesdorf bei ihm Spielschulden und er ihn deswegen vor seinem Tod mehrfach bedroht hatte. Als euer Kommissariat noch KK 44 hieß und auch für Glücksspiel zuständig war, habt ihr doch gegen Volos wegen dieser illegalen Pokerabende im Hinterzimmer seines Restaurants ermittelt. Soweit ich weiß, ist dieser Halunke doch angeklagt worden?!"

Aber Berti schüttelte den Kopf. „Nicht ganz. Der Prozesstermin ist für nächste Woche anberaumt."

„Und wie kommt diese Arschgeige ausgerechnet jetzt dazu, Andríkos anzuzeigen?"

„Tja, wahrscheinlich eine Verteidigungsstrategie seiner Anwältin, Doktor Ulrike Engelhardt. Die will wohl das Bestmögliche für ihren Mandanten rausschlagen und denkt wahrscheinlich, sie könnte ihn so als Opfer von Polizeigewalt und staatlicher Willkür darstellen, um den Richter milde zu stimmen. Ich muss dich das fragen, Pitter: Stimmt es, dass Andríkos gegenüber Volos handgreiflich wurde?"

„Ich kann mich an keinen derartigen Vorfall erinnern. Sicher – Andríkos hat irgendwas zu Volos gesagt. Aber auf Griechisch. Und das kann ich nun mal leider nicht", log ich meinen alten Freund und Weggefährten an, was mir nicht leichtfiel. Aber meinen Kollegen Andríkos für diese lächerliche Lappalie ans Messer zu liefern – nein, da riskierte ich doch lieber selbst 'ne Anzeige. Wer sollte uns schon das Gegenteil beweisen können ...? Und außerdem: Meistens verliefen diese Anzeigen eh im Sande. Diese Körperverletzungsvorwürfe waren fast immer aus der Luft gegriffen.

„Gut. Dann fertigen wir von deiner Aussage jetzt ein Protokoll und dann war's das fürs Erste."

Bertis Finger flogen über die Tastatur, bevor er mir das Dokument zum Durchlesen und Unterzeichnen herüberreichte – wobei er mir tief in die Augen sah. „Pitter, du bist dir hundertprozentig sicher, dass die Sache damals so abgelaufen ist?", fragte er eindringlich.

„Na, klar! Sonst hätte ich dir das doch bestimmt erzählt, oder?! Da war nix! Wir haben eine ganz normale informatorische Befragung durchgeführt. Aber du solltest langsam mal halblang machen. Das, was du gegen Andríkos unternimmst, sieht ja inzwischen verdammt nach 'nem Rachefeldzug aus. Ich könnt's ja verstehen. Zweimal vom selben Typen bei den Mädels ausgebootet zu werden, ist richtig scheiße ..." Ich spielte damit auf die Zeit ihrer gemeinsamen Ausbildung an, als Andríkos Berti nicht nur die Kollegin Anja, sondern später auch die Streetworkerin Petra als Freundin ausgespannt hatte.

Bertis Miene verdüsterte sich. Er riss mir das unterschriebene Protokoll förmlich aus der Hand. „Das war jetzt nicht fair, Pitter! Du weißt, dass das damit überhaupt nichts zu tun hat! Das hab ich längst vergessen! Aber Andríkos zieht Ärger nun mal förmlich an – und ich habe inständig gehofft, dass du mir in der Sache mit deiner Zeugenaussage entscheidend weiterhelfen könntest. Aber da habe ich mich wohl getäuscht. Pitter, der Typ ist so ein Blindgänger und Idiot! Wann seht ihr das alle bloß endlich ein?"

„Oh Mann, Berti. Wie weit ist es denn mit uns gekommen, dass jeder dahergelaufene Vorstadtgangster über Kollegen irgendwelche Gerüchte in die Welt setzen kann und ihm dann auch noch mehr geglaubt wird als den Kollegen? Sicher, Andríkos ist nicht einfach – aber er ist ein guter Polizist, trotz seiner Macken. Das hat er nicht verdient!" Und das meinte ich ernst – sonst hätte ich schließlich nicht für ihn gelogen ...

Berti lächelte versöhnlich. „Na ja. Wir müssen dieser Sache nachgehen. Die Sache mit Dümbgen und Schmahlacker damals hat ja gezeigt, wohin es führen kann, wenn man den Kollegen nicht auf die Finger schaut ..."

Ich verabschiedete mich freundlich von Berti und ging zurück in mein Büro.

Dort erzählte ich meinem MK-Leiter Theo über die Vernehmung in Sachen Vikelas. Er war genauso erschüttert wie ich.

An diesem Tag machte ich früher Schluss. Ich suchte den nächstbesten Getränkemarkt auf und kaufte eine Kiste Gaffel, mit der ich mich auf den Weg zur Ecke Luxemburger Straße/Universitätsstraße im Stadtteil Sülz machte, um einen Kollegen zu besuchen, der momentan sicherlich Zuspruch brauchen konnte.
Auf dem großen Parkplatz hinter dem gewaltigen Hochhaus, das sich vor mir erhob, fand ich auf Anhieb einen Parkplatz für meinen alten 3er BMW.
Entschlossen betrat ich den Foyerbereich des Hochhauses, das aus drei unterschiedlich hohen Gebäudeflügeln bestand, die durch einen 133 Meter hohen Turmtrakt in der Mitte miteinander verbunden wurden. Das Uni-Center, in dem neben kleinen „Wohnklos" des heimischen Studentenwerks auch kostspielige Eigentumswohnungen untergebracht waren, bot in insgesamt über neunhundertfünfzig Wohnungen rund zweitausend Menschen Platz. Es zählte zu den höchsten Gebäuden Kölns und zu den größten Wohnhäusern Europas.
Da mich der Empfangschef in der Eingangshalle von etlichen Besuchen bei meinem Kollegen bereits kannte, lächelte er mir nur freundlich zu und öffnete mir die Tür zum Treppenhaus, ohne zunächst via Haustelefon meinen Besuch anzukündigen. Mit dem Fahrstuhl machte ich mich auf den Weg ins 14. Obergeschoss.

„Du Schwein! Ich glaube, du hast sie nicht mehr alle, du Perversling!", schrie eine bildhübsche junge Frau Anfang zwanzig, die mit einem kurzen Jeansrock und einem ärmellosen Top bekleidet war und fluchtartig die Wohnung verließ, die ich aufsuchen wollte, wobei ihr langes, blondes Haar dank der Zugluft wehte.

Vor Entsetzen und Schreck hatte sie mich überhaupt nicht wahrgenommen und mich auf dem Weg in den Fahrstuhl fast noch umgerannt.
„Hey, Laura, komm zurück und mach mich gefälligst los! Baby, das war doch nicht so gemeint!", rief eine mir nur allzu gut bekannte männliche Stimme aus dem Innern der hellen Playboy-Wohnung mit glänzendem Laminatboden, von der wohl jede junge Studentin fasziniert sein musste.
Ich betrat das Schlafzimmer, auf dessen Boden eine leere Sektflasche und zwei Gläser rumlagen. Ein Aschenbecher mit Zigaretten unterschiedlicher Marken und ein BH waren weitere Indizien dafür, dass es sich hier ein Liebespärchen gemütlich gemacht hatte.
„Mensch, Jung, was ist denn mit dir passiert?", fragte ich das Häufchen Elend in Micky-Maus-Boxershorts, das auf dem zerwühlten Bettlaken lag – mit einer Hand an das gusseiserne Bettgestell gefesselt.
„Quatsch nicht und mach mich los, Alter!", entgegnete der unrasierte, schlanke Mann in den späten Dreißigern mit gegelten Haaren, Koteletten und stark behaarter Brust.
„Mann, davon müsste man echt ein Bild machen", entgegnete ich Kriminaloberkommissar Andríkos Vikelas, neben mir einer der beiden dienstältesten Sachbearbeiter der Mordkommission 3, der vorübergehend jedoch nicht zur Arbeit erscheinen durfte.
„Wag es dich und du bist tot!", antwortete Andríkos mit heiserer, versoffener Stimme. Er deutete auf die Handschellentasche, die am anderen Ende des Raumes auf dem Boden unterhalb des Schreibtischs mit etlichen unsortierten Papieren lag. „Da muss der Schlüssel drin sein."
„Was hast du denn diesmal wieder angestellt?"
„Ach, ich war heute Mittag in der Unimensa, um nach 'n paar neuen Motiven für meine Fotoreihe Ausschau zu halten."

„So kann man's auch ausdrücken. Du hast also wieder irgendwelche jungen Dinger mit deiner Masche vollgequatscht, dass du von ihnen professionelle Bilder machen würdest. Aktfotos. Natürlich aus rein künstlerischem Interesse ..."
„Klar, was sonst?! Jedenfalls hab ich dabei diese beiden Kunststudentinnen Laura und Annika kennengelernt. Laura war sofort hellauf begeistert, Annika hat mir immerhin ihre Handynummer gegeben. Ich bin dann mit Laura hier hin, hab alles fürs Shooting vorbereitet. War ganz praktisch, die wohnt auch hier, in 'ner Studentenbude im siebten Stock."
„Fotoshooting?! Klar! Wer's glaubt ..."
„Ach, halt doch die Fresse, Mann. Ja, wir sind uns jedenfalls näher gekommen und haben den ganzen Nachmittag rumgevögelt. Aber als ich jetzt Annika eingeladen habe, zu uns zu stoßen, ist diese kleine Schlampe völlig ausgetickt ..."
„Du hast sie doch echt nicht mehr alle!", antwortete ich, während ich Andríkos' Handschellen aufschloss und den Ausblick über die Straßenkreuzung und den weiteren Verlauf der Luxemburger Straße stadtauswärts genoss, der sich jenseits des großen Balkons vor der Fensterfront erstreckte.
„Übrigens war ich heute Morgen bei Berti und hab meine Zeugenaussage zu Protokoll gegeben."
„Und, was hast du ihm erzählt?"
„Na, dass du zu Volos irgendwas auf Griechisch gesagt hast. Aber 'nen körperlichen Übergriff habe es nicht gegeben."
„Danke, Mann. Werd ich dir nie vergessen! Trinkste 'n Glas Ouzo mit?"
„Ich hatte eigentlich Kölsch mitgebracht."
„Na und? Die Kiste können wir doch leeren und dabei 'n paar Gläschen zu uns nehmen", erwiderte mein Kollege und ging schwankenderweise in die Küche, wo er aus dem Kühlschrank eine Flasche des griechischen Nationalgetränks und zwei Gläser holte.

„Mann, Mann, Mann, diese ganze Scheiße hier geht mir so dermaßen auf die Eier. So was gäb's bei uns nicht – wenn da 'n Krimineller 'nen Kollegen anzeigen würde, bekäm der noch 'ne extra Tracht Prügel. Wär ich bloß mit meinen Eltern nach Rhodos gegangen."

„Jetzt hör mal auf! Schließlich ist das hier auch deine Heimat. Deine Mutter ist Deutsche und du bist hier geboren. Also tu nicht so, als ob du hier fremd wärst."

„Du redest schon fast wie mein Vater. Der hat zwar immer gesagt: ‚Ein Deutscher traut seinem eigenen Bruder und seiner eigenen Schwester nicht. Überall sieht er nur Verrat und Lüge. Sein Herz ist voller Vorurteile und Schwermut.' Trotz allem hat er euch auch schon immer für euren Fleiß und euren Ehrgeiz bewundert. Vor allem meine Mutter, die ihr Leben lang nur für uns malocht hat. Für meine Geschwister und mich sah er nur hier 'ne wirkliche Zukunft, auch wenn ich mich immer mehr als Grieche gefühlt hab. Mein Vater hätte ja auch lieber gehabt, wenn ich Handwerker geworden wäre. ‚Handwerk hat goldenen Boden' ist sein Lieblingssprichwort. Und so hab ich ja dann trotz Realschulabschluss 'ne Lehre als Werkzeugmechaniker bei den Ford-Werken begonnen. Aber nach zwei Jahren hab ich diese Scheiße abgebrochen und mich bei den Bullen beworben."

„Na, da hast du doch alles richtig gemacht", sagte ich und prostete meinem Kollegen zu.

„Na ja. Momentan sieht's ja eher nicht so aus, wenn man den Berti so hört."

„Komm, reg dich ab. Das Verfahren wird garantiert eingestellt. Gibt ja gar keine Beweise gegen dich. Warte noch 'n paar Tage, genieß deinen Urlaub auf Rhodos und dann kommste wieder zum Dienst. Bis dahin ist längst Gras über die Sache gewachsen! Auf deine Ferien, Mann! Jámas!"

„Jámas!", entgegnete Andríkos und stieß mit mir an.

An diesem Abend leerten wir zwei komplette Ouzoflaschen und die gesamte Kiste Gaffel. Irgendwann war ich auf Andríkos' Couch eingepennt und am nächsten Morgen mit Brummschädel aufgewacht ... Mein Kollege hingegen würde sich am gleichen Tag auf den Weg zu seinen Eltern machen. Zwar war er wegen der Sache nicht suspendiert, aber dank dieses glücklichen Zufalls war er erst mal aus der Schusslinie Bertis ...

Prolog – Teil IV
(Der nie endende Albtraum)

Köln-Innenstadt, Mittwoch, 17. August 2005, 22:05 Uhr

Obwohl er durch die lange Reise erschöpft war, fand er keine Ruhe. Wie jeden Tag. Er hielt die quälenden Gedanken oftmals nicht aus. Sein Schädel drohte zu zerplatzen. Immer die gleichen Bilder. Ein Albtraum, der seit nunmehr neun Jahren anhielt.

Damals, es kam ihm wie eine Ewigkeit vor, wirkte alles so friedlich. Während er mit Alphonse, dem Nachbarsjungen, Kopfbälle übte und von einer Karriere als Profispieler bei Real Madrid oder Bayern München träumte, saß seine Mutter vor der kleinen Lehmhütte und stillte seine kleine Schwester Renée. Sein Vater Joseph bestellte den kleinen Acker, der sie zumindest mit ein wenig Gemüse versorgte – eine angenehme Abwechslung zu dem Hirsebrei, den sie sonst aßen. Sie führten ein kärgliches Leben am Rande des Dschungels, von der Außenwelt so gut wie abgeschieden. Nur, wenn seine Mutter ihn auf den Markt in das geschäftige Dorf Kabare mitnahm, verspürte er den Drang, die große weite Welt kennenzulernen.

Aber an jenem Samstag im Spätherbst 1996 sollte seine Kindheit ein für alle Mal ein jähes Ende finden.

Die Sonne stand bereits tief über dem halben Dutzend Lehmhütten der winzigen Siedlung, als die drei Jeeps mit grölenden Uniformierten auf ihrem Dorfplatz hielten. In jenem Moment war der Krieg auch in ihrem Weiler angekommen – in Gestalt des hünenhaften Glatzkopfes, dessen protzige Goldketten mit seinen strahlend weißen Zähnen um die Wette glänzten. Er warf seine leere Whiskyflasche auf den lehmigen Boden. Sie zersprang in tausend Scherben. Die Hühner liefen panisch umher, gackerten um die Wette.
Der Glatzkopf feuerte ein paar Salven auf die Gruppe von Hühnern. Im Handumdrehen lagen sie in ihrem eigenen Blut am Boden. Die übrigen Milizionäre grölten nun noch lauter, feierten den Glatzkopf wie einen Helden. Der sah die kleine Gruppe um seinen Vater Joseph, die sich mit dem Mut der Verzweiflung zusammengerauft hatte und dem Glatzkopf mit einer Mischung aus Panik und Wut in die Augen blickte.
Sein Vater Joseph war der Erste, dem er eine Kugel in den Kopf jagte. Die übrigen Männer versuchten, ihre Frauen und Kinder in Sicherheit zu bringen. Niemand von ihnen überlebte diesen Fluchtversuch. Sie wurden rücklings erschossen. Nun waren nur noch er, seine Mutter, Renée und sein Freund Alphonse übrig.
Der Glatzkopf faselte etwas in einer ihm fremden Sprache. Zwei seiner lachenden Gefolgsleute rissen seiner Mutter das Baby aus der Hand, bevor sie es erschossen. Während seine Mutter aufschrie, hatten sie ihr die Kleider vom Leib gerissen und sie nacheinander vergewaltigt – alle dreizehn Mann. Zum Schluss hatte der Glatzkopf seine Machete genommen und ihr die Kehle durchgeschnitten.
Es kam ihm wie eine Ewigkeit vor. Eine quälende Ewigkeit, die

für seine Zukunft nichts Gutes verhieß. Was würde passieren? Bibbernd und starr vor Angst hatte er Alphonse in die Augen gesehen, der sich aber nicht rührte und ebenfalls unter Schock stand. Was sollten sie jetzt tun? Sie waren die beiden letzten Dorfbewohner, die noch lebten.
Der Glatzkopf kam nun auf sie zu, lächelte gütig. Die weißen Zähne standen im krassen Gegensatz zu seiner pechschwarzen Haut. Mit seinen grobschlächtigen, riesigen Händen streichelte er ihnen wie ein gütiger Vater über den Kopf.
„Keine Angst, Jungs, ihr werdet nicht sterben! Jetzt gehört ihr zu meiner Einheit“, sagte er auf Französisch und deutete auf die Männer, die die letzten Lebensmittelvorräte des Dorfes in ihre Geländewagen packten und die Toten auf einen Haufen in der Dorfmitte türmten, den sie anzündeten.
„Ich bin Colonel Aristide Matongo. Ihr seid jetzt Soldaten der Légion Rwandaise“, sagte er und reichte den beiden Kalaschnikow-Sturmgewehre, die sie mit ihren elf und zwölf Jahren und dank der Mangelernährung kaum halten konnten.
Zu gerne hätte er in diesem Moment abgedrückt und es diesen Bestien heimgezahlt. Aber sowohl er als auch Alphonse waren viel zu geschockt.

In den nächsten drei Jahren hatten sie genügend Zeit, ihre Wut und ihre aufgestauten Aggressionen abzureagieren – wenn auch nicht an den Schlächtern ihrer Familien.
Ihr erster „Kampfeinsatz“ führte sie in ein Hutu-Flüchtlingslager. Sie hatten Alphonse und ihn mit Rum und Whisky abgefüllt, bevor sie sie als Vorhut in das nicht gesicherte Lager schickten. Die ersten Gewehrsalven zerfetzten die Schädel einer Gruppe Jugendlicher. Blind vor Wut und aufgestachelt durch den Alkohol hatte er auf die flüchtenden Frauen und Kinder, die kaum jünger waren als er, gefeuert. Sie sollten für das

Schicksal bezahlen, das seine Familie erlitten hatte.
Matongo, der sich von seinen Gefolgsleuten nur mit „Mon Colonel“ anreden ließ, war mit den übrigen nachgerückt und richtete ein Blutbad an. Diejenigen, die nicht schnell genug laufen konnten, hatten sie gepackt und ihnen mit Macheten die Hände abgeschnitten, bevor sie sie mit Kopfschüssen töteten.
Sie hatten ein paar Frauen zusammengetrieben und eingekesselt. Die ersten Kameraden hatten ihre Hosen geöffnet und standen mit erigierten Gliedern vor den schreienden Frauen.
„Die hier ist für euch! Die habt ihr beide euch redlich verdient!“, sagte Sergeant Hugo und deutete auf das junge Mädchen mit blutigem Gesicht, das weinte und zitterte.
Obwohl er Mitleid empfand, dachte er an das Leid, das seiner Mutter widerfahren war. Er musste sich für ihre Pein rächen. Die junge Hutu-Frau war die Erste, die er vergewaltigte. Dutzende sollten in den nächsten Jahren noch folgen. Nun war er endgültig ein „Kadogo“, ein Kindersoldat. Grausam, skrupellos, verroht – bis er Frère Henri kennengelernt hatte, einen Franziskanermönch aus Belgien, der am Rande der Stadt Mwene-Ditu ein Waisenhaus leitete.
Hierhin war er gekommen, nachdem eine Landmine sein linkes Bein zerfetzt hatte. Matongo hatte ihn am Straßenrand liegen- und seinem Schicksal überlassen. Er war nicht mehr von Nutzen für den selbsternannten Milizenführer.
Pakistanische Blauhelmsoldaten hatten ihn gefunden und in das erbärmliche Feldlazarett gebracht, wo man den Rest seines Beins amputierte. Danach war er in die Obhut Frère Henris entlassen worden, der dutzende ehemalige Kindersoldaten und Kriegswaisen betreute.

Frère Henri war ein gütiger Mann. Nach anfänglicher Abneigung hatte er Henri schließlich in langen Gesprächen von den

Gräueltaten berichtet, an denen er beteiligt war. Während er bislang im Alkohol Trost und Linderung gesucht hatte, war es nun die Heilige Schrift, die ihm jeden Tag aufs Neue die Kraft gab, in seinem Leben einen Sinn zu sehen. Wie ein Besessener studierte er zuerst das Alte und dann das Neue Testament.

„Gott liebt dich, mein Sohn", war Frère Henri nie müde geworden, ihm einzureden. „Auch dem Größten unter uns Sündern stehen die Pforten des Himmels offen, wenn er Buße tut und fortan ein gottgefälliges Leben führt."

Und er wollte sein Leben in den Dienst Gottes stellen. Nach dem Postulat hatte er als „Frère Bartholomé" erfolgreich das Noviziat hinter sich gebracht. Jetzt befand er sich im dreijährigen Juniorat. Danach wäre er endlich ein vollwertiges Mitglied des „Ordens der Minderen Brüder", besser als „Franziskaner" bekannt.

Die Arbeit im Waisenheim von Mwene-Ditu machte ihm riesigen Spaß. Da er selbst ein Kindersoldat gewesen war, fiel es ihm oftmals leichter als Frère Henri, Zugang zu den verstörten Jugendlichen und ihren geschundenen Seelen zu finden.

Er war trotz der quälenden Albträume, die ihn allabendlich heimsuchten und die er inzwischen als Strafe Gottes für seine Taten akzeptiert hatte, zu einem hoffnungsvollen Menschen herangereift.

Bis er vor zweieinhalb Monaten Matongo in der Stadt gesehen hatte. Er hatte geglaubt, dass ihn der Schlag treffe, als er in das zynische Gesicht des Milizenführers blickte. Schließlich hatte er gehofft, diesen Verbrecher niemals wiedersehen zu müssen. Und jetzt saß ausgerechnet er in dem kleinen Café und unterhielt sich mit dem Südafrikaner von der Hilfsorganisation, der ihnen erst am Vortag einen Besuch abgestattet hatte.

Der blonde Mann händigte Matongo einen Aktenkoffer aus, nachdem er einen kleinen Stoffbeutel entgegengenommen hatte, aus dem er etwas Funkelndes entnahm, das er prüfend ins Licht hielt.

Matongo hatte den Koffer geöffnet und ein Bündel Geldscheine herausgenommen, das er ebenso sorgsam prüfte wie der Südafrikaner den winzigen, glitzernden Stein. Wie zwei Geschäftsleute verabschiedeten sich die beiden jetzt per Handschlag voneinander. Nur gut, dass Frère Henri ihm das Handy mit der Kamera geschenkt hatte. Eiligst schoss er ein paar Fotos und folgte dem weißen Südafrikaner, der schnellen Schrittes durch die geschäftigen Straßen der Innenstadt irrte. Er hatte Mühe, dem Weißen zu folgen, da er ihm auf Krücken auf nur einem Bein hinterherlaufen musste.

Nach einigen Minuten erreichten sie eine Seitenstraße. Der Südafrikaner wollte gerade in einen Land Cruiser steigen, als er allen Mut zusammennahm und den Mann ansprach. Er musste es tun. Der armen Heimkinder und nicht zuletzt seiner Selbst wegen.

„Salut!"

„Oh, Frère Bartholomé, was machen Sie denn hier?", fragte der gut gekleidete Mann arglos in gebrochenem Französisch, wobei er leicht verschreckt wirkte.

„Einkäufe fürs Heim."

„Natürlich. Kann ich Sie auf einen Kaffee einladen?", fragte der andere freundlich.

„Pourquoi pas?"

So gingen sie in ein gegenüberliegendes Café, vor dem mehrere Männer auf Plastikstühlen saßen, Cola tranken und in der Sonne dösten.

„Sie entschuldigen?", fragte der Südafrikaner und verabschiedete sich auf die Toilette. Der Südafrikaner hatte nicht gemerkt, dass Frère Bartholomé mit geschickten und flinken Fingern in die Tasche seiner Safarijacke gegriffen und den kleinen Stoffbeutel herausgenommen hatte. Ein Taschendiebtrick, den ihm Sergeant Hugo beigebracht hatte. Jetzt öffnete er die Schlaufen des Beutels und sah ein Dutzend glitzernder Steine: Diamanten.

Das war also der Grund für das Treffen zwischen Matongo und dem Mitarbeiter der Hilfsorganisation. Nachdem er einen Stein entnommen und in seiner braunen Kutte verschwinden ließ, verschloss er den Beutel. In der Zwischenzeit war der andere von der Toilette zurückgekehrt. Es war für Frère Bartholomé ein Leichtes, den Beutel unbemerkt wieder in der Jackentasche des Südafrikaners zu verstauen.
„Ich werde Sie morgen nochmals besuchen, bevor ich nach Kapstadt zurückfliege", beeilte sich der Südafrikaner mitzuteilen.
„Ich freue mich!"

Mit den Beweisen in der Hand hatte er sich Frère Henri anvertraut. „Ich werde sofort ein paar Leute kontaktieren", hatte der nur gesagt.
Ein paar Tage später hatte Frère Henri ihm eröffnet, dass er nach Köln zum Weltjugendtag reisen solle, um sich mit einem wichtigen Mann zu treffen. Frère Bartholomé war einfach nur aufgeregt und fieberte seiner ersten Reise, die ihn ausgerechnet ins ferne, reiche Europa führen sollte, wie ein kleiner Junge entgegen – ein Gefühl, das er vor neun Jahren verloren geglaubt hatte.
Tja, und jetzt war er nach einem mehrstündigen Flug von Kinshasa nach Brüssel und einer nicht minder aufregenden Fahrt mit dem Hochgeschwindigkeitszug Thalys endlich in dieser lauten, lebendigen Stadt angekommen, die ihn sofort in ihren Bann gezogen hatte.
Er hatte noch nie so viele glückliche Gesichter wie die der jungen Pilger gesehen, die hierher gekommen waren, um den Hirten der katholischen Kirche, Papst Benedikt XVI., zu empfangen, mit ihm zu beten und zu feiern.
Nachdem er unmittelbar nach seiner Ankunft einen Teil der Beweise im Schließfach am Hauptbahnhof eingeschlossen hatte, betrachtete er die majestätische Kathedrale, die sich in unmit-

telbarer Nähe befand. Noch nie hatte er ein derart gewaltiges Gotteshaus gesehen. Ehrfürchtig war er durch das Hauptportal getreten und zum Schrein der Heiligen Drei Könige geschritten. Von der Atmosphäre des Kölner Doms überwältigt, war er in Tränen der Freude ausgebrochen und dankte Gott für dieses Erlebnis, von dem er sein Leben lang zehren würde.

Aber jetzt stand er am Fenster seines Hotelzimmers und starrte gedankenversunken in den wolkenlosen Himmel, der die Rheinmetropole bald in ein tiefes Nachtschwarz hüllen würde. Verwundert stellte Frère Bartholomé fest, dass sich der sternenklare Himmel nicht von dem unterschied, den er in seiner kongolesischen Heimat kennengelernt hatte.
In seinem Magen rumorte es. Er müsste bald zur Toilette gehen, um die Sache vorerst zu beenden. Aber noch hatte er Zeit.
Beim Gedanken an seine Familie und seine eigenen bestialischen Taten musste er weinen. Er hoffte inständig, dass die Bemühungen um sein Seelenheil nicht umsonst waren und Gott ihn noch nicht abgeschrieben hatte.
Während er weiter aus dem Fenster schaute, hatte er nicht bemerkt, dass er nicht mehr allein in seinem Zimmer war.

Der andere hatte lautlos die Tür geöffnet und atmete nun leise in einer Ecke des Zimmers.
Er nahm das Blasrohr vorsichtig in den Mund.

Frère Bartholomé verweilte immer noch arglos am Fenster.
Erst, als er spürte, dass etwas Spitzes, Spritzenähnliches in seinen Nacken eingedrungen war und sich sein gesamter Körper taub und gelähmt anfühlte, wusste er, dass es zu spät war.
Sein letzter Gedanke galt Gott, der ihn zu sich berufen hatte. Dann merkte er, wie ihm die Luft wegblieb. Aber selbst zum

Röcheln war er zu schwach. Sein Bein, das er nicht mehr fühlte, sackte weg, er fiel zu Boden. Vom dumpfen Aufprall fühlte er jedoch nichts. Mit einem Mal wurde ihm schwarz vor Augen.

Der andere hatte seinen Auftrag mit der Nüchternheit eines Geschäftsmanns ausgeführt. Jetzt musste er nur noch den Pfeil entfernen und den Toten mit seinem eigenen Gürtel „erdrosseln“, dann war seine Arbeit fast getan.
Er durchsuchte das gesamte Zimmer, wühlte sich durch Schubladen und Schränke, schlitzte sogar die Matratze auf – aber er fand nicht das, was er suchte. Im Gegensatz zu sonst empfand er nicht das befriedigende Gefühl, der Beste zu sein, als er das Hotelzimmer verließ und die Tür hinter sich zuzog. Sein Auftraggeber wäre nicht gerade erfreut, dass er die Mission nur zur Hälfte erfüllt hatte. Aber er konnte es nicht ändern.
Leise stieg er ins Erdgeschoss hinab, ging zuerst in den Hinterhof und trat schließlich auf die Straße. Milde Abendluft schlug ihm entgegen, die er tief einsog.
Jetzt würde er anrufen.

1. Kapitel: Die Hochzeit

Clubheim des FC Pesch 1856 e. V., Escher Str., 50767 Köln-Pesch, Mittwoch, 17. August 2005, 23:40 Uhr

Es war eine schöne kölsch-portugiesisch-türkische Hochzeitsfeier. Nach der standesamtlichen Trauung im Gewölbekeller des Historischen Rathauses am Alter Markt waren wir im Autokorso in den Stadtteil Pesch im Norden Kölns gefahren. Die ehemaligen Kollegen der früheren Ehrenfelder PI 4, die seit einiger Zeit „Polizeiinspektion West" hieß, hatten ihre Beamten der Kradgruppe mobilisiert, die den hupenden Konvoi mit Blaulicht begleiteten und vorwegfuhren.
Kriminalkommissar André „Figo" Werner und seine frisch angetraute Ehefrau Aysun Erdek-Werner mussten sich wie ein Staatsmann und seine „First Lady" gefühlt haben, als wir so durch die Stadt preschten.

Zwischenzeitlich hatten die ersten Gäste das Clubheim des FC Pesch, für dessen Altherrenmannschaft der Bräutigam spielte, verlassen. Der DJ hatte eine gelungene Mischung aus Karnevalsmusik, sentimentalem Fado, Pop und orientalischen Klängen aufgelegt. Gerade war der Tarkan-Hit „Şımarik" erklungen, was die Braut, die deutschtürkische Grundschullehrerin Aysun, dazu veranlasst hatte, auf mich zuzukommen.
„Hey, Pitter, wir haben heute noch gar nicht getanzt", sagte die kleine Frau mit blondgefärbten Haaren.
„Aber klar, Aysun."
Während die übrigen Gäste einen Kreis um uns bildeten, nahmen wir uns in den Arm und tanzten. Es sah fast wie ein griechischer Sirtaki aus. Aysuns Vater und ihre Brüder traten neben mich, langsam wurde die Reihe der Tänzer immer größer.

Leicht außer Atem ging ich wieder an den Stehtisch, an dem unser MK-Leiter Theo und Nina standen.
„Ich wusste ja gar nicht, dass du so'n guter Tänzer bist", sagte Kriminaloberkommissarin Nina Lavrović, eine hübsche Blondine Ende zwanzig, und sah mich mit ihren strahlend blauen Augen an.
„Das ist nur eines meiner vielen Talente", entgegnete ich gespielt hochnäsig.
Kriminalhauptkommissar Theo Voß, der blonde, hohlwangige Leiter unserer Mordkommission 3, nahm einen kräftigen Zug an seiner Zigarette und blickte in das Familienstammbuch, das er in seinen Händen hielt. „Wusstet ihr eigentlich, dass unser lieber Kollege Werner noch einen zweiten Vornamen hat?", fragte er.
„Nee. Erzähl. Wie heißt der denn?", wollte Nina wissen, die gerade mal vor zwei Monaten befördert worden war.
„João. Ja, ich heiße tatsächlich André João Werner", ertönte es hinter uns. Der Kollege, der von uns allen nach seinem Fußballidol einfach nur „Figo" genannt wurde, hatte Nina und mich in den Arm genommen.
„Ist doch ein schöner Name", sagte ich.
„Na ja. Ich hol euch noch was zu trinken", sagte der junge Beamte, der seit dem Vorjahr für das neu aufgestellte KK 57 arbeitete, das für jugendliche Intensivtäter, Rohheitsdelikte durch Jugendliche sowie Graffiti zuständig war, und unsere Mordkommissionen in der Vergangenheit immer wieder als Kaderkraft personell unterstützt hatte.
„Wir haben schließlich immer noch nicht auf eure Beförderungen angestoßen."
„Da hast du wohl recht."

Neben Kollegin Lavrović hatte es auch mich erwischt. Seit Anfang August durfte ich mich ganz offiziell „Kriminalhauptkommissar" nennen – immerhin bekam ich dadurch etwas mehr Geld, das ich gut brauchen konnte. Die Tickets für meine gelegentlichen Wochenendflüge nach Manchester verschlangen ganz schön viel Geld. Ich hatte meine Liebste, Judy Smith aus Blackpool, seit ihrem Köln-Besuch vor einem Monat nicht mehr gesehen. Gerne dachte ich an die vier Tage zurück, die wir gemeinsam verbracht hatten. Judy, die als Friseurin arbeitete, war derart von Köln begeistert, dass sie mich fragte, ob sie mit ihren drei Kindern nicht zu mir ziehen könne. Damit hatte sie mich, ehrlich gesagt, leicht überrumpelt. Klar, ich liebte diese süße Engländerin, für die ich extra einen VHS-Englischkurs besucht hatte. Auch ihre drei Kinder waren mir ans Herz gewachsen. Aber zusammenziehen? Ich wusste nicht, ob ich nach all den Jahren als geschiedener Single dazu bereit war, die Verantwortung als Familienvater zu übernehmen. Und dann gab es da so viele Unwägbarkeiten. Weder Judy noch ihre Kinder sprachen auch nur ein Wort Deutsch. Wie hätte sie hier Arbeit finden sollen? Wie hätten sich ihre Kinder hier in der Schule zurechtfinden sollen? Ich wusste nicht, ob es eine gute Idee wäre, diesen Schritt zu wagen.

Figo, der einen cremefarbenen Anzug trug, kam mit vier frisch gezapften Kölsch zurück an unseren Tisch.
„Auf Kriminaloberkommissarin Lavrović und Kriminalhauptkommissar Merzenich“, sagte André, dessen Mutter aus der Stadt Portimão an der portugiesischen Algarve stammte.
„Auf dich und deine liebe Frau!“, erwiderte ich und stieß mit meinen Kollegen an.
„So, danach haben wir aber auch genug getrunken“, sagte mein MK-Leiter. „Wir beide haben schließlich Rufbereitschaft.“
„Warum muss es eigentlich ausgerechnet immer uns treffen, wenn solche Feiern anstehen?“
„Frag den Micha. Ich weiß es auch nicht.“
Ich nahm Nina, die sich zur Feier des Tages in ein dunkelrotes

Satinkleid geworfen, hochhackige Schuhe angezogen und die Haare hochgesteckt hatte, in den Arm. „Sei froh, dass du heute verschont bleibst und dass das für dich bald eh alles vorbei ist. Du hast's richtig gemacht."

Aber Ninas Miene verdüsterte sich. „Ach, ich weiß nicht. Die Arbeit hat mir ja Spaß gemacht."

„Aber für deine Karriere ist es besser, bei der Pressestelle zu arbeiten. Da bist du viel näher beim Steffenhagen. Außerdem kommst du dann auch mal ins Fernsehen."

„Na ja. Wenn ich dran denke, dass ich euch in zwei Wochen verlasse, wird's mir ganz anders", sagte Nina, deren Augen bei dem Gedanken an ihre baldige Versetzung zur Pressestelle, die unmittelbar dem Polizeipräsidenten unterstand, ganz feucht und glasig wurden.

„Ach, Ninchen, wir sind doch nicht aus der Welt", sagte ich und nahm sie in den Arm.

Wir erzählten noch eine ganze Weile weiter, während Figo das Strumpfband seiner Frau an den Meistbietenden versteigerte.

Als ich kurz nach zwölf auf die Uhr blickte, langte Theo hastig nach seinem Handy in der Jacketttasche.

„Voß, hallo ... Ja, richtig ... Aha ... Ja, Moment, ich schreib's mir auf ... Elsaßstraße 20 ... Ein Hotel mit mehreren Gästen ... Pitter braucht ihr nicht informieren, der ist bei mir – aber den Kollegen Fröbel, den ED und am besten auch unsere beiden Kaderkräfte, die sollen sich direkt auf den Weg zum TO[2] machen ... Wie heißt der Tote? ... Ja, buchstabier das besser mal ... Okay ... Ja, wir sind jetzt unterwegs ... Tschüss!"

Theo sah uns der Reihe nach an. „Tja, Pitter, was soll ich sagen? Das war der Ulf Wenzel von der K-Wache. Wir müssen raus. In

2 Abk. für „Tatort"

'nem Hotel an der Elsaßstraße ist die Leiche eines jungen Afrikaners gefunden worden."
„Oh Mann, nicht heute!", sagte ich kopfschüttelnd.
Wir verabschiedeten uns von Nina und unseren Gastgebern und gingen vor die Tür, wo ich meinen alten grauen BMW 316i aufschloss.
„Kannst du denn überhaupt noch fahren?", fragte Theo.
„Na klar. So viel hab ich nun auch nicht getrunken. Los, steig schon ein!"
Mit quietschenden Reifen fuhr ich los.
Theo telefonierte unter anderem mit unserer Staatsanwältin Frau Rossi, die schnellstmöglich zum Tatort kommen wollte.
Als wir um Viertel vor eins auf unserem Flur eintrafen, wartete Eugen, ein grauhaariger Mann Ende vierzig, bereits auf uns. Neben dem zerknautschten Gesicht und den langen, leicht abstehenden Ohren war seine platte Boxernase das Auffälligste an ihm. So lange unser eigentlicher fünfter Mann, der inzwischen auch zum Kriminaloberkommissar beförderte Dario Zimmermann, noch zur K-Wache abgeordnet war, hatte unser Kommissariatsleiter Micha den Kollegen von Gerd-Dieter Ritzkowskys MK 1 abgezogen und unserer Mordkommission zugeteilt.
„Guten Morgen ihr zwei, kommt ihr auch noch mal ins Büro?", wollte Eugen wissen und lächelte freundlich. „Und wie seht ihr überhaupt aus?"
Sowohl Theo als auch ich trugen Anzug und Krawatte. Nicht gerade die idealen Klamotten für die Tatortarbeit ...
„Wir waren auf Andrés Hochzeit eingeladen", antwortete ich für uns.
„So können wir am Tatort eigentlich nicht auftauchen. Aber ich hab nix anderes dabei", sagte Theo.
„Na, denkste ich?!", entgegnete ich.
„Können wir?", fragte Eugen lächelnd.

Ich nickte und ging mit ihm – immer noch leicht beschwipst – in die Waffenkammer und holte meine P6, während Theo noch ein Telefonat entgegennahm.
Zwischenzeitlich waren auch die Kriminalhauptkommissare Alwin Scheunemann und Thomas Schwadorf, zwei erfahrene Spurensicherungsbeamte des Erkennungsdienstes, und der schwergewichtige Tatortfotograf Markus Büttgen vom Fotozentrallabor eingetroffen.
„'n Morgen Leute, so sieht man sich wieder", sagte Thomas, ein Mann Anfang vierzig mit Bauchansatz, ovaler Brille und schmalem Bartstreifen zwischen Unterlippe und Kinn.
„Kommt ihr gerade von 'ner Bayer-Aktionärsversammlung?", wollte Alwin, sein graumelierter Spusikollege, mit Blick auf Theos und meinen feinen Anzug wissen, was wir jedoch kommentarlos zur Kenntnis nahmen.
Theo blickte sich ernst um und sagte „Also: Der Tote ist ein junger Mann aus dem Kongo namens Bartholomé Ngabane. Nach ersten Untersuchungen des Notarztes wurde er erdrosselt. Die Einzelheiten bekommen wir von den Kollegen der K-Wache vor Ort. Ich hab gerade mit Wolle telefoniert. Er und Hacki werden nachkommen, sobald Wolle aus Stolberg hier angereist ist. Wird noch dauern, da er eine Autopanne hat. Er wartet noch auf den ADAC. Also: Abmarsch!"
Während er mit Eugen in den gerade mal vier Jahre alten petrolblauen Vectra B Fließheck stieg, nahm ich allein im Innenraum unseres silbernen Ford Scorpio Platz, der schon zwölf Jahre im Dienst war. Hinter uns folgten Thomas, Alwin und Markus in ihrem weißen Sprinter, dem Tatortwagen.
Wir fuhren durch das nächtliche Köln, bis wir in der Elsaßstraße in der Südstadt ankamen.

2. Kapitel: Erste Ermittlungen

Hotel garni „Bonner Hof“,
Elsaßstr. 20, 50677 Köln-Neustadt/Süd,
Donnerstag, 18. August 2005, 01:25 Uhr

Vor uns lag der langweilige beigefarbene Nachkriegsbau, der das billige Hotel Bonner Hof beherbergte. Vor dem rotbraun verklinkerten Haupteingang, der von einem uniformierten Kollegen gesichert wurde, hatte sich eine neugierige Menschentraube gebildet, der die nachtschlafende Stunde völlig egal zu sein schien. Immer wieder erhellte Blitzlichtgewitter die dunkle Nacht, da sich unter die Passanten auch sensationsgierige Pressevertreter gemischt hatten.
Der Uniformierte im bambusfarbenen Sommerhemd erkannte mich sofort.
„So, Leute, jetzt macht ma Platz, Mensch“, sagte der mittelgroße, durchtrainierte Mann mit prägnanten Wangenknochen und Koteletten zu den meist angetrunkenen Nachtschwärmern und Stadtstreichern sowie den Reportern, die den Hoteleingang fast schon belagerten. Ich erkannte in dem Streifenbeamten auf Anhieb Matthias Grebmeier, einen aus dem sauerländischen Attendorn stammenden Polizeikommissar der Innenstadtwache Süd. Im November des Vorjahres hatte er uns durch einen Waffenfund in einem demolierten Auto bei unseren Ermittlungen entscheidend weitergeholfen.
„Tach Kollegen, alles klar?“, fragte er jetzt. „Ihr habt euch ziemlich Zeit gelassen. Die Jungs vonner K-Wache warten schon die ganze Zeit oben. Habt euch wohl noch extra für den Toten feingemacht, wa?!“
Theo winkte genervt ab.
„Wo müssen wir denn überhaupt hin?“, wollte ich wissen, ohne auf Grebmeiers leicht vorwurfsvollen Einwand und die Bemer-

kung hinsichtlich unserer Klamotten einzugehen.
„Dachgeschoss, Einzelzimmer. Hier im Haus herrscht ganz schöner Aufruhr. Die sind wegen dem Weltjugendtag völlig ausgebucht. Alles so junge Pilger. Die sind jetzt natürlich ziemlich geschockt."
„Okay, wir holen eben unsere Ausrüstung und dann gehen wir rein", sagte Theo und ging zum Tatortwagen, aus dessen riesigem Laderaum er einen weißen Schutzanzug, Mundschutz und Schuhüberzieher entnahm. Wir folgten seinem Beispiel.
„Wer ist der Tote? Ist die Sicherheit beim Weltjugendtag überhaupt gewährleistet? Müssen wir uns auf weitere Morde einstellen? Pitter, kannst du mir schon etwas Genaues sagen?", wollte eine aufgewühlte männliche Stimme hinter mir wissen. Ich blickte Theo genervt an und drehte mich um.
Ein untersetzter Mann meines Alters, der zu Jeanshemd und -hose eine schwarze Lederweste trug, lächelte mich an. Sein strähniges, nackenlanges, schwarzes Haar mit grauen Koteletten hielt er mit einer Sonnenbrille im Zaum, die er wie einen Haarreif auf dem Kopf trug. Sein entschlossen dreinblickendes Gesicht war mit Pockennarben übersät. Hannes Lüssem, Polizeireporter der BILD-Redaktion Köln, der von allen nur „Der Schnelle Schäng" genannt wurde, gab sich wieder mal die Ehre und wollte Infos aus erster Hand.
„Wende dich wie jeder seriöse Journalist an die Pressestelle und lass uns unsere Arbeit machen!", entgegnete ich gereizt.
„Sagen Sie MIR denn etwas, liebster Herr Merzenich? Übrigens: Herzlichen Glückwunsch noch nachträglich zu Ihrer Beförderung, Herr Hauptkommissar!", ertönte nun eine nicht minder nervige weibliche Stimme. Ich sah in die lächelnden Augen einer Frau mit langen roten Haaren.
Gaby Möltgen, „Die Rote Zora" vom Boulevardblatt EXPRESS, hatte ihren Konkurrenten beiseitegeschoben und sich vor mir

aufgebaut. „Darauf müssen wir doch noch anstoßen, oder?", fragte sie und fuhr sich mit der Zunge lasziv über die Lippen. Immer wieder versuchte sie, mit ihrer billigen Masche bei mir zu landen – wobei ich mich fragte, woher sie überhaupt von meiner Beförderung wusste.

Diesmal reichte es mir endgültig. Ich lächelte sie an, streichelte ihr zärtlich über die Wange und sah ihr tief in die Augen. Vor Überraschung hatte sie verträumt ihre Augen geschlossen und nach meiner Hand gegriffen, die sie jetzt küsste. Man hätte glauben können, dass sie tatsächlich auf mich stand ...

„Sehr gerne doch, meine Süße. Aber erst, nachdem du mir versprochen hast, mich nie wieder zu belästigen, du dir 'nen neuen Job suchst und du dir zu guter Letzt noch 'n One-Way-Ticket nach Grönland gekauft hast. So, und jetzt lassen Sie uns gefälligst in Ruhe, Frau Möltgen, kapiert?!", fuhr ich sie nun unvermittelt an, was sie mit einem giftigen, eiskalten Blick quittierte.

Während sich die beiden Reporter mitsamt ihren Fotografen Manni und Matze verzogen, traf ein dunkelgraues Cabrio vom Typ Chrysler Sebring mit Siegburger Kennzeichen ein. Eine kleine Frau Mitte vierzig stieg aus, die man hinter dem Steuer des großen Amerikaners gar nicht so richtig hatte wahrnehmen können. Sie hatte mittellange, blonde Haare und trug eine streng wirkende Brille.

„Guten Morgen meine Herren", sagte Staatsanwältin Gisela Rossi mit ihrer schrillen Stimme und griff sich ebenfalls einen Schutzanzug nebst Schuhüberziehern aus dem Sprinter.

Gemeinsam betraten wir den müffelnden Rezeptionsbereich. Aus dem Hausflur ertönte ein lautes Stimmengewirr. Vermutlich waren alle Gäste aufgewacht.

Hinter der Theke erblickte ich Dario. Neben ihm stand ein kleiner, durchtrainierter Mittdreißiger mit knallroten Haaren, die vorderen Spitzen nach oben gegelt. Er trug ein Muscleshirt, so

dass seine muskulösen Oberarme mit den überdimensionierten Tattoos für jeden gut sichtbar waren. Kriminaloberkommissar Dario Zimmermann, mein Bürokollege, der für ein ganzes Jahr zur K-Wache abgeordnet war, erblickte mich und traute sich kaum, mir in die Augen zu schauen – auch wenn ich glaubte, dass auch er auf Grund unserer Anzüge leicht verwundert dreinblickte. Obwohl er eigentlich einer meiner besten Freunde war, hatten wir uns zerstritten, da es mein „schweigsamer" Kollege noch nicht mal für nötig gehalten hatte, mir von seiner Hochzeit mit Beate und deren Schwangerschaft zu erzählen.
Das war Ende des Vorjahres. Seitdem hielt die „Eiszeit" zwischen uns an. Ich wusste nicht, wie es werden würde, wenn seine Abordnung Anfang Oktober auslief und er wieder in unser gemeinsames Büro zog. Vielleicht konnten wir unsere langjährige Freundschaft ja doch noch retten. Innerlich hoffte ich es – auch wenn ich immer noch sauer auf ihn war.
Der hagere Dario, der dank seiner kurzen Haare, der kleinen Brille und seines langen Halses fast schon ein menschliches Ebenbild Daniel Düsentriebs war, rückte seinen aus der Mode gekommenen Nietengürtel zurecht und bemühte sich um ein freundliches Lächeln, das jedoch nur gequält wirkte. Seit dem Vorfall im November des Vorjahres ging er mir halt am liebsten aus dem Weg, war sogar aus unserem Karnevalsverein ausgetreten ...
„Hallo Dario, alles klar?", fragte Theo.
„Sicher", antwortete Kollege Zimmermann, der in zwei Tagen seinen dreiunddreißigsten Geburtstag feiern würde. Ich würde ihm jedenfalls nicht gratulieren, hatte ich mir felsenfest vorgenommen.
„Was liegt denn jetzt genau vor?", fragte Theo.
„Das kann euch Dirk sagen. Der ist oben bei der Leiche."
„Kann isch jez endlich dä Chrissy anrufen und dem sagen, wat he passeet es?", fragte der rothaarige Zwerg mit den prolligen Klamotten, der neben Dario stand.

„Alles zu seiner Zeit. Zuerst erstellen Sie bitte mit mir die Liste der momentanen Gäste!“

„Oh Mann, ich muss dä Chrissy ävver informiere! Ist schließlich sein Laden hier!“

„Ich hab doch gesagt, dass Sie das gleich erledigen können!“

„Wer sind Sie überhaupt?“, mischte sich jetzt Frau Rossi in das Gespräch ein.

„Maik Wirtz, der Portier“, sagte der Mann und reichte uns nacheinander die Hand, wobei er zur Begrüßung laut rülpste. Ein ekelerregendes Geruchsgemisch aus übersteigertem Zigarettenkonsum, Schnaps, Frikadellen und Zwiebeln schoss uns entgegen. Ohne Wirtz zu antworten, zogen wir die Schutzanzüge über und stiegen über die knarrenden Treppen in das fünfte Ober-, das Dachgeschoss. Unseren Weg säumten dutzende junge Menschen, die aufgebracht in allen möglichen Sprachen durcheinanderschnatterten und offensichtlich wissen wollten, was überhaupt passiert war.

Vor dem Einzelzimmer mit der Nummer 18, dessen Tür geöffnet war, erblickte ich einen vollkommen ergrauten, großen Enddreißiger. Seine stahlblauen Augen sahen müde aus und blickten auf das Klemmbrett. Es war Kriminaloberkommissar Dirk Matthias, einer der altgedienten Sachbearbeiter der K-Wache 1.

„Na endlich. Kommt ihr auch noch mal?!“, sagte er und blickte auf die Uhr.

„Sorry. Ging nicht früher.“

„Schon klar! Kommt ihr zwei direkt vom Wiener Hofball, oder was?“, wollte Dirk mit einem Blick auf Theos und meinen Anzug unter den weißen Overalls wissen.

„Sei doch still, Mann! Also, was ist passiert?“, wollte Theo von ihm wissen, während ich in das verwohnte Hotelzimmer mit abgegriffenen Holzmöbeln aus den Achtzigern, fleckigem Teppichboden und vergilbter Raufasertapete schaute. Es glich einem

Schlachtfeld. Zwei umgestürzte Stühle, geöffnete Schubladen, zerrissenes Kopfkissen, aufgeschnittene Matratze.
„Na, hier hat aber einer ganz schön gewütet", sagte Eugen.
Ich betrachtete den Toten, der unterhalb der Fensterbank auf dem Rücken lag. Es war ein junger Mann mit pechschwarzer Haut, breiter Nase, kurzgeschorenen Haaren und runder Brille, mit Jeans und grauem T-Shirt bekleidet. Gemeinsam mit Theo beugte ich mich zu dem toten Schwarzafrikaner herab. Mir fiel sofort sein fehlendes linkes Bein auf.
„Bartholomé Ngabane, geboren am 13. Juni 1984 in Kabare in Zaire, der heutigen Demokratischen Republik Kongo. Kongolesischer Staatsangehöriger", sagte Dirk zur Erläuterung. „Nicht, dass ihr jetzt denkt, wir hätten uns als Spurenvernichtungskommando betätigt und seine Sachen durchwühlt. Aber der Typ von der Rezeption hatte beim Einchecken seinen Reisepass kopiert. Ngabane hatte ein dreimonatiges Touristenvisum. In POLAS hat er keinen Bestand, ist also polizeilich noch nicht in Erscheinung getreten."
Dirk beugte sich nun ebenfalls herab und deutete auf die rings um den Hals verlaufende Drosselmarke. „Laut Aussage des Notarztes, der zeitgleich mit den Kollegen der Wache Süd eintraf, war Erdrosseln die Todesursache. Vermutlich mit dieser Kordel", sagte Dirk und deutete auf das dünne, beigefarbene Hanfseil, das neben dem Toten auf dem Boden lag und dessen Ende durch drei Knoten verziert wurde. „Genaueres zum Todeszeitpunkt kann momentan noch nicht gesagt werden. Ngabane ist laut Aussage dieses Möchtegern-Quincys vom Rettungsdienst vielleicht seit zwei, drei Stunden tot."
„Wer hat den Vorfall überhaupt gemeldet?", wollte Frau Rossi wissen, während wir aufstanden, Markus Büttgen von der Auffindesituation und dem Zimmer eifrig Fotos schoss und Thomas gemeinsam mit Alwin mit der Spurensicherung begann.
Dirk blätterte in seinen Unterlagen. „Ein anonymer Anruf in der

Leitstelle um 23:16 Uhr. Die Kollegen konnten den Anruf aber natürlich zurückverfolgen. Der Hinweisgeber hatte von einer Telefonzelle an der Ecke Elsaßstraße/Merowingerstraße angerufen."

„Scheint so, als hätte hier jemand verzweifelt etwas gesucht", sagte unsere Staatsanwältin beim Blick auf das verwüstete Inventar des ohnehin maroden Zimmers.

„Also, ein Raubmord war es zumindest nicht", sagte Alwin Scheunemann, der sich im Raum näher umsah und eine abgewetzte Geldbörse in seinen Händen hielt. „Hier, sein Portemonnaie mit 150 Euro und ...", Alwin blätterte sich durch einen Stapel Geld, „... 60.000 Kongo-Francs. Und hier – seine Bord- und eine Fahrkarte sowie ein Rückflugticket für kommenden Dienstag. Demnach ist er gestern Mittag mit einer Maschine der SN Brussels Airlines aus Kinshasa kommend in Brüssel gelandet und mit dem Thalys nach Köln gefahren."

„Aber gut, was hätte man ihm auch rauben sollen? Scheint ein einfacher Pilger gewesen zu sein", warf ich in den Raum.

„Na, komm, immerhin hatte er genug Geld, um nach Köln zu reisen. Der Kongo zählt schließlich zu den ärmsten Ländern der Welt. Das kann sich da doch keiner leisten", sagte Theo.

„Wer sagt denn, dass er ein einfacher Pilger war?", meldete sich jetzt Eugen zu Wort, der sich durch den restlichen Inhalt des Kleiderschranks wühlte. Er hielt eine braune Kutte mit Kapuze sowie eine Halskette mit Kreuzanhänger in der Hand.

„'ne Kutte. Dann ist unser Toter also Mönch gewesen ..."

„Keine Kutte, Pitter. Ein Habit – so lautet die korrekte Bezeichnung. Und das Tau- beziehungsweise Antoniuskreuz. Beides Symbole des ‚Ordo Fratrum Minorum', auf Deutsch ‚Orden der Minderen Brüder' – besser bekannt als ‚Franziskaner'." Eugen deutete auf das mögliche Tatwerkzeug, die Kordel am Boden. „Das ist das Zingulum, also der Gürtel, der über dem Habit getragen wird. Die drei Überhandknoten an seinen Enden werden

als Franziskanerknoten bezeichnet. Sie symbolisieren die evangelischen Räte, also die drei Ordensgelübde Keuschheit, Armut und Gehorsam. Man nennt sie auch franziskanische Tugenden."
Erstaunt blickten wir uns der Reihe nach an.
Aber Eugen lächelte nur. „Jetzt guckt nicht so! Ich hab als junger Mann das Postulat, das Probejahr, bei den Franziskanern absolviert."
„Aber du bist doch mit 16 zur Polizei gegangen?!"
„Tja, und dann trafen mich ein paar Jahre später zwei Schicksalsschläge auf einmal: Zuerst der plötzliche Krebstod meines Vaters und dann der Tod meines Streifenkollegen, der von einem flüchtenden Bankräuber erschossen wurde. Ich hab den Dienst quittiert und wollte bei den Franziskanern nach dem Sinn des Lebens suchen, von vorne anfangen. Nach 'n paar Monaten bin ich dann aber wieder zurück zur Polizei gegangen. Dieses Ordensleben war gar nix für mich!"
„Na, dann haben wir ja 'nen richtigen Fachmann für Theologie in unseren Reihen. Kann uns bei dem Fall doch offensichtlich nur von Nutzen sein", sagte Theo.
Aber Eugen winkte nur ab.
Ich beugte mich abermals zu dem Toten herab, da Markus bereits genügend Fotos der Leiche gemacht hatte.
Thomas ergriff das Wort. „Ich untersuche gerade die Tür auf daktyloskopische Spuren. Scheinen ein paar ganz gute Fingerabdrücke drauf zu sein."
„Einbruchspuren?"
„Negativ."
„Also hat unser toter Ordensbruder dem Täter entweder die Tür geöffnet – oder der hatte einen Schlüssel", sagte Theo.
„Ganz genau", erwiderte Alwin, der zwischenzeitlich mit der Spurensicherungsarbeit an der Leiche begonnen hatte.
Er klebte mithilfe von Klebefolien die Vorderseite der Oberbe-

kleidung des leblosen jungen Mannes flächendeckend ab. Von der Entnahmestelle jedes einzelnen Folienstreifens machte er eine Polaroidaufnahme. Danach klebte er die Handaußen- und -innenseiten mittels Filmolux-Folie ab.

„Hier, schaut mal, was in seiner linken Hand war", sagte Alwin und deutete auf einen an einem abgerissenen Faden befestigten Hornknopf in der verkrampften Hand des Schwarzafrikaners.

„Scheint, als hätte sich unser Toter doch noch gewehrt, bevor er starb, und hat dem Angreifer den Knopf abgerissen. Scheint von 'ner Jacke zu stammen", wandte Thomas ein, während Markus Nahaufnahmen von der Hand und dem Knopf machte. Alwin machte sich derweil daran, die Fingerabdrücke des Toten zu erheben, während Theo den Rechtsmediziner anrief.

Frau Rossi hatte einige aus dem Kleiderschrank gerissene Schubladen beiseitegelegt und beugte sich auf den schmutzigen Teppichboden. „Schauen Sie sich mal den Dreck hier an. Scheint, als hätte jemand den Raum mit schmutzigen Schuhen betreten."

Kriminalhauptkommissar Schwadorf inspizierte die Schmutzspuren, die sich von der Tür kommend in Richtung Fensterbank zogen. „Hm. Da scheinen Sie recht zu haben. Aber das dürfte kein Problem sein. Wir werden schon ein paar gute Schuhsohlenabdrücke hinkriegen."

Verdutzt blickte Dirk den Spurensicherungskollegen an. „Aber das hier ist doch kein weicher Untergrund im Freien! Wie willste denn da 'nen vernünftigen Abdruck bekommen? Mit Gips doch wohl kaum?!"

„Natürlich nicht. Aber es gibt noch eine andere Methode. Sieh mal, wenn du auf einen Teppichboden auftrittst, wird dieser elektrostatisch aufgeladen. Ich brauch also nur winzig kleine Kunststoffkügelchen auf dem Boden zu verstreuen. Die konzentrieren sich dann da, wo ein Schuh aufgesetzt wurde und formen den Schuhabdruck nach – bis ins kleinste Detail, Kollege."

„Ist ja genial!"
„Vom Toten scheinen die Spuren jedenfalls nicht zu stammen", sagte die Staatsanwältin und deutete auf den ausgelatschten Turnschuh, den unsere Leiche trug. Die Sohle war augenscheinlich sauber.
„'n Abend, Herrschaften", ertönte eine Stimme aus dem Flur.
Wir blickten uns um und sahen den Ersten Kriminalhauptkommissar Michael „Micha Götz", einen Mittfünfziger mit schwarzen Haaren im hohen Ansatz, dichtem Dreitagebart und listigem Lächeln. Unser sympathischer Kommissariatsleiter aus Grevenbroich, der kein Freund vieler Worte war und sich lieber im Hintergrund hielt, schaute uns freundlich an. Es kam öfter vor, dass sich der Leiter des KK 11 persönlich auf den Weg zu einem Tatort machte, um sich ein Bild der Lage zu verschaffen und sich aus erster Hand Informationen zu holen.
„Lasst euch nicht stören", sagte Micha und nickte Theo zu. „Wem gehört das Hotel hier eigentlich?"
Dirk blätterte in seinen Unterlagen. „Einer gewissen Irmgard Dümbgen. Aber die ist Ende siebzig, wohnt inzwischen im Altersheim. Die Geschäftsführung hat sie ihrem Neffen Christian übertragen."
Ich horchte auf und sah Dirk mit großen Augen an. „Moment mal – etwa Christian Dümbgen?!"
„Ja, klar. Sagt dir der Name auch was? Irgendwie kommt mir der bekannt vor."
„Na, das ist doch der Typ vom ET der PI 1, der vor 'n paar Jahren wegen Bestechlichkeit, Zuhälterei und Drogendelikten eingewandert ist. War doch groß in den Nachrichten."
Dirk schlug sich mit der flachen Hand gegen die Stirn. „Klar! Wie konnte ich das nur vergessen?"
Ich schüttelte den Kopf. „Dass dieser Arsch schon wieder draußen ist ..."

„Kennst du den denn näher?", wollte Micha wissen.
„Ja, der war damals bei der Kalker Kradgruppe, als ich da Streifendienst geschoben hab. So 'n Aufreißer und Idiot! Wenn der hier den Laden jetzt führt – dann ist der Schuppen bald 'ne billige Nuttenabsteige!"
„Wie sieht's denn überhaupt mit Zeugenvernehmungen aus?"
„Wir haben auf euer Eintreffen gewartet. Dario erstellt mit dem Portier, diesem Wirtz, gerade 'ne Liste der Hotelgäste. Der Laden scheint bis aufs letzte Zimmer ausgebucht zu sein – und nur ausländische Pilger, von denen die wenigsten Deutsch verstehen dürften."
„Na, Prost Mahlzeit", sagte Theo.
„Pitter: Kümmre dich bitte darum. Wenn unsere beiden Kaderkräfte Wolle und Hacki endlich anrücken, erledigt ihr das zu dritt. Und gib diesem Dümbgen Bescheid. Ist schließlich sein Hotel. Mal sehen, was der dazu zu sagen hat. Eugen, du nimmst mit den ED-Kollegen den Tatort auf. Ich mach mich jetzt auf den Rückweg ins Präsidium."

So ging ich wieder ins Erdgeschoss – kein leichtes Unterfangen, da die umstehenden jungen Pilger immer noch nach Antworten suchten und mich auf meinem Weg zu Dario und dem Rezeptionisten an den Ärmeln zerrten.
Ein schmächtiger Mittvierziger mit furchigem Gesicht, Mittelscheitel, Dreitagebart und traurigem Blick betrat das Hotel und sah sich hilfesuchend um. Es war Dr. med. Ulrich Büxel von der Rechtsmedizin, der eiligen Schrittes auf mich zukam. „Guten Morgen Herr Doktor. Sie müssen ins Dachgeschoss, Zimmer 18. Der Rest der Truppe erwartet Sie schon."
„Vielen Dank, Herr Merzenich", sagte der Rechtsmediziner und begab sich über die knarrende Treppe in die oberen Etagen.

„Wir haben eine Liste mit den Gästen erstellt", sagte Dario, ohne mir in die Augen zu schauen.
„Sie können jetzt Herrn Dümbgen informieren", sagte ich zu Wirtz, ohne Dario zu antworten. „Wir müssen Sie und Herrn Dümbgen dann auch so schnell wie möglich vernehmen. Am besten kommen Sie gleich zum Präsidium."
Wirtz nickte wortlos und schob mir die Liste über den Tresen.
„Ähm – dat sin also insjesamt 19 Zimmer, die mer hier haben – davon drei Einzelzimmer unter dat Dach. Und davon bin ich eins am bewohnen, Nummer 19. Der Rest sind Doppelzimmer. Zimmer Nummer 13 wird zurzeit renoviert", sagte Wirtz. „Mer sin hier mit die WJT-Pilger momentan vollständig ausgebucht", ergänzte er.
Ich betrachtete die umfangreiche Liste, nach der hier momentan zweiunddreißig Gäste anwesend waren.

Name (Geb.-Datum)
Heimatanschrift
Staatsangehörigkeit
Zimmer-Nr./Obergeschoss

Yves LeBlanc (09.07.1982)
1796, Rue Saint-André, Montréal, QC H2L 1V8, Canada
kanadisch
1/1

Kevin Lambert (04.11.1982)
1796, Rue Saint-André, Montréal, QC H2L 1V8, Canada
kanadisch
1/1

Kelly McDowell (05.03.1987)
1007, Hauser Blvd, Helena, MT 59601, USA
US-amerikanisch
2/1

Sarah Gibson (19.01.1986)
1115, Hauser Blvd, Helena, MT 59601, USA
US-amerikanisch
2/1

Lindsay Schilling (25.07.1987)
840, Lincoln St, Helena, MT 59601, USA
US-amerikanisch
3/1

Caitlin Schilling (29.05.1985)
840, Lincoln St, Helena, MT 59601, USA
US-amerikanisch
3/1

Luc Vernier (11.06.1989)
71 Rue de Salzbourg, F-51100 Reims
französisch
4/1

Franck Pellier (30.05.1989)
30 Rue du Lieutenant-Colonel Beaulieu, F-51100 Reims
französisch
4/1

André Talleyrand (11.02.1990)
9 Rue de Marilhou, F-51430 Tinqueux
französisch
5/2

Sébastien Merdrignac (08.06.1988)
5 Place d'Auzers, F-51430 Tinqueux
französisch
5/2

Roger Dupont (30.11.1989)
26 Rue Payen, F-51100 Reims
französisch
6/2

Alain Lewandowski (06.05.1989)
29 Rue Hincmar, F-51100 Reims
französisch
6/2

Alejándro López (14.12.1986)
Calle de Manuel García 2, E-28223 Pozuelo de Alarcón
spanisch
7/2

Diego Morales (07.10.1985)
Calle de Manuel García 4, E-28223 Pozuelo de Alarcón
spanisch
7/2

Manuel Campillo (19.04.1985)
Calle de Arenas de San Pedro 69, E-28024 Madrid
spanisch
8/2

Miguel Zapatero (27.05.1986)
Calle Dos 18, E-28024 Madrid
spanisch
8/2

Antonio Díaz (18.07.1984)
Calle de Cabo San Vicente 18, E-28924 Alcorcón
spanisch
9/3

Pablo Mártinez (06.03.1985)
Calle Olimpiada 12, E-28923 Alcorcón
spanisch
9/3

Javier Álcarez (25.11.1986)
Calle de Badajoz 20, E-28931 Móstoles
spanisch
10/3

Sergio Álcarez (16.04.1984)
Calle de Badajoz 20, E-28931 Móstoles
spanisch
10/3

Giulia Scichilone (28.10.1988)
Via Consalvo 125, I-80125 Napoli
italienisch
11/3

Francesca Scichilone (30.01.1986)
Via Consalvo 125, I-80125 Napoli
italienisch
11/3

Urs Anderegg (07.07.1982)
Maximilianeum, Leonhardstr. 12, CH-8001 Zürich
Schweizerbürger
12/3

Beat Zurbriggen (15.12.1982)
Maximilianeum, Leonhardstr. 12, CH-8001 Zürich
Schweizerbürger
12/3

Mario Ruefli (28.09.1982)
Maximilianeum, Leonhardstr. 12, CH-8001 Zürich
Schweizerbürger
14/4

Toni Schlatter (17.06.1981)
Maximilianeum, Leonhardstr. 12, CH-8001 Zürich
Schweizerbürger
14/4

Sean O'Brien (19.06.1982)
Saint Patrick's College, Maynooth, Co Kildare, Ireland
irisch
15/4

Odhran Brady (24.05.1981)
Saint Patrick's College, Maynooth, Co Kildare, Ireland
irisch
15/4

Patrick MacConmara (08.09.1979)
Saint Patrick's College, Maynooth, Co Kildare, Ireland
irisch
16/4

Colm O'Neill (04.01.1980)
Saint Patrick's College, Maynooth, Co Kildare, Ireland
irisch
16/4

Tiago Souza da Santa Maria (27.08.1978)
Priesterseminar Sankt Petrus, Kirchstr. 16, D-88145 Opfenbach-Wigratzbad
portugiesisch
17/5

Bartholomé Ngabane (13.06.1984)
Hospice de Saint-François, N 40, Mwene-Ditu, RD Congo
kongolesisch
18/5

„Oh Mann, da kommt aber einiges auf uns zu“, sagte ich. „Da brauchen wir ja zig Dolmetscher.“
Aber Dario schüttelte den Kopf. „So viele sind's nicht, Pitter. Wir brauchen gerade mal fünf Übersetzer – Englisch, Französisch, Spanisch, Italienisch und Portugiesisch. Und den Portugiesisch-Dolmetscher können wir uns vielleicht sogar sparen. Dieser Souza da Santa Maria besucht schließlich das Priesterseminar in Wigratzbad in Süddeutschland. Vermutlich wird der Deutsch verstehen.“
„Da haben Se recht, Mann“, sagte Wirtz. „Der is jut Deutsch am kalle.“
Ich wandte mich wieder Wirtz zu, der die Zeit genutzt hatte, sich ausgiebig an seinem Gemächt zu kratzen. „Nach unseren Informationen ist Herr Ngabane gestern angereist.“
Wirtz nickte. „Hm, genau. Gestern am späten Nachmittag. Gegen halb sechs etwa. Der hat nit viel gesagt, war nur freundlich am lächeln un hätt noh dr Zimmerschlüssel verlangk.“
„Hatte er irgendwelche Kontakte zu anderen Bewohnern?“
„Nä, dat säät mich jar nix. Ich hab dä danach nit mih jesinn. Ist in sein Zimmer gegangen – und dann war's das.“
„Ist Ihnen sonst noch irgendetwas Besonderes aufgefallen?“
„Nä, jar nix. Isch woa he at dä janze Ovend am werke hinger dä Thek. Die meisten von dä Piljerlüü sin he jestern Ovend spät ereinjekomme. Da wor ja dat Freiluftpicknick am Aachener Weiher.“
Während ich mich angesichts des seltsamen rheinischen Dialekts – denn Kölsch war es definitiv nicht – fragte, ob Wirtz wie unsere Kaderkraft Wolle Mannsfeldt aus der Gegend um Aachen stammte, nickte ich. Die zigtausend jungen Pilger aus aller Welt hatten bereits seit Dienstag den Verkehr in der Innenstadt nahezu zum Erliegen gebracht. Überall sah man freudestrahlende junge Menschen aus aller Welt, die die Fahnen ihrer Heimatländer

schwenkten und fröhliche Lieder anstimmten – ein schönes Bild, das Hoffnung für die Zukunft vermittelte.
„Wann sind denn die übrigen Gäste angereist?“, wollte ich wissen.
Wirtz blähte seine Backen auf. „Boah, läck misch am Aasch, da fragen Sie mich wat. Alle so Anfang der Woche. Der Neger war op jeden Fall der Letzte.“
Für seine abfällige Bemerkung hätte ich diesem seltsamen Rezeptionisten am liebsten eine verpasst. Aber dafür blieb mir keine Zeit.
„Wie hat Herr Ngabane das Zimmer reserviert? Und wann?“
„Ey, dat fragen Sie mich doch jetzt nicht im Ernst, wa? Wat weiß ich. Aber warten Se mal“, sagte er und kratzte sich zuerst am Kinn, dann an seinem Hintern. „Genau. Irgendwann hat einer für den angerufen und dat Zimmer reserviert. So vor 'n paar Wochen.“
„Ein Deutscher?“
„Ja, denk schon. Also wie 'n Buschhäuptling hat der nit jesprochen“, sagte Wirtz und furzte laut. So ein Prolet!
„Gut. Haben Sie dazu irgendwelche Aufzeichnungen?“
„Wozu?“
„Na, zu der Buchung?!“
„Bin ich dat Finanzamt? Nä! Ich hab dat einfach in dr Kalender notiert, wa, und dann war dat erledigt.“
„Verstehe. Wir müssen Ihre Aussage dann auch zu Protokoll nehmen.“
„Apropos, Dario: Kannst du dich bitte um die Dolmetscher kümmern, dann werd ich den Abtransport der Pilger zum Präsidium und die dortige Vernehmung veranlassen.“

Während Kollege Zimmermann nickte und nach seinem Handy griff, ging ich vor die Tür, wo Matthias Grebmeier auf dem Beifahrersitz des silber-grünen Opel Vectra Caravan Platz genommen hatte und genüsslich in einen Apfel biss.
„Guten Hunger, Kollege“, sagte ich.

„Danke. Ich hab's nich mehr ausgehalten. Ohne Essen geht bei mir gar nix."
„Schon klar. Pass mal auf: Wir müssen alle Hotelgäste bei uns im PP befragen – immerhin 31 Personen. Könntet ihr euch um den Abtransport kümmern?"
„Kein Problem", antwortete Kollege Grebmeier und drückte auf die Taste 5 des Funkbedienteils.
„11/33! Sprechwunsch?!", ertönte es aus dem Funkgerät. Grebmeier griff nach dem Peiker-Mikro.
„Hier 11/33! Wir benötigen für Zeugenvernehmungen in Sachen Tötungsdelikt Elsaßstraße den Abtransport von einunddreißig Paulas zum PP!"
Eine Weile blieb es ruhig. Dann knackte es im Funkgerät.
„11/33! GruKW rollen an!"
„Verstanden, 11/01! Ende!"
Grebmeier sah mich an. „Mann, da habter aber echt Glück, dat die ganzen Grukws jetzt bei uns wegen dem Weltjugendtag abgestellt sind!"
Ich nickte und ging zurück zum Rezeptionsbereich. „Ulf, unser DGL, informiert die Dolmetscher und schickt sie zum Präsidium", sagte Dario.
„Gut. Dann müssen wir die Hotelgäste jetzt dementsprechend informieren", sagte ich.

„Hallo Pitter, da sin mer endlich", ertönte eine männliche Stimme mit Aachener Lautfärbung. Der mittelgroße, leicht gebeugt gehende Mann Ende fünfzig aus Stolberg, dessen weißer Bart und weißes Haar ihn zehn Jahre älter aussehen ließen, kam auf mich zu. Kriminaloberkommissar Wolfgang „Wolle" Mannsfeldt, einer der uns unterstützenden Kaderbeamten, der eigentlich für das KK 58 (Rauschgiftdelikte) zuständig war, reichte mir die Hand. „Et ging nit früher. Mein Scheißwagen wollt nit anspringen. Batterie am Arsch."

In seinem Schlepptau hatte er einen Mann um die vierzig mit kurzgeschorenen, hellblonden Haaren, Stirnglatze, abstehenden Ohren und Adlernase. „'n Morgen", sagte Kriminalhauptkommissar Michael „Hacki" Hackmann vom KK 12 leicht verschlafen, der uns als Kaderkraft auch unterstützen sollte.

„Klasse, dass ihr da seid! Dann können wir uns endlich um die Zeugen kümmern." Ich wies sie kurz in den Sachverhalt ein und stieg mit ihnen die Treppe hinauf.

„Good Morning, my name is Merzenich, Cologne police. We have to interrogate all of you now. It's very important!", sagte ich mit etwas holprigem Englisch.

Die umstehenden Pilger aus aller Welt, die wir auf allen vier Obergeschossen antrafen, schienen alles andere als begeistert, uns zu dieser Tageszeit Rede und Antwort zu stehen. Nur die vier deutschsprachigen Schweizer sowie der portugiesische Nachwuchspriester zeigten Verständnis und nickten freundlich lächelnd.

Wir verabschiedeten uns von den anderen und gingen vor die Tür, wo sich bereits die ersten schlaftrunkenen Jugendlichen aus aller Welt eingefunden hatten und auf ihren Abtransport zur Wache warteten. Die neugierige Menschentraube aus Nachtschwärmern und Reportern hatte sich zwischenzeitlich aufgelöst. Nach ein paar Minuten Wartezeit trafen dann auch tatsächlich zwei tannengrüne Mercedes-Gruppenkraftwagen der Wuppertaler Hundertschaft ein.

Die Szenerie wirkte nunmehr wie bei einem Schulausflug. Nacheinander betraten die jungen Menschen aus acht verschiedenen Nationen die Mannschaftsbusse. Wolle, Hacki und ich setzten uns in den silbernen Ford Focus, den Dienstwagen, mit dem sie angereist waren. Den Scorpio hatte ich Eugen überlassen, der ja noch vor Ort blieb. Wir fuhren zum Polizeipräsidium nach Kalk. Wirtz hatte Dümbgen telefonisch informiert, auch sie würden zum Präsidium nachkommen.

3. Kapitel: Der Vernehmungsmarathon

Polizeipräsidium Köln, Direktion Kriminalitätsbekämpfung, Kriminalinspektion 1, Kriminalkommissariat 11, Mordkommission 3, Walter-Pauli-Ring 2–4, 51103 Köln-Kalk, Donnerstag, 18. August 2005, 02:47 Uhr

Wir baten die jungen Pilger, im großen Foyer zu warten, wo sie von einem Kollegen der K-Wache betreut und mit Kaffee versorgt wurden, während wir unseren verwaisten Flur betraten und unsere PCs hochfuhren. Ich setzte Kaffee auf.

Kurze Zeit später trafen drei Frauen und ein Mann ein, die jeweils um die dreißig waren und von einem Kollegen der K-Wache begleitet wurden. Jane Woodsworth, Madeleine Rousseau, Paola Tozzi und Enrique Salazar y González stellten sich nacheinander vor. Es handelte sich um in Köln lebende, allgemein beeidigte Dolmetscher für ihre Muttersprachen.

Während die leicht ungeduldig wartenden Pilger von den freundlichen Kollegen der K-Wache umsorgt wurden, ging ich mit meinen beiden Kollegen und den vier Dolmetschern in eines der beiden Büros, um ihnen den Sachverhalt und die bevorstehende Aufgabe zu schildern.

Ich sah auf die handschriftlich verfasste Gästeliste. „Wir sollten es folgendermaßen aufteilen: Hacki, du vernimmst alle acht spanischen Hotelgäste. Herr Salazar y González wird dir mit der Übersetzung behilflich sein. Danach nimmst du dir noch die beiden Italienerinnen vor. Frau Tozzi, halten Sie sich bitte für diese beiden Vernehmungen bereit."

Die hübsche Dolmetscherin lächelte mich mit ihren rehbraunen Augen an und nickte.

„Beschränkt euch auf Fragen, ob ihnen gestern in Bezug auf Ngabane etwas besonderes aufgefallen ist und ob sie sonstige interes-

sante Beobachtungen gemacht haben. Wir müssen uns aus Zeitgründen und auf Grund der Masse der geplanten Vernehmungen auf das Wesentliche beschränken. Fangt am besten gleich an!"
„Wird gemacht", sagte Hacki und verließ mit dem Spanier Salazar y González das Büro.
„Nun zu dir, Wolle. Du kümmerst dich bitte um die Vernehmung der sechs Franzosen und der beiden Kanadier aus Quebec. Danach kannst du noch zwei der Schweizer vernehmen – Anderegg und Zurbiggen. Frau Rousseau wird dich unterstützen."
„Wir machen uns dann auch direkt ans Werk", sagte Wolle und verließ mit der blonden Französin das Büro.
„Tja, Miss Woodsworth, für uns bleibt dann der Rest – vier Amerikanerinnen und vier Iren."
Die beiden Schweizer Ruefli und Schlatter, den Portugiesen sowie Wirtz und Dümbgen würde ich ohne jegliche Hilfe vernehmen können.
„In Ordnung, let's begin!", antwortete die hübsche Blondine aus Newcastle upon Tyne im Nordosten Englands. Mit ihrem Hosenanzug und den hochgesteckten Haaren strahlte sie einen leicht spröden, unnahbaren Charme aus, der mich an diesem Typ Frau schon immer gereizt hatte. Aber leider musste ich mich auf die Arbeit konzentrieren.
Ich entledigte mich meines Jacketts und lockerte den Knoten meiner Krawatte. Wieder einmal stellte ich erleichtert fest, dass ich seinerzeit die richtige Berufswahl getroffen hatte – denn als Bankangestellter oder Versicherungskaufmann hätte ich diese unbequemen „Fatzke-Klamotten" wohl tagtäglich tragen müssen. Ein Horrorgedanke ...

Die Erste, die wir vernahmen, war die schüchterne achtzehnjährige Kelly McDowell aus Helena, der Hauptstadt des an Kanada grenzenden Bundesstaats Montana im Nordwesten der USA. Sie

lächelte verlegen, fuhr sich durch das Haar mit Sauerkrautlocken und rutschte nervös auf ihrem Stuhl hin und her.
„I've never been interrogated by the police before", versuchte sie, ihre Nervosität zu begründen.
„No problem. Keep cool!"
Sie gab an, gemeinsam mit ihren drei Freundinnen Sarah, Lindsay und Caitlin, die wie sie das Carroll College in Helena besuchten und Mitglieder im Kirchenchor ihrer katholischen Gemeinde waren, am Montag auf dem Flughafen Frankfurt gelandet und mit dem Zug nach Köln gefahren zu sein. Die vier Mädchen, die seit Kindheitstagen befreundet waren, hatten für den Trip zum Weltjugendtag lange gespart.
Dienstag hatten sie die nach ihren Angaben faszinierende Stadt Köln mitsamt Dombesichtigung erkundet und am Eröffnungsgottesdienst im RheinEnergieStadion teilgenommen. Am Vortag waren sie gemeinsam mit tausenden anderen Pilgern zum Aachener Weiher aufgebrochen, um dem Freiluft-Musik-Picknick beizuwohnen.
Zu Bartholomé Ngabane wusste Kelly nichts zu sagen. Sie hatte ihn überhaupt nicht kennengelernt, da er erst am Vortag angereist war – zu einem Zeitpunkt, als sie noch auf den vollkommen überlaufenen Wiesen rund um den Aachener Weiher tanzten und klatschten. Danach seien sie noch durch ein paar Kneipen in der Innenstadt gezogen. „It was fantastic!", sagte sie.
Ich hatte eifrig am PC mitgeschrieben und das Protokoll ausgedruckt, das Jane Woodsworth ihr nun Wort für Wort übersetzte. Miss McDowell nickte und unterschrieb ihre Aussage, bevor sie sich per Handschlag und mit einem erleichterten Lächeln verabschiedete. Die gesamte Vernehmung hatte gerade mal zwanzig Minuten gedauert.
Die Aussagen von Sarah Gibson, Lindsay Schilling und ihrer Schwester Caitlin klangen ähnlich. Das Einzige, was sie von

Kellys Darstellung unterschied, war die Tatsache, dass die drei selbstbewussten, unentwegt kichernden jungen Damen ihr gesamtes Interesse den jungen Spaniern widmeten, die ebenfalls im Bonner Hof verweilten. Sie waren gemeinsam zum Freiluftpicknick gefahren und hatten sich offensichtlich gut mit ihnen verstanden. Alles in allem waren diese drei Mädchen um ein Vielfaches anstrengender als ihre Freundin Kelly. Sie benahmen sich wie typische, unreife Teenager, sahen selbst die Vernehmung als aufregendes Abenteuer an und ließen weder die inzwischen leicht genervte Miss Woodsworth noch mich ausreden.

Es war bereits 4:32 Uhr, als ich Sean O'Brien hineinbat. Mit seinen ordentlich gekämmten rotblonden Haaren, der blassen Haut und der dicken Hornbrille wirkte er wie ein typischer Streber.
Der Ire in der schwarzen Soutane eines Priesters nahm freundlich lächelnd Platz und gähnte. Er war wie seine drei Mitreisenden Odhran Brady, Patrick MacConmara und Colm O'Neill Absolvent des Priesterseminars am katholischen Saint Patrick's College in Maynooth, County Kildare, in der Nähe Dublins.
In den benachbarten Büros, in denen Hacki und Wolle die Zeugen befragten, herrschte jeweils ein erhöhter Lautstärkepegel.
Auch Sean O'Brien wusste nichts zu berichten, was für unsere Ermittlungen auch nur im Geringsten sachdienlich erschien.
Die vier jungen irischen Nachwuchspriester waren am Montag angereist, hatten am Vorabend ebenfalls das Open-Air-Picknick besucht und waren danach in ihr Hotel zurückgekehrt. Von der Ankunft oder der bloßen Anwesenheit Ngabanes hatten auch sie nichts mitbekommen. O'Briens Aussage wurde von den übrigen Seminarteilnehmern bestätigt. Kurz nach sechs hatten wir alle Iren vernommen.
„So, ich brauch jetzt erst mal 'nen Kaffee", sagte ich zu Jane

Woodsworth, deren Augen fast zugefallen waren und die sich bemühte, mich anzulächeln.
„Wie sieht's mit Ihnen aus?", wollte ich wissen.
„Nein, danke, Ich glaube, ich werde jetzt einfach nur nach Hause fahren und mich hinlegen."
„Vielen Dank für Ihre Hilfe! Schlafen Sie gut", sagte ich zu der attraktiven Britin, die mein Büro verließ.
Auch ich hätte 'ne Mütze Schlaf vertragen können. Aber leider blieb dafür keine Zeit. So beeilte ich mich, den heißen Kaffee auszutrinken und weiterzumachen.

Als Nächster war Mario Ruefli an der Reihe. Der Mann mit langen Haaren, Rastalocken, Dreitagebart und lässiger Surferkleidung gab an, aus Esslingen bei Zürich zu stammen und gemeinsam mit seinen drei Kommilitonen Anderegg, Zurbriggen und Schlatter, mit denen er an der Universität Zürich ein Ethnologiestudium absolvierte, am Dienstag angereist zu sein.
Auch sie waren am Vortag auf dem Pilgerpicknick am Aachener Weiher und danach in der Flotte und dem Schmelztiegel, zwei Partykneipen im „Kwartier Latäng" rund um den Zülpicher Platz, der „Partymeile" der Kölner Studenten. Weder er noch Toni Schlatter konnten sich daran erinnern, Ngabane überhaupt gesehen zu haben.

Es war zwanzig vor sieben, als ein schmächtiger, kleiner, junger Mann mit schwarzen Haaren, Mittelscheitel, Brille mit schwarzem Gestell und leicht gebräunter Haut das Büro betrat. Die lange schwarze Soutane reichte ihm fast bis zu den Knöcheln.
„Tiago Souza da Santa Maria", sagte der junge Priester und reichte mir die Hand, bevor er Platz nahm.
Die aufgehende Sonne erhellte den Raum. Ich fror vor Müdigkeit und war fast eingeschlafen, als ich mit der Vernehmung be-

gann. Souza da Santa Maria stammte aus Barreiro bei Lissabon.
„Seit letztem Jahr besuche ich das Priesterseminar der FSSP in Wigratzbad in Bayerisch-Schwaben."
„FS-was?"
„Die FSSP. Fraternitas Sacerdotalis Sancti Petri – Priesterbruderschaft Sankt Petrus. Wir sind eine klerikale Gesellschaft päpstlichen Rechts."
„Aha", antwortete ich gelangweilt, während ich die Angaben zu seinen Personalien in die Tastatur hämmerte. „Wie kommt's, dass Sie so gut Deutsch sprechen?"
„Mein Vater war Mitarbeiter der portugiesischen Botschaft in Bonn. Ich bin hier aufgewachsen. Den Rest meiner Jugend habe ich dann in Portugal verbracht. Ehrlich gesagt habe ich außer Portugal und Deutschland noch nichts von der Welt gesehen. Ich hoffe inständig, dass sich das eines Tages ändern wird."
„Gut. Können Sie mir irgendetwas zu Herrn Bartholomé Ngabane sagen, der heute Nacht tot in Ihrem Hotel aufgefunden wurde?"
„Nein, was ich zutiefst bedaure. Aber ich habe seine Bekanntschaft leider nicht gemacht."
„Wo waren Sie denn gestern?"
„Nun, auch ich habe dem Picknick am Aachener Weiher beigewohnt – wie alle übrigen Hotelgäste auch."
Für einen Mann von knapp siebenundzwanzig Jahren drückte sich dieser Souza da Santa Maria verdammt gewählt und gestochen aus.
„Was haben Sie danach gemacht?"
„Ich bin den Verlockungen Kölns erlegen und habe das Früh-Brauhaus aufgesucht. Leider habe ich das eine oder andere Glas Kölsch zu viel konsumiert", lächelte Souza da Santa Maria und kicherte hinter vorgehaltener Hand wie ein kleines Mädchen.

„Aber ich gehe doch recht in der Annahme, dass Sie das Einzelzimmer neben Ngabane bewohnen?!"
„Das stimmt. Aber dank des Alkoholkonsums habe ich mich unmittelbar nach meiner Ankunft im Hotel ins Bett gelegt und geschlafen. Gott möge mir mein sündiges Treiben verzeihen!"
Diese Pfaffen und ihr bekloppptes, weltfremdes Gerede! Ich fühlte mich immer wieder aufs Neue bestätigt, das Richtige getan zu haben, aus diesem Verein ausgetreten zu sein. Die Zeit als Messdiener in der Kalker Josephskirche hatte mir für den Rest des Lebens gereicht. Unser Gemeindepfarrer war ein linkischer Schnorrer, der sich auf allen Familienfesten durchfüttern ließ und mit jedem über jeden lästerte. Oft genug war ihm die Hand ausgerutscht, wenn uns bei den Heiligen Messen Fehler unterliefen. Als ich einmal nur ein paar Tropfen Messwein verschüttete, rastete er förmlich aus und knallte mir eine, dass es nur so schepperte. Nein, ich konnte mit der katholischen Weltanschauung nicht das Geringste anfangen. Ich wollte mich auch gar nicht mehr näher mit dieser Thematik auseinandersetzen – nicht mehr, als es für diesen Fall vonnöten war.
„Gut, Herr Souza da Santa Maria, dann war's das", sagte ich und druckte das Protokoll aus. Während ich dem jungen Priesterschüler seine Zeugenaussage zum Durchlesen vorlegte, klingelte es in meiner Jackentasche – was ich zunächst jedoch gar nicht bemerkte.
„Sie haben eine ligação", sagte Souza da Santa Maria und deutete auf meine Jackentasche.
„Eine was?", fragte ich.
„Oh, Entschuldigung, einen Telefonanruf."
„Stimmt", entgegnete ich, nachdem ich das Klingeln selbst vernommen hatte.
Es war Theo, der sich nach dem aktuellen Sachstand erkundigte. Ich teilte ihm mit, nunmehr die letzten beiden Zeugen, Wirtz

und Dümbgen, zu vernehmen, und legte auf.
Souza da Santa Maria unterschrieb das Protokoll und verabschiedete sich.

Während die Pilger nach und nach zurück ins Hotel gebracht wurden, holte ich Herrn Wirtz im Foyer ab. Das Licht der Sonne erhellte den gesamten Eingangsbereich, der sich langsam aber sicher mit den Kollegen füllte, die in ihre Büros eilten, um den „regulären" Dienstbetrieb wieder aufzunehmen.
„So, Herr Wirtz, Sie wären dann dran", sagte ich, während ich den neben ihm wartenden Chrissy Dümbgen, der übertrieben freundlich lächelte, keines Blickes würdigte.
Wirtz nickte stumm und faltete die neueste Ausgabe des EXPRESS' mit der Schlagzeile „Viva Papa Colonia!" anlässlich der bevorstehenden Ankunft Papst Benedikts in Köln. Tja, ganz Köln war in diesem Sommer im Papstfieber. Für die Tötung Ngabanes blieb da wider Erwarten offenbar kein Wort übrig – obwohl das zum damaligen Stand der Ermittlungen sicherlich auch das Beste war ... Aber noch war nicht aller Tage Abend. Schließlich war die Leiche erst nach Redaktionsschluss der Printausgabe aufgefunden worden. Ich war darauf gespannt, wie mir Gaby Möltgen und Hannes Lüssem meine Unfreundlichkeit in der nächsten Ausgabe heimzahlen würden ...

Nachdem er Platz genommen hatte, belehrte und befragte ich Maik Wirtz, den aus Eschweiler bei Aachen stammenden Portier, der seine nächtliche Aussage wiederholte.
„Woher kennen Sie Herrn Dümbgen eigentlich?", wollte ich abschließend von Wirtz wissen, der angegeben hatte, sich nach seiner mehrjährigen Dienstzeit bei der Panzertruppe als Türsteher, Geldeintreiber und Preisboxer über Wasser gehalten zu haben.

„Mer sin zusammen in dr Hagener Knast gesessen. Er wejen seiner Scheiß, den er als Bulle abjezogen hat, ich wejen 'nem Überfall op de Sparkass in Dürwiß met dr Louis. Haben jedacht, mer könnte dat besser wie Rösner und Degowski, haben uns met 'n paar Geiseln in dä Bank verschanzt, wa, Kohle und 'ner schnelle Fluchtwagen jefordert. Die Bullen – äh – Beamten – vom SEK sind angerückt und haben uns plattjemacht. Tja, blöd jelaufen. Hab acht Jahre jekricht, dr Louis sojar neun. Wie ich in dr Januar eraus bin, bin ich nach Köln zum Chrissy, wa, der es ja seit dr letzte Jahr widder eraus. Mer sin richtig Freunde jeworden im Bau, wa, und da hab ich ihn jefraacht, ob er 'ner Job für mich hätt. Tja, so bin ich dann hier in dr Hotel jelandet", berichtete er in seinem unüberhörbaren Eschweiler „Singsang".
Ich nickte und druckte das Protokoll aus, das Wirtz konzentriert durchlas und unterschrieb. Nachdem ich ihn zum Foyer gebracht hatte, wandte ich mich an Chrissy Dümbgen, einen untersetzten Mann in den Vierzigern mit Knollennase und Stirnglatze, der mit weißem Oberhemd und dunkler Stoffhose sowie schwarzen Lackschuhen bekleidet war. Bei seinem Anblick sank meine Laune auf den Nullpunkt. Schließlich war der ehemalige Polizeihauptmeister und Exknacki ein rotes Tuch für mich, seitdem er die gesamte Truppe derart in den Schmutz gezogen hatte. Und jetzt lächelte mich dieser Versager über beide Ohren grinsend an und tat so, als sei nie etwas gewesen.
„Das hat aber ganz schön lange gedauert ... Gestatten: Christian Dümbgen", sagte er und streckte seine Hand aus, die ich ihm nicht reichte. Eher hätte ich sie mir abgehackt. Chrissy schien mich nicht wiedererkannt zu haben. Dafür hatte er sich überhaupt nicht verändert – bis auf die Klamotten. Wollte der etwa einen auf seriösen Hotelbesitzer machen, oder was?
Es war an der Zeit, dieses Arschloch auf den Boden der Tatsachen zurückzuholen. „Tach Chrissy. Ich bin's. Pitter."

Chrissy riss seine Augen weit auf – wie damals als Angehöriger unserer Kradgruppe, wenn er sich mit seiner grün-weißen BMW K 75 RT an der Kalker Hauptstraße postiert hatte und Ausschau nach hübschen jungen Frauen hielt, die er kontrollieren und anbaggern konnte, dieser Möchtegern-Playboy.
„Pitter! Du bist es! Mensch, dich hätte ich ja gar nicht wiedererkannt! Gut siehst du aus, alter Kollege!“, sagte Chrissy und wollte mir um den Hals fallen, was ich jedoch zu verhindern wusste.
„Quatsch doch keinen Scheiß, Mann! Kollegen sind wir schon seit Ewigkeiten nicht mehr! Du bist einfach nur ein kriminelles Arschloch!“, brüllte ich ihm entgegen.
Wenn es um Chrissy ging, fuhr ich jedes Mal aus der Haut – auch wenn seine Taten Jahre zurücklagen und er seine Strafe verbüßt hatte. Ohne ein weiteres Wort machte ich mich mit ihm auf den Weg in den vierten Stock des Blocks A, in dem sich unsere Büros befanden. Chrissy Dümbgen betrat das kleine Büro. Er nahm mir gegenüber Platz. Ich nahm seine Personalien auf und belehrte ihn über seine Rechte und Pflichten.
„Also, um es kurz zu machen, sag mir einfach, was du zu Ngabane weißt.“
„Tja. Nix. Die Zimmerbuchung hat der Maik entgegengenommen. Ich wusste gar nicht, dass dieser Ngabane bei uns wohnt. Darum kümmere ich mich nicht. Seitdem meine Tante Irmgard ein Pflegefall ist und im Heim lebt, hab ich genug mit der Geschäftsführung zu tun. Gott möge mir die Kraft geben, diese schwere Zeit durchzustehen.“
„Ach, machste jetzt einen auf fromm, oder was?! Wer soll dir denn die Scheiße abnehmen?“
Zugegeben, es war nun wirklich nicht vorbildlich, wie ich mich gegenüber Chrissy Dümbgen, der immerhin als Zeuge und nicht als Beschuldigter galt, verhielt. Aber alles in mir widerstrebte der Vorstellung, dass dieses korrupte Schwein durch seinen Knast-

aufenthalt tatsächlich ein neuer Mensch geworden sein sollte. Außerdem war es mir ein außerordentliches Vergnügen, meinen ehemaligen Kollegen zu provozieren – in der Hoffnung, ihn aus der Reserve zu locken und sein wahres Gesicht zu offenbaren. Es tat gut, Dümbgen, der sechs Jahre zuvor nicht nur sich, sondern auch das gesamte PP Köln bei der Bevölkerung in Misskredit gebracht hatte, mit jeder Frage zu quälen und zu beleidigen.
Und Chrissy war gequält. Er biss sich unentwegt auf die Unterlippe, wusste kaum, wie er reagieren sollte. Vom ehemals schlagfertigen Motorrad- und ET-Beamten war nicht mehr viel übrig geblieben.
„Ja, Pitter, ich bin tatsächlich ein gottesfürchtiger Mann geworden! Die vier Jahre in der JVA Hagen haben mich in jeglicher Hinsicht bekehrt. Wenn wir Gott unser Leben anvertrauen, wird er uns auch aus dem längsten und dunkelsten Tunnel zurück ans Licht führen!"
Ich schlug auf den Tisch und stand abrupt auf. „Willst du mich hier für blöd verkaufen, Chrissy? Das nimmt dir doch keine Sau ab! Ein selbstgerechtes Arschloch wie du schert sich doch 'nen Dreck um seine Mitmenschen – geschweige denn um Gott oder Nächstenliebe!"
„Ich kann deine Einwände und Vorbehalte durchaus verstehen und möchte sie gerne ausräumen. Sieh mal, Pitter, ich wurde durch meine Zeit im Gefängnis auf den rechten Weg gebracht. Gott hielt einige schwere Prüfungen für mich bereit. Was meinst du, was ich zu Beginn meiner Haftstrafe seitens der Mitinsassen zu ertragen hatte? Als sie herausgefunden hatten, dass ich mal zur Gegenseite gehörte, waren Prügel und sexuelle Übergriffe gegen mich an der Tagesordnung. Dreimal wurde ich vergewaltigt und so zusammengeschlagen, dass ich monatelang auf der Krankenstation lag! Das erst hat mir vor Augen geführt, welche Verfehlungen ich in der Vergangenheit begangen hatte. Aber dass

ausgerechnet DU mich jetzt selbstgerecht nennst, ist nicht gerade fair!", sagte Chrissy, seinen ganzen Mut zusammennehmend.
„Was soll das heißen?", schrie ich ihm entgegen, während ich mich zu ihm hinabbeugte.
Leicht eingeschüchtert, aber auch trotzig, sah mich Chrissy nun an. „Na, du warst auch nicht immer der vorbildlichste Polizist. Denk doch mal dran, wie du damals mit Marcel auf eigene Faust unbedingt den Mord an Michi Schmitz aufklären musstest. Du hast dich unerlaubterweise in die Arbeit der Kripo eingemischt und dir fast ein Disziplinarverfahren eingehandelt. Wenn du nicht der Ziehsohn von Marcels Vater, dem großen Erich Koslowski, gewesen wärst, würdest du heute wahrscheinlich immer noch Streife schieben und nie mehr befördert. Aber so – was bist du jetzt? Oberkommissar?!"
„Hauptkommissar", antwortete ich.
„Na, also. Hättest du ohne Erichs Hilfe doch nie geschafft! Du warst mir damals sehr ähnlich, Pitter! Du hattest einfach nur mehr Glück!"
Entrüstet schüttelte ich den Kopf. „Du willst also ernsthaft behaupten, dass eigenmächtige Ermittlungen zum Tod eines liebenswerten Kollegen mit Korruption, Zuhälterei, mehrfacher Körperverletzung und Beteiligung am Drogenhandel gleichzusetzen sind?"
„Im Grunde genommen schon. Wir haben uns beide nicht an die Vorschriften gehalten. Deswegen würde ich es begrüßen, wenn du mal von deinem hohen Ross runterkommen und mich ein wenig respektvoller behandeln würdest – wie jeden normalen Zeugen."
„Du kannst mich mal, Dümbgen!", schrie ich.
Irgendwie schien Chrissy den Spieß nun umgedreht zu haben und zu versuchen, mich verbal in die Enge zu treiben.
Aber ich hatte mich schnell wieder gefangen. „Wo warst du eigentlich gestern Abend?"

„Brauche ich ein Alibi?"
„Es ist eine reine Routinefrage. Schließlich warst du ja gestern nicht vor Ort, als die Kollegen eintrafen, oder?"
„Ja, das ist richtig. Ich habe den Abend bei meiner Verlobten in ihrer Wohnung im Wohnpark Bayenthal verbracht."
„Wie heißt sie?"
„Angelika Findeisen, Krohstraße 4."
„Angelika Findeisen? Das war doch das arme Mädchen, das du damals wie die anderen auch auf den Strich geschickt hast?!"
„Ja, aber sie hat mir verziehen, wir sind uns diesmal noch näher gekommen als damals. Ich habe den Kontakt zu ihr gesucht – noch während ich im Gefängnis saß, um mich bei ihr zu entschuldigen. Das Gleiche habe ich auch mit den anderen Mädchen sowie mit Jan Wickrath, Uwe Schmahlacker und Ralf Knübig beziehungsweise Ralf von Hohenfels versucht. Bis auf Ralf wollte aber keiner mehr mit mir reden."
„Kann ich sehr gut verstehen", warf ich in den Raum. „Wo finden wir Angelika Findeisen, wenn sie nicht zuhause ist?"
„Sie besitzt eine Modelagentur in Marienburg. Ich kann dir ihre Adresse geben", sagte er und notierte sie auf ein Stück Papier.
„Und wo finden wir dich, wenn du nicht im Hotel bist?"
„Hab ich doch schon zu Protokoll gegeben. In der Eigentumswohnung meiner Tante Irmgard. Holzmarkt 71. Verdächtigt ihr mich also doch?"
„Nein. Bislang zumindest nicht. Ist halt nur seltsam, dass der Hotelbesitzer nicht im Hause ist, wenn so viel Betrieb herrscht ..."
„Wie gesagt: Darum kümmert sich der Maik. Ich mach doch schon den anderen Kram. Das kann ich nicht auch noch leisten."
Ich konnte mir dieses Gesülze nicht länger anhören. „Hier, lies dir das durch und unterschreib", sagte ich, während ich ihm das Vernehmungsprotokoll vorlegte, das ich soeben ausgedruckt hatte.

***

Die Kollegen der Spurensicherung hatten gemeinsam mit Eugen Fröbel die ganze Nacht über den Tatort aufgenommen. Langsam machte sich die Müdigkeit breit. Die daktyloskopische Untersuchung und die minutiöse Aufnahme des Tatzimmers war beendet, sie wollten sich auf den Rückweg machen.
„Hey, was ist das denn?“, fragte plötzlich Thomas Schwadorf.
„Was meinst du?“, wollte Eugen wissen.
„Na, schau selbst“, sagte der ED-Beamte und deutete auf die zwar verwischten, aber dennoch eindeutig erkennbaren Dreckspuren im Hausflur, die denen in Nganabens Zimmer glichen.
„Hast recht. Ist mir eben gar nicht aufgefallen“, sagte Eugen.
Sie folgten der Spur, die trotz des herrschenden Betriebs in dem Hotel seltsamerweise noch fragmentarisch erhalten war, durch das gesamte Treppenhaus, bis sie schließlich im Erdgeschoss angelangt waren. Thomas deutete an die Tür zum Hinterhof, wo die Spur endete. Sie öffneten die Tür, um sich dort einmal genauer umzusehen.

***

Die Vernehmungen waren endlich abgeschlossen, ich fuhr kurz nach Hause, wo ich mir T-Shirt, Jeans, Turnschuhe und Jeansjacke anzog und mich wieder wie ein richtiger Mensch fühlte.
Nach der Frühbesprechung hatte Theo zur MK-Besprechung geladen.

4. Kapitel: Mordkommission „Kongo"

Polizeipräsidium Köln, Dir K, KI 1, KK 11, MK 3, Walter-Pauli-Ring 6, 51103 Köln-Kalk, Donnerstag, 18. August 2005, 08:30 Uhr

Als die kurze Frühbesprechung unseres Kommissariats beendet war, war im Besprechungsraum neben Theo und Nina (die uns bei der weiteren Sachbearbeitung personell unterstützen sollte) nur noch ich verblieben. Nacheinander trafen jetzt unsere beiden Kaderkräfte Hacki und Wolle ein. Theo begann mit seinem Sachvortrag, um uns alle auf den aktuellen Stand zu bringen.

„Die Spurensicherung am Tatort ist so gut wie abgeschlossen. Eugen ist mit Thomas und Alwin aber noch im Hotel. Die Kollegen haben heute Nacht mithilfe eines Verfahrens, das auf der elektrostatischen Aufladung basiert, Schuhsohlenabdrücke auf dem Teppichboden sichern können, die zurzeit bei der KTU von Kollege Möbius ausgewertet werden."

„Gut. Wir müssen auf jeden Fall das zuständige Konsulat der Demokratischen Republik Kongo über Ngabanes Tod in Kenntnis setzen", fiel mir ein.

„Ich werde mich direkt darum kümmern", antwortete Theo. „Und außerdem werde ich mal versuchen, etwas zu Ngabanes letzter Meldeanschrift, diesem Hospice de Saint-François, rauszufinden. Klingt für mich wie 'ne wohltätige Einrichtung." Theo nahm einen Schluck Kaffee und fuhr fort. „Die Obduktion wurde von der Staatsanwaltschaft angeordnet. Sie soll laut Doktor Pfeiffer um 10 Uhr beginnen, hat mir unsere Staatsanwältin vor wenigen Minuten am Telefon gesagt. Nina, da du uns unterstützt, wirst du mit Frau Rossi daran teilnehmen."

„Wird gemacht."

„Der ED wird auch einen Kollegen schicken. Die Bekleidung

Ngabanes muss ja auch noch auf Spuren untersucht werden", sagte Theo. „Was haben denn eure Zeugenvernehmungen ergeben? Wir hatten eben ja gar keine Zeit, in Ruhe darüber zu reden", wollte er wissen.

So erzählte ich von meinen Vernehmungen.

„Bei mir war's ähnlich", sagte Wolle.

„Die sechs Franzosen, allesamt Schüler und Mitglieder der UCJG, des französischen Gegenstücks des CVJM, sind Montagabend angereist und waren gestern auf dem Picknick am Aachener Weiher. Ngabane hatten sie nicht mehr kennengelernt. LeBlanc und Lambert, zwei Philosophiestudenten der UQAM, der Université du Québec à Montréal, haben bereits Sonntagabend eingecheckt und gestern ebenfalls an dem Picknick teilgenommen. Da muss ja wirklich die Hölle los gewesen sein! Ngabane haben auch sie nicht kennengelernt."

„Nicht anders war das mit den acht Spaniern", warf Dario ein, dessen Nachtdienst längst beendet war und der augenscheinlich nur noch nach Hause wollte. „Mitglieder des YMCA España, Schüler, Studenten, Soldaten und auch Handwerker, sind am Montag angereist, waren gestern bei diesem Picknick. Ngabane kannten sie nicht. Auch Francesca Scichilone, Studentin aus Neapel, und ihre jüngere Schwester Giulia sind Montag angekommen und waren gestern am Aachener Weiher. Danach waren sie auf der Feier der italienischen Pilger im RheinEnergieStadion. An den jungen Mönch aus dem Kongo konnten sie sich nicht erinnern."

„Das ist alles ziemlich dünn, was wir bislang haben", sagte Theo und zog die Anzugkrawatte aus. Er war nicht nach Hause gefahren, um sich umzuziehen, trug immer noch den feinen Anzug – wodurch er jetzt wie der Kriminaldirektor persönlich wirkte ...

„Ich hab Wirtz übrigens mal in POLAS abgeklärt: Der ist beim PP Aachen als ‚Der kleine Fuss' wegen räuberischer Erpressung

bekannt, hat im Knast gesessen. Und zu Dümbgen muss ich ja wohl nix sagen. Dessen Fall ist schließlich behördenweit bekannt. Sind also beide ganz schöne Früchtchen."
„Tja, trotz allem haben sie nichts aussagen können, was für uns von Relevanz wäre. Hat uns kein bisschen weitergebracht."
Theo nickte. „Wolle, Hacki: Ihr erkundigt euch an dem Kiosk Ecke Merowingerstraße/Elsaßstraße. Ich habe mir heute Nacht mal angesehen, von wo aus der anonyme Hinweisgeber angerufen hatte. Diese Telefonsäule befindet sich in unmittelbarer Nähe eines Kiosks. Leider war da heute Nacht schon zu."
„Wird jemacht, Chef", sagte Wolle und nahm einen Zug an seinem Zigarillo.
Ein schmächtiger Mann Mitte dreißig, mit dicker Brille und vorstehenden Zähnen, betrat den Raum. Kriminalkommissar Michael Möbius von der KTU, der Kriminaltechnischen Untersuchungsstelle, lächelte freundlich und gab den Blick auf sein Pferdegebiss preis.
„Guten Morgen zusammen", sagte er. „Also, ich wollte nur Bescheid sagen, dass ich die von Thomas am Tatort erhobenen Fuß- beziehungsweise Sohlenabdrücke mit unserer Datei verglichen habe. Bin gerade damit fertig geworden. Es handelt sich um Schuhe des Typs ‚Magnum HI-TEC Combat Boot'. Ein Einsatzschuh, der vorrangig für Kräfte der Polizei und des Militärs entwickelt wurde", sagte Möbius und legte ein Foto eines Vergleichsexemplars auf den Tisch. Es zeigte einen schwarzen Lederschuh, der etwas mehr als Knöchelhöhe aufwies und einem Springerstiefel ähnelte.
„Die Exemplare, von denen Thomas am Tatort die Abdrücke sichern konnte und die mit Lehm verdreckt waren, hatten die Größe 45. Also eher ein großer Fuß."
„Gut. Vielen Dank, Michael", sagte Theo und zündete sich eine Zigarette an.

***

Thomas Schwadorf öffnete eine der Mülltonnen, die sich im Hinterhof des Hotels befanden. Er entnahm ihr einen Gegenstand, den er genauestens unter die Lupe nahm. „Jetzt guckt doch mal, was ich hier hab“, sagte er schließlich und hielt seinen beiden Begleitern Alwin und Eugen einen cognacfarbenen Mikrofaserblouson in Veloursledeoptik unter die Nase.
„Und jetzt schaut mal genau hin: Fällt euch was auf?“, wollte der ED-Kollege wissen.
Eugen betrachtete die Altherrenjacke und nickte. „Ja, ich hab’s gesehen.“
Nach einiger Zeit nickte nun auch Alwin. „Ich glaube, ich weiß auch, worauf du hinauswillst.“
Und tatsächlich. Thomas deutete auf die Reihe aus Hornknöpfen. „Die sehen doch genauso aus wie der Knopf, den der Tote in seiner Hand hielt. Und wie ihr sehen könnt, fehlt an dieser Jacke einer“, sagte er und deutete auf die Stelle des Blousons, an der nur noch ein loser Faden davon zeugte, dass hier einmal ein Knopf angebracht war. „Ich wette, dass die kriminaltechnische Untersuchung ergeben wird, dass der Knopf von dieser Jacke stammte.“
Thomas beugte sich erneut in den Müllcontainer, während Alwin die Jacke genauestens inspizierte. Kriminalhauptkommissar Schwadorf räusperte sich schließlich und wippte nervös von einem Fuß auf den anderen. „Und jetzt seht mal, was ich noch gefunden habe“, sagte er und zeigte uns ein paar knöchelhohe Einsatzstiefel. „Typ ‚Magnum HI-TEC Combat Boot‘, Größe 45. Die Sohle ist vollkommen verdreckt. Ich denke, wir haben die Täterschuhe gefunden. Das ist genau der Typ Schuh, den Möbius uns beschrieben hatte.“

„Nicht schlecht, Kollege. Aber ich weiß nicht, ob uns das wirklich weiterhilft. Selbst, wenn es sich um die Kleidung des Täters handelt, wissen wir doch immer noch nicht, wer das überhaupt war."
Aber Alwin lächelte ihn nur überlegen an. „Denkst du, Eugen. Aber da irrst du dich. Das hab ich gerade in der Innentasche des Blousons gefunden", sagte Kollege Scheunemann und hielt ihm eine kleine Plastikkarte im Scheckkartenformat entgegen. Eine Einkaufskarte des Großhandelsunternehmens Metro.
Als Eugen das Passfoto des Karteninhabers sah, verschlug es ihm fast den Atem, denn die Karte war auf den ehemaligen Kollegen Chrissy Dümbgen ausgestellt. Umgehend rief Eugen im Präsidium an.

***

Theo betrat mein Büro. „Pitter, es gibt Neuigkeiten. Eugen und die Jungs von der Spusi haben in einer Mülltonne im Hinterhof die mutmaßlichen Täterschuhe und einen Lederblouson mit dem Typ Knöpfen gefunden, von denen Ngabane einen in der Hand hatte. Und jetzt halt dich fest: In der Innentasche des Blousons haben sie einen Metro-Ausweis gefunden. Ausgestellt auf Chrissy Dümbgen."
Verdutzt sah ich meinen MK-Leiter an. „Das gibt's doch wohl nicht! Dieser Drecksack! Macht einen auf gottesfürchtig und geläutert und entpuppt sich dann als Mörder eines Mönchs!"
„Nun mal langsam, Pitter! Das sind bislang doch nur Indizien, die gegen ihn sprechen."
„Ach, erzähl mir doch nix! Theo, ich sag's dir, Chrissy ist unser Mann! Ich werd den jetzt erst mal festnehmen und nochmal vernehmen."

„Das wirst du nicht! Du triffst dich jetzt mit Eugen und dann überprüfst du mit ihm erst mal sein Alibi! Die sind jetzt mit der Tatortaufnahme eh fertig. Keine Alleingänge, klar?!"

„Das können wir doch auch noch im Nachgang machen. Ist garantiert eh gelogen!"

„Keine Diskussion, Pitter!"

Ich rief Eugen an und machte mich mit unserem petrolblauen Vectra Fließheck auf den Weg nach Marienburg, wo ich mich mit Eugen treffen wollte, um Frau Findeisen in Bezug auf Dümbgens Alibi zu befragen.

5. Kapitel: Schuldig im Sinne des Ermittlers

Modelagentur Catwalk & Rampenlicht,
An der Alteburger Mühle 16, 50968 Marienburg,
Donnerstag, 18. August 2005, 09:18 Uhr

Auf meinem Weg zu der Zeugin geriet ich von einem Verkehrschaos ins nächste. Überall die jungen, singenden Pilger mit himmelblauen Rucksäcken und gleichfarbigen Schlüsselbändern um den Hals, an denen ihre Pilgerausweise baumelten. Frohen Mutes legten sie den gesamten Innenstadtverkehr lahm. Schließlich sollte gegen 12 Uhr der aus Deutschland stammende Papst Benedikt XVI. auf dem Flughafen Köln/Bonn landen.
Ich sah eine Gruppe junger Italiener, die ihre Fahne schwenkten und klatschend „Be-ne-det-to, Be-ne-det-to" skandierten. Ein paar Amis sahen sich daraufhin genötigt, ihr Sternenbanner ebenfalls zu schwenken und stimmten „We Love, We Love Benedict" an – eine umgetextete Version des Queen-Hits „We Will Rock You". Bei strahlendem Sonnenschein hatten sich die Gäste aus aller Welt aufgemacht, um dem Heiligen Vater einen denkwürdigen Empfang zu bereiten. Leider hatte ich keine Zeit, diesem historischen Ereignis jegliche Beachtung zu schenken. Es galt, den schrecklichen Tod des jungen Afrikaners so schnell wie möglich aufzuklären.
Ich hatte den Vectra hinter dem alten Scorpio am Straßenrand im noblen Stadtteil Marienburg in unmittelbarer Nähe der Rheinuferstraße abgestellt. Eugen stieg aus dem betagten Ford aus, begrüßte mich. Vor uns lag das wuchtige Eckhaus aus den Achtzigern oder Neunzigern, das an der Einmündung zur kleinen Straße Auf dem Römerberg lag und mit seinem aus dichten Efeuranken, Rolltoren und einer Haustür bestehenden Erdgeschoss an eine mittelalterliche Trutzburg erinnerte. Die beiden

Obergeschosse und das Dachgeschoss bestanden aus großzügigen, mannshohen Fensterfronten mit Balkongittern.
Vor der Haustür, an dem das Firmenschild der Modelagentur Catwalk & Rampenlicht prangte, die Dümbgens Verlobten Angelika Findeisen gehörte, erblickte ich einen kantigen, gewaltigen Geländewagen vom Typ Hummer H2. Auf der verdunkelten Heckscheibe des pechschwarzen Allradgiganten las ich die weiße Aufschrift www.security-suppliers.de.
„Oh Mann, dieser Heini hat mir heute gerade noch gefehlt", sagte ich mit einem Blick auf den Wagen.
„Wieso? Wem gehört die Karre denn?"
„'nem gewissen Ümit Göcök, der sich selbst nur K.-o.-Ümit nennt. Dem gehört die Security Suppliers GmbH, so 'ne halbseidene Sicherheitsfirma."
Ich dachte an den Julitag vor drei Jahren zurück, an dem ich in die Kanzlei des Rechtsanwalts Dr. Kai Tannenbusch gerufen wurde. Besagter K.-o.-Ümit, der in Begleitung seiner beiden Mitarbeiter war, wollte mich unbedingt sprechen, um mir den entscheidenden Hinweis auf einen wegen Mordes und Kriegsverbrechen gesuchten serbischen Söldner zu geben. Ich hatte Ümit als unsympathische und undurchsichtige Halbweltgröße kennengelernt, der man nicht allzu sehr vertrauen sollte.
Wir klingelten an der Haustür. Ohne Rückfrage wurde uns die Tür geöffnet. Im ersten Stock klingelten wir an einer weiteren Tür, die uns ebenfalls geöffnet wurde, und befanden uns im Empfangsbereich, an dessen Wänden unzählige Hochglanzaufnahmen von leicht bekleideten, hübschen jungen Frauen hingen. Ein Eldorado für jeden Pin-up-Freund ...
Eine Blondine an der Rezeption mit schulterlangen Haaren, etwas zu weit aufgeknöpfter Bluse und kurzem Minirock lächelte uns freundlich an. Es fiel mir angesichts dieses Anblicks schwer, mich auf meine Arbeit zu konzentrieren.

„Guten Morgen, meine Herren. Was kann ich für Sie tun?"
„Merzenich, Kripo Köln. Das ist mein Kollege Fröbel. Wir müssen dringend mit Frau Findeisen sprechen."
„Oh, das tut mir leid, aber die Chefin ist gerade in einem wichtigen Meeting. Wenn Sie aber so lange warten möchten?!", fragte sie mit bezauberndem Augenaufschlag.
Sie gehörte eigentlich nicht zu den Frauen, denen man einen Gefallen abschlagen konnte. Eigentlich. Aber wir hatten schließlich unsere Arbeit zu erledigen. Und so leicht ließ ich mich nicht abwimmeln.
„Ich glaube, Sie haben mir eben nicht richtig zugehört. Wir müssen Frau Findeisen SOFORT sprechen! Es ist wirklich wichtig!"
In diesem Moment öffnete sich die Milchglastür am anderen Ende des langen Flurs, auf der GESCHÄFTSFÜHRUNG stand.
„Okay, Geli, der Deal steht! Sag deinem Kunden, dass das alles läuft, Mann. Wir machen den Einlassdienst und den Personenschutz für die Mädchen auf der Modenschau. Ich schwör dir: Wird 'n geiler Abend! Also: Mach's gut! Und danke für den Auftrag!", sagte ein Enddreißiger mit Bodybuilder-Figur und langen, schwarzen, im Pferdeschwanz gehaltenen Haaren.
Er hatte einen sehr dunklen Teint und trug einen schwarzen Anzug mit schwarzem Seidenhemd, das er fast bis zum Bauchnabel offen trug. Unter diesem Hemd konnte ich mehrere Goldketten ausmachen. Seine Finger wurden von ebenso protzigen wie übertrieben wirkenden Goldringen geziert. Die schwarzen Lackschuhe waren auf Hochglanz poliert.
Als Ümit Göcök mich erblickte, erschrak er für den Bruchteil einer Sekunde. Zögerlich kam er auf uns zu und reichte mir die Hand.
„Mensch, Pitter, Alter, was machst du denn hier, Mann? Lange nicht gesehn. Wie läuft's?" Im Gegensatz zu unserem besagten ersten Treffen vor über drei Jahren wirkte K.-o.-Ümit jetzt über-

trieben freundlich und aufgeschlossen.
„Ist okay. Dir scheint's ja auch nicht schlecht zu gehen, wenn ich mir deinen neuen Wagen so angucke …"
„Es läuft, Mann, es läuft."
„Wo sind deine beiden Bodyguards Hasan und Bülent?" Schließlich war er bei unserem ersten Treffen in Begleitung dieser beiden unterbelichteten Möchtegern-Bodyguards gewesen, die keinen Ton herausgebracht hatten.
„Die haben beide Urlaub, Mann! Zwei Wochen bei ihren Familien in Ostanatolien. So, hau rein, ich muss weg, Alter!"
Eugen und ich betraten Angelika Findeisens Büro, von dem aus sie einen grandiosen Blick auf den Rhein hatte. Aus der hochwertigen Stereoanlage neben dem modernen Aluregal ertönte der aktuelle Sommerhit von Juanes, „La Camisa Negra".
Dümbgens Verlobte, eine bildschöne, braun gebrannte Frau südländischen Typs mit glänzendem, schwarzen Haar, lächelte uns an, wenn auch leicht irritiert. „Wer sind Sie?"
Eugen und ich stellten uns vor.
„Kripo?! Wie kann ich Ihnen helfen?"
„Sie kommen als mögliche Zeugin in einem Ermittlungsverfahren infrage", entgegnete ich und belehrte sie der Vorschrift entsprechend.
„Das hört sich ja spannend an. Aber worum geht es denn?", fragte Angelika Findeisen. Die ehemalige Prostituierte sah mir besorgt in die Augen.
„Wie muss ich mir eigentlich die Aufgaben einer Modelagentur vorstellen?", fragte ich. Irgendwie war es mir unangenehm, den eigentlichen Grund unseres Besuchs, das Alibi Dümbgens, anzusprechen.
„Nun, wir casten junge Nachwuchstalente, die Model werden wollen, und vermitteln sie an die großen Modehäuser und Designer, wobei wir in diesem Fall ihr Management übernehmen.

Apropos: Wenn ich mir Sie beide so ansehe, könnten Sie mal 'ne Typberatung in Sachen Mode brauchen ..."
Da musste ich Frau Findeisen sogar recht geben. Während ich immer noch den langweiligen Jeansanzug mit ausgelatschten Turnschuhen trug, wirkte Eugen mit seinen Klamotten wie aus einer uralten Miami-Vice-Folge: Zu Sommerhemd mit stilisierten Mustern in diversen Blau- und Grautönen sowie dunkelblauer Bundfaltenhose trug er ein zweireihiges, auberginefarbenes Jackett mit Schulterpolstern – und Lederslipper.
Ich ging aber auf dieses Thema nicht weiter ein und konzentriert mich endlich auf die Frage aller Fragen. „Frau Findeisen, was haben Sie gestern Abend gemacht?"
„Ich hatte gestern ein anstrengendes Meeting mit dem Besitzer eines Modegeschäfts der Schadow-Arkaden in Düsseldorf. Ich war gestern einfach nur müde, wollte mich ausschlafen. Ich habe den Abend in meiner Wohnung verbracht."
„War jemand bei Ihnen?"
Was nun folgte, verblüffte uns über alle Maßen. „Nein, Herr Merzenich, ich war ganz allein."
„Sind Sie sicher, dass Herr Dümbgen nicht bei Ihnen war?"
„Nein, wie gesagt. Ich war ganz allein. Was werfen Sie ihm vor?"
„Wie kommen Sie denn darauf, dass wir ihm etwas vorwerfen?"
Frau Findeisen blies den inhalierten Rauch verächtlich aus. „Pah! Sie wissen doch selbst um Chrissys Vergangenheit! Die Polizei und er – eine unheilvolle Mischung! Und dann Ihre Frage nach seinem Alibi – das war doch der Grund für diese ganze Fragerei, oder?"
„Hat er sich denn in der letzten Zeit merkwürdig verhalten?"
„Sie meinen, abgesehen von seinem Jesus-Trip? Nein. Obwohl er mich damit schon mehr als genug genervt hat."
„Also ist er tatsächlich zu einem gläubigen Menschen geworden?"
Angelika Findeisen fächerte sich Luft mit dem Kragen ihrer tiefdekolletierten Leopardenmusterbluse zu. „Ja, das kann man

wohl sagen! Der ist doch von seinem Glauben regelrecht besessen, betet mehrmals täglich!“ Sie schüttelte den Kopf. „Wissen Sie, eigentlich wollte ich damals mit ihm nichts mehr zu tun haben. Er hat mich fast täglich gedemütigt und geschlagen. Und ich dummes Huhn hab das alles mitgemacht, war ihm hörig. Als er in den Knast einfuhr, habe ich eine Therapie gemacht. Es hat lange gedauert, bis ich von ihm losgekommen bin.“
„Aber Sie sind doch mit ihm verlobt?!“, stellte Eugen fragend fest.
„Ja, das stimmt. Nach einiger Zeit im Gefängnis hat er mir fast täglich Briefe geschrieben und sich für alles entschuldigt. Er sei ein neuer Mensch geworden, habe den Weg zu Gott gefunden, hat er mir in seinen Liebesbotschaften immer vermittelt. Anfangs habe ich ihm natürlich nicht geglaubt, wollte ihn einfach nur vergessen. Aber als Chrissy letztes Jahr entlassen wurde, hat er mich dazu überredet, mit ihm essen zu gehen. Was soll ich sagen? Chrissy hatte sich tatsächlich geändert. Anfangs fand ich das auch noch alles sehr süß, verliebte mich neu in ihn. Aber glauben Sie mir: Auf Dauer kann es sehr anstrengend sein, mit einem gottesfürchtigen Mann liiert zu sein, dem jegliches Vergnügen, ob Partys oder einfach nur der Genuss eines Glases Wein, vollkommen fremd ist. Wir führen doch inzwischen ein Leben wie Bruder und Schwester!“, sagte sie kopfschüttelnd und leicht verzweifelt.
„Warum sind Sie dann noch mit ihm zusammen?“, wollte ich wissen.
Sie lächelte gütig. „Weil ich ihn halt liebe. Mehr als alles andere! Aber wir waren gestern nicht zusammen. Ich habe ihn nicht gesehen. Hat er das etwa gesagt?“
„Ja“, antwortete ich fast unhörbar, von Findeisens Aussage immer noch leicht geschockt.
„Was ist denn überhaupt passiert?“, wollte sie jetzt wissen.

„Hat Herr Dümbgen Sie noch nicht darüber informiert, dass heute Nacht ein junger afrikanischer Mönch in seinem Hotel getötet aufgefunden wurde?"
„Oh Gott! Das ist ja schrecklich! Und – und Sie meinen jetzt, dass er etwas mit der Sache zu tun hat?"
„Es gibt zumindest einige Indizien, die gegen Herrn Dümbgen sprechen, ja."
„A-aber ein Mönch?! Nein, Chrissy würde doch einem Mann Gottes nie etwas antun! Das passt nun wirklich nicht zu ihm."
„Und warum hat er uns dann belogen und gesagt, er wäre zur fraglichen Tatzeit bei Ihnen gewesen?"
„Ich kann es Ihnen beim besten Willen nicht sagen."
„Gut. Frau Findeisen, wir müssen Sie bitten, uns zum Präsidium zu begleiten, um Ihre Aussage zu Protokoll zu nehmen."
„Selbstverständlich", antwortete sie wie in Trance.
Mit einem Gefühl tiefer Genugtuung rief ich meinen MK-Leiter an.
„Das hätte ich jetzt nicht gedacht! Gut. Jetzt sieht die ganze Sache natürlich anders aus. Schick die Frau Findeisen mit Eugen her, damit der sich um ihre Vernehmung kümmern kann. Ich schick dir zwei Kollegen von S vorbei, dann nimmst du den Dümbgen fest. Ich hab übrigens Norbert Schorn, den Honorarkonsul der Demokratischen Republik Kongo in Düsseldorf, entsprechend informiert. Er hat uns jegliche Unterstützung zugesagt."
„Was hältst du von der ganzen Sache?", wollte ich von Eugen wissen, mit dem ich kurz Frau Findeisens Büro verlassen hatte.
„Ich kann's dir nicht sagen, Pitter. Bis eben habe ich gedacht, das wären alles nur reine Indizien. Aber jetzt ... Trotzdem ist das alles mehr als seltsam."
„Da geb ich dir wohl recht."
Wir gingen wieder in das Büro, wo ich Frau Findeisen bat, Eugen zum Präsidium zu begleiten. Beide stiegen in den Scorpio, wäh-

rend ich mit dem petrolblauen Vectra zum Hotel Bonner Hof fuhr. Aber die Möglichkeit vor Augen, Dümbgen wieder dahin zu bringen, wo er meiner Meinung nach hingehörte, verleitete mich dazu, mich gar nicht mehr auf den Verkehr zu konzentrieren. Dem silber-grünen Vectra Caravan, der vor mir in zweiter Reihe auf der Elsaßstraße geparkt hatte, wäre ich deshalb fast ins Heck geknallt. Ich ging auf die beiden jungen Polizeikommissare der PI Mitte zu und stellte mich vor. Gemeinsam betraten wir das Hotel.

„Hallo Pitter, war noch was?“, wollte Dümbgen wissen.

„Du bist wegen dringenden Tatverdachts des Tötungsdelikts zum Nachteil Bartholomé Ngabanes vorläufig festgenommen“, sagte ich und fesselte den völlig verdutzten ehemaligen Polizeihauptmeister mit meinen Handschellen, bevor ich ihn gemeinsam mit den beiden Uniformierten zur Tür hinaus begleitete.

Im Polizeipräsidium angekommen, brachte ich Dümbgen zur Personenaufnahme, was mir Zeit gab, unseren MK-Leiter Voß auf den neuesten Stand zu bringen.

„Warten wir mal ab, was bei seiner erneuten Vernehmung rauskommt. Das übernehmen Hacki und Wolle. Die sind auf dem Rückmarsch, haben keinen einzigen Zeugen für einen Telefonanruf gestern Abend gefunden. Sie haben auch den Kioskbesitzer von nebenan befragt. Ebenfalls negativ. Frau Findeisen hat ihre Aussage übrigens im Rahmen der Protokollaufnahme wiederholt. Ich bin mir ziemlich sicher, dass wir mit der Vernehmung Frau Findeisens in der Hinterhand, die seine Aussage Lügen straft, Dümbgen in U-Haft schicken können. Bei dieser Beweislage wird sich da kein Haftrichter sträuben. Ich habe auch gerade mit Frau Rossi gesprochen, sie will auf jeden Fall Haftantrag stellen und sich um einen Durchsuchungsbeschluss für Dümbgens Wohnung kümmern.“

Es war kurz nach elf, ich trank eine Tasse Kaffee. Eine halbe Stunde später trat Theo in mein Büro. Er teilte mir mit, dass sich Dümbgen nunmehr ausschwieg und ohne seinen Anwalt nichts mehr sagen wollte. „Außerdem ist das hier eben per Fax gekommen“, sagte er und legte mir einen Beschluss des Amtsgerichts Köln vor, wonach die Durchsuchung von Dümbgens Wohnung angeordnet wurde. Weiterhin händigte er mir die Wohnungsschlüssel aus. Ich rief beim Ordnungsamt der Stadt Köln an. Die Kollegen sagten mir zu, umgehend einen Mitarbeiter zum Holzmarkt zu schicken, der als neutraler Zeuge der Durchsuchung beiwohnen sollte.

Während Papst Benedikt XVI. von Bord einer Alitalia-Maschine bei strahlendem Sonnenschein auf dem Flughafen Köln/Bonn kölschen Boden betreten hatte, fuhren Eugen und ich zu Dümbgens Wohnung. Kurz darauf traf der städtische Mitarbeiter ein. Gemeinsam betraten wir den kühlen Hausflur. Auch wenn wir die gesamte Wohnung mitsamt Keller und Dümbgens alter grauer C-Klasse auf den Kopf stellten – das Einzige, was wir finden konnten, waren etliche Sachbücher zum Thema Kirche und Glauben, diverse Heiligenfiguren und sogar eine Fahrkarte für eine Buspilgerreise nach Lourdes. Dümbgen schien also zumindest hinsichtlich seiner Bekehrung zum Glauben die Wahrheit gesagt zu haben. Wir verabschiedeten uns von dem Stadtbediensteten, ich brachte Eugen zur Alteburger Mühle, wo ja noch immer der Vectra stand. Im Konvoi fuhren wir zurück ins Präsidium – kein leichtes Unterfangen, da die gesamte Rheinuferstraße mit Pilgern gesäumt war, die auf die Pilgerfahrt des Papstes an Bord der MS RheinEnergie warteten, die um 16:30 Uhr an der Rodenkirchener Brücke starten und in der Altstadt enden sollte. So nahmen wir den Umweg über den westlichen Autobahnring und trafen erst gegen halb vier wieder im Präsidium ein.

6. Kapitel: Die Turnschuh-Spur

**Polizeipräsidium Köln, Dir K, KI 1, KK 11, MK 3,
Walter-Pauli-Ring 2–4, 51103 Köln-Kalk,
Donnerstag, 18. August 2005, 15:45 Uhr**

Kaum, dass wir im Büro angekommen waren und eine Tasse Kaffee gegen die immer wieder aufflammende Müdigkeit getrunken hatten, bat uns Theo in unseren Besprechungsraum.

„So, Leute, ich komm gerade von der Vorführung Dümbgens vorm Haftrichter. Auf Grund der vorliegenden Hinweise und der sich widersprechenden Aussagen hinsichtlich des Alibis unseres Verdächtigen hat Richter Gschwendtner die U-Haft gegen Chrissy Dümbgen angeordnet. Aber dass mich Frau Rossi ausdrücklich dazu ermahnt, den Sachverhalt weiter auszuermitteln, muss ich euch wohl nicht extra sagen. Es gibt noch einige Spuren, die wir auswerten müssen, wenn wir die Tat unserem Verdächtigen hinreichend nachweisen wollen ...“

„Also, wenn du mich fragst: Dümbgen ist unser Täter“, entgegnete ich.

„Mich stören da ein paar Sachen, ehrlich gesagt“, wandte Eugen ein.

„Und welche?“, wollte Hacki wissen.

„Das kann ich dir sagen“, entgegnete Kollege Fröbel und nahm einen schlürfenden Schluck aus seiner Kaffeetasse. „Wenn Dümbgen tatsächlich der Täter wäre, würde er doch nicht so fahrlässig sein und die Kleidung, die er bei Tatbegehung trug, einfach so unachtsam in den Müllcontainer hinter seinem eigenen Haus werfen. Dann würde er sich ein wasserdichtes Alibi besorgen und nicht seine Verlobte so unvorbereitet vor den Karren spannen. Nein, das passt alles nicht.“

„Und warum hat er dann gelogen, was sein angebliches Alibi angeht – wenn er doch unschuldig ist?“

„Keine Ahnung, Hacki. Vermutlich hatte er einfach Angst, dieser Tat verdächtigt zu werden und hat alles erfunden, damit er gerade nicht verdächtig erscheint. Nur so kann ich mir das erklären."
„Das ist aber auch ein bisschen weit hergeholt", wandte Wolle ein.
„Ach ja?! Und was ist dann mit dem Motiv? In Bezug auf Dümbgen gibt's ganz einfach keines! Denkt doch nur mal an seine Aussage und die seiner Verlobten: Er hat im Gefängnis zu Gott gefunden, ist ein gläubiger Christ geworden. Und so ein Mann bringt niemanden um – erst recht keinen Mönch, der seinen Glauben repräsentiert!"
„So, die Herren, würdet ihr jetzt vielleicht auch mich mal zu Wort kommen lassen?", fragte Nina gespielt vorwurfsvoll und sah sich bedeutsam um. „Alles, was ihr hier sagt, ist doch reine Spekulation. Ich hab hingegen einige interessante Fakten sammeln können: Die Obduktion durch Doktor Pfeiffer und Doktor Büxel hat ergeben, dass Ngabane vermutlich zwischen 21 und 23 Uhr getötet wurde. Bei dem amputierten Bein des Toten könnte es sich um eine Kriegsverletzung handeln, die nur provisorisch behandelt wurde und sehr schlecht verheilt ist. Aber das nur am Rande. Jetzt kommt das Entscheidende: Unser Mönch wurde entgegen der Vermutung des Notarztes am Tatort nicht erdrosselt. Die Drosselmarken wurden ihm postmortal beigebracht. Stattdessen geht die Rechtsmedizin davon aus, dass Ngabane durch ein Gift getötet wurde."
„Wie kommen die denn dazu?", wollte Theo wissen und zündete sich eine Zigarette an, während ich mich fragte, wer mir erst letztens von einem Giftmord erzählt hatte.
Nina legte ein Polaroidfoto auf den Tisch. „Wie ihr alle sehen könnt, ist das eine Nahaufnahme des Nackenbereichs unseres Toten. Und wie unschwer zu erkennen ist, ist da eine kleine Einstichwunde. Doktor Pfeiffer und Doktor Büxel, die beiden

Obduzenten, vermuten, dass sie von einem Giftpfeil stammen könnte. Sie haben auf Antrag der Staatsanwaltschaft die chemisch-toxikologische Untersuchung des Toten veranlasst, deren Ergebnis aber noch aussteht. Aber das war ja erst der erste Streich – der zweite folgt sogleich. Der Kollege vom ED hat im Rahmen der Obduktion die Bekleidung des Toten sichergestellt und auf Spuren untersucht. Als er dem Toten den Turnschuh ausziehen wollte, fiel ihm die leicht abgelöste Innensohle auf. Und siehe da: Darunter verbarg sich eine Quittung der Gepäckaufbewahrung vom Kölner Hauptbahnhof von gestern Nachmittag, 16:53 Uhr. Und eine dementsprechende Magnetstreifenkarte, mit der das eingelagerte Gepäck wieder abgeholt werden konnte. Darüber hinaus habe ich noch diesen Notizzettel gefunden", sagte unsere hübsche Kollegin und deutete mit dem Zeigefinger auf einen handgeschriebenen Zettel, der in einer Klarsichthülle steckte.

Personnes à contacter:

Prof. Dr. Domenico Prangetti SJ, +49 179 7041097
Dr. Innozenz H. Selbach, +49 171 5233552

„Ich denke, dass jeder hier von uns weiß, wer zumindest Professor Prangetti ist – beziehungsweise war. Zu diesem Doktor Selbach habe ich im Internet recherchiert und herausgefunden, dass er Weihbischof beim Erzbistum Köln und im Rahmen seines Amtes als Bischofsvikar für die Seelsorge an fremdsprachigen Katholiken zuständig ist. Darüber hinaus ist er laut Internet Mitglied des Kuratoriums, also des Stiftungsrats, dieser Von-Hohenfels-Stiftung. Fakt ist jedenfalls, dass unser Toter diesen Zettel dabei hatte, auf dem beide Männer als Kontaktpersonen aufgeführt wurden. Aber die Sache geht ja noch weiter. Ich habe mich mit der Gepäckaufbewahrung in Verbindung gesetzt und bin zum Hauptbahnhof gefahren. Dort wurde mir gegen Vorlage der Magnetstreifenkarte eine Aktenmappe ausgehändigt, in der diese Bilder waren."

Kriminaloberkommissarin Lavrović legte fünf auf DIN-A4-Format vergrößerte Fotos auf den Tisch, die einen Schwarzen mit Sonnenbrille, grauem Businessanzug und T-Shirt sowie einen blonden Weißen mit khakifarbenem Safarianzug zeigten, die offensichtlich in einem Straßencafé saßen. Auf einem Bild überreichte der Schwarze dem Weißen einen kleinen Stoffbeutel. Auf dem nächsten Bild gab der Weiße dem Schwarzen einen Aktenkoffer. Bild Nummer 3 zeigte den Schwarzen, der den Koffer geöffnet und ein Bündel Geld entnommen hatte, das er jetzt zählte, gefolgt von einem Foto, auf dem der Weiße den Stoffbeutel geöffnet hatte und einen glitzernden Stein prüfend ins Licht hielt. Alle Bilder trugen folgenden Vermerk:

Colonel Aristide Matongo et Monsieur Raymond De Boer, «Bumba's Café», Mwene-Ditu, RD Congo, 05/06/2005

„Und wer sind diese Männer?", wollte Theo wissen.

„Keine Ahnung. Das zu recherchieren, blieb mir keine Zeit. Ich hatte Mühe und Not, zu meinen Ermittlungen eben noch einen entsprechenden Vermerk zu schreiben, den ich vor ein paar Minuten erst fertiggestellt hab. Aber es gibt noch etwas, das ihr wissen solltet. Doktor Pfeiffer, unser Fettsack, hat im Enddarm des Toten einen in einem Kondom verpackten ungeschliffenen Rohdiamanten entdeckt."

„Also war unser Toter ein Bodypacker, ein Körperschmuggler?!"
„So sieht's aus, ja."
„Verdammt gute Arbeit, Nina. Das könnte den gesamten Fall in neuem Licht erscheinen lassen. Vielleicht war unser Toter ja tatsächlich am Schmuggel von afrikanischen Diamanten beteiligt und hatte sich mit seinen Auftraggebern angelegt ..."
„Nein, Theo, das glaube ich nicht. Dann hätten wir bei ihm eine größere Menge an Packs feststellen können. Da lohnt sich doch der Aufwand nicht, einen Schmuggler für gerade mal einen Stein nach Europa zu schicken. Und dann sind da noch diese dubiosen Bilder vom Treffen dieses Matongo und dieses De Boer. Wenn Ngabane selbst in den Schmuggel verwickelt war, warum macht er dann Fotos einer Übergabe?"
„Nicht zu vergessen der Notizzettel mit den Kontaktdaten Professor Prangettis und dieses Kölner Weihbischofs. Da steckt etwas ganz anderes hinter. Denkt doch mal an das SPIEGEL-Interview Prangettis letzten Monat. Da ging's doch unter anderem um den möglichen Ankauf von sogenannten Blutdiamanten durch diese Von-Hohenfels-Stiftung. Ich finde, wir sollten mal in diese Richtung ermitteln."
Theo nickte. „Ich habe mir ja heute Morgen mal die Mühe gemacht, Ngabanes im Hotel angegebene Anschrift abzuklären. Bei dem Hospice de Saint-François handelt es sich um ein Heim für Kriegswaisen und ehemalige Kindersoldaten aus dem Kongokrieg. Träger ist die in Bonn ansässige ‚Missionszentrale der Franziskaner e. V.', die von einem belgischen Franziskanermönch namens Frère Henri Beaumont geleitet wird. Norbert Schorn, der kongolesische Honorarkonsul an der Düsseldorfer Kö, hat mir zugesagt, dass er versucht, mit Beaumont Verbindung aufzunehmen."
„Und was hat unser Hauptverdächtiger Dümbgen damit zu tun?"
„Keine Ahnung, Hacki. Aber genau das sollten wir herausfinden."

„Dann lasst uns doch mal die bisherigen Fakten zusammentragen", sagte ich, ging zu dem Flipchart, das in der Ecke des Raumes stand, und griff nach einem Edding.
„Fakt 1: Wir haben einen toten Mönch aus dem Kongo, der neben dubiosen Fotos von zwei Männern bei einer mutmaßlichen Diamantenübergabe und einem geschmuggelten Rohdiamanten einen Notizzettel mit den Namen zweier Kuratoriumsmitglieder der Von-Hohenfels-Stiftung bei sich trug."
Ich schrieb Ngabanes Namen in das Zentrum des überdimensionalen Papierbogens, während nun Hacki das Wort ergriff.
„Fakt 2: Chrissy Dümbgen, dieser ehemalige kriminelle Polizist, in dessen Hotel Ngabane abstieg und getötet wurde. Einiges deutet darauf hin, dass er der Täter ist. Aber was das Motiv angeht: Fehlanzeige."
„Nicht zu vergessen ist Fakt 3", meldete sich jetzt Eugen zu Wort, während ich Chrissys Namen an das obere Ende der Tafel schrieb.
„Und der wäre?", wollte Theo wissen.
„Der Name Prangetti, unseres toten Theologieprofessors, dessen Kontaktdaten unser Toter aus dem Kongo bei sich trug."
Ich nickte und schrieb Prangettis Namen neben Dümbgens ans obere Ende der Tafel.
„Aber was verbindet die drei Männer miteinander? Bei der Beziehung Ngabane – Dümbgen scheint's zumindest einfach zu sein: Der Mönch hatte in Ngabanes Hotel eingecheckt. Aber ansonsten ... Also gerade hinsichtlich Dümbgen und Prangetti bin ich, ehrlich gesagt, ein bisschen ratlos", wandte unser MK-Leiter ein, als es mir wie Schuppen von den Augen fiel.
„Und ob es zwischen Dümbgen und Prangetti eine Verbindung gibt!", sagte ich und schrieb den Namen Ralf v. Hohenfels über Ngabanes.
„Pitter, was hat der denn damit zu tun?", wollte Nina wissen

und strich sich eine Strähne ihres langen blonden Haars aus dem Gesicht.

„Ganz einfach: Ralf von Hohenfels wurde als Ralf Knübig geboren, erst vor einigen Jahren vom Ehepaar von Hohenfels medienwirksam adoptiert. Er ist nach dem Tod seiner Adoptiveltern in ihre Fußstapfen getreten, ist jetzt einer der Kuratoren der Von-Hohenfels-Stiftung."

„Und wie kommst du auf eine Verbindung von ihm zu Dümbgen?"

„Beide waren Kollegen. Polizeikommissar Knübig war nämlich auch beim ET der PI 1, für den Dümbgen arbeitete. Ich kann mich noch gut dran erinnern, dass im Rahmen der Ermittlungen gegen Dümbgen auch gegen die anderen Beamten des Einsatztrupps ermittelt wurde. Knübig stand sogar im Verdacht, dass er bei Dümbgens Geschäften kräftig abkassiert hatte, man hat ihn kurzzeitig vom Dienst suspendiert – wie den gesamten ET. Aber der Verdacht erhärtete sich nicht. Dümbgen schwieg sich diesbezüglich eisern aus. Das Verfahren gegen Knübig wurde seltsamerweise eingestellt."

„Warum seltsamerweise?", wollte Nina wissen.

„Tja, es gab da tatsächlich einige Ungereimtheiten. So hatte er sich erst kurz vor Dümbgens Festnahme eine kostspielige Eigentumswohnung im Colonia-Haus in Riehl und einen brandneuen Mercedes SL gekauft. Knübig gab damals zu Protokoll, dass er das Geld von einer reichen Tante geerbt hatte. Aber überprüft wurde das nicht mehr, weil der Polizeipräsident und der damalige Leiter GS der Meinung waren, es sei besser, die Arbeit der Ermittlungskommission ‚Schwarzes Schaf', die von Johannes Wiesmann geleitet wurde, an die Kollegen vom PP Bonn abzugeben."

Ich schüttelte den Kopf. „Dadurch wollten sie den Eindruck vermeiden, man würde diesen Fall in den eigenen Reihen nicht mit allem gebotenen Eifer und Nachdruck bearbeiten. So ein

Schwachsinn! Gerade der Wiesmann ist einer der korrektesten Beamten des ganzen Präsidiums!"
Theo lächelte. „Wiesmann, unser ‚Wikri-Papst'! Ich kann mich noch gut erinnern."
„Tja, nach der Sache mit der EK ‚Schwarzes Schaf' hat der aus lauter Frust zum KK 41 als Sachbearbeiter für Wirtschaftskriminalität gewechselt und sich ja da in kürzester Zeit den Ruf als ‚Wikri-Papst' erarbeitet. Aber gut. Wie gesagt: Die Kollegen des PP Bonn haben es schlichtweg versäumt, der Sache mit Knübigs angeblicher Erbtante nachzugehen, das Verfahren gegen ihn wurde eingestellt, er wurde zur Wache Sülz versetzt und versah dort die paar Wochen bis zu seiner Adoption durch das Ehepaar von Hohenfels regulären Streifendienst. Als er dann adoptiert wurde, quittierte er als zukünftiger Millionenerbe den Dienst und genießt seitdem das Leben in vollen Zügen."
„Glücklicher Mann", warf Eugen in den Raum.
„Seltsam erschien mir nur damals, dass Dümbgen seinerzeit von Rechtsanwältin Doktor Engelhardt vertreten wurde – eine der besten Strafverteidigerinnen von ganz Köln. Die hätte der sich nach der Beschlagnahme seines inkriminierten Vermögens gar nicht mehr aus eigener Kraft leisten können ... Na ja."
„Gut. Dann kennen sich Knübig – ich meine von Hohenfels – und unser Hauptverdächtiger Dümbgen halt. Was nicht zwangsläufig bedeutet, dass auch Ralf von Hohenfels etwas mit dem Fall zu tun hat."
„Und genau das sollten wir dringend rausfinden", sagte Theo und drückte seine Zigarette im Aschenbecher aus, während er nach seinem Handy griff, das klingelte. Kurzzeitig verließ er den Raum.
„Tschuldigung", sagte er, als er nach gut zwei Minuten wieder den Raum betrat. „Pitter, Eugen: Ihr versucht euer Glück bei diesem von Hohenfels. Befragt ihn zu seiner Beziehung zu Dümb-

gen und Prangetti und was er noch so weiß. Nina: Du versuchst, im Internet etwas zu diesem Raymond De Boer und diesem Aristide Matongo rauszufinden. Danach wirst du dich mit diesem Weihbischof in Verbindung setzen. Hacki: Deine Aufgabe wird es sein, dich über die Hintergründe der Von-Hohenfels-Stiftung zu informieren. Ich weiß, dass das LKA seinerzeit Ermittlungen gegen diese Stiftung aufgenommen hatte. Vielleicht setzt du dich mit den Kollegen in Verbindung. Unser Kriminaldirektor müsste Näheres wissen, war ja lange genug bei dem Verein. Danach befragst du den Wilfried und seine MK 4, die ja die italienischen Kollegen bei ihren Ermittlungen zum Tode Prangettis unterstützen. Vielleicht kannst du dir bei denen ja Infos holen. Momentan haben sie sogar Besuch von diesem Maggiore Cimigotto, der die Ermittlungen in Trient leitet. Wolle wird dich unterstützen."
Während sich Theo erneut eine Zigarette anzündete, schaute er auf die Uhr. „Wir haben jetzt Viertel vor fünf. Um acht treffen wir uns hier wieder und tragen unsere Ergebnisse zusammen. Auf geht's!", sagte er und inhalierte das Nikotin.

Auf dem Weg zu unserem Scorpio in der Tiefgarage musste ich immer wieder an die Aussage Ninas hinsichtlich des Giftanschlags an Ngabane denken. Wieso kam mir das nur so bekannt vor?
Während Benedikt XVI. mit der MS RheinEnergie über den Rhein Richtung Altstadt schipperte und von abertausenden begeisterten Pilgern vom Ufer aus umjubelt wurde, lenkte ich den alten Ford durch den dichten Verkehr Richtung Süden. Schließlich wusste ich, wo sich der Wohnsitz des Ehepaars von Hohenfels beziehungsweise ihres Adoptivsohns befand.
Unterwegs zum „Prominentenghetto" Hahnwald sprachen Eugen und ich kein Wort miteinander. Dafür waren wir viel zu müde. Nach einer gefühlten Ewigkeit kamen wir im Judenpfad

im Stadtteil Hahnwald an, einer Gegend, in der sich die Reichen und Schönen hinter mannshohen Mauern und unter dem wachsamen Auge ständig aktiver Überwachungskameras versteckten. Wer hier wohnte, hatte es zu mehr als bescheidenem Reichtum gebracht und wollte diesen von der Öffentlichkeit ungestört genießen. Das Ergebnis dieser Abschottung wirkte bedrückend. Der uniformierte Mitarbeiter eines Wachdienstes fuhr mit seinem Kleinwagen Streife und beobachtete uns argwöhnisch, als er uns passierte. Vor dem weißen L-Bungalow mit Walmdach und massiven schmiedeeisernen Fenstergittern hielten wir an.

In der großzügigen, geöffneten Garage stand ein schwarzes Mercedes-Coupé, ein dezent getunter CL 55 AMG mit Kölner Zulassung und dem ovalen Aufkleber CC am Heck – ein Beleg dafür, dass es sich um das Fahrzeug einer konsularischen Vertretung handelte. Hinter dem neuen und garantiert schweineteuren Sportcoupé auf S-Klassen-Basis stand ein älterer silberner Buick Park Avenue mit belgischem Diplomatenkennzeichen.

Wir stiegen aus und klingelten an dem Gartentor, das in den gepflasterten kleinen Vorhof führte. An der Hauswand prangten die Messingtafel *Honorarkonsulat von Belize für Nordrhein-Westfalen* mitsamt Staatswappen des kleinen mittelamerikanischen Landes sowie eine kleinere Messingtafel mit der Aufschrift *Von-Hohenfels-Stiftung*.

7. Kapitel: Der Konsul und der Detektiv

Wohnsitz des Honorarkonsuls Ralf von Hohenfels,
Judenpfad 65, 50996 Köln-Hahnwald,
Donnerstag, 18. August 2005, 17:30 Uhr

Kaum, dass wir das kleine Tor geöffnet hatten und im Vorhof des Anwesens standen, kam aus dem Hausinneren ein braun gebrannter Mann Anfang vierzig mit schwarzen Haaren und einem strahlend weißen Lächeln. Er war mit in dunklem Schottenkaro gehaltenen Bermudashorts, weißem Poloshirt und dunkelblauen Seglermokassins aus Stoff bekleidet. Als er mich erblickte, nahm er die dicke Havanna aus dem Mundwinkel und grinste noch breiter. „Mensch, der Pitter! Was machst du denn hier, alter Junge?“, fragte Ralf von Hohenfels, der sich seit seiner Zeit bei der Polizei kein bisschen verändert hatte. Etwas neidvoll musste ich feststellen, dass er überhaupt nicht älter geworden zu sein schien.
„Hallo Ralf, wir haben uns ja ewig nicht gesehen. Und wie ich sehe, geht's dir ziemlich gut“, sagte ich, um ein wenig Smalltalk bemüht. Auch wenn ich Ralf eigentlich immer gerne gemocht hatte, umgab ihn eine dubiose, zwielichtige Aura.
„Kann nicht klagen. Was kann ich denn für dich tun? Bist doch bestimmt dienstlich hier“, sagte er mit einem kurzen Blick auf Eugen.
„Ja, das ist mein Kollege Fröbel. Wir müssen uns dringend mit dir unterhalten.“
„Das hört sich ja bedrohlich an. Na, dann kommt erst mal mit in den Garten.“
Ralf von Hohenfels, geborener Knübig, führte uns durch das kühle, dunkle Haus zur rückseitigen Terrassentür, die in den sonnendurchfluteten Garten führte. Über dem exakt gestutzten Rasen wehte ein lauer Wind.

Auf der Terrasse saß ein älterer Mann mit leicht dunkler Hautfarbe und grauem Schnauzbart, auf dessen breiter Nase eine getönte Brille ruhte. Zu hellblauem Sommerhemd und beigefarbener Bundfaltenhose sowie braunen Slippern trug er einen Panamahut. Seine offenbar von Natur aus zusammengezogenen Augenbrauen vermittelten einen nachdenklich-skeptischen Gesichtsausdruck. Er paffte an einer Havanna und nahm einen nippenden Schluck aus seinem Cognacschwenker.
Ralf deutete mit der rechten Hand auf den Mann. „Darf ich vorstellen: Sir Jorge Webber, Botschafter von Belize in Belgien – darüber hinaus auch als diplomatischer Vertreter seines Landes in der Bundesrepublik akkreditiert. Jorge: Das sind die Herren Merzenich und Fröbel von der Kripo Köln."
Der Diplomat erhob sich standesgemäß mit bedächtiger Ruhe und lupfte seinen Hut, sodass der Blick auf seine schneeweißen Haare und die hohe Stirn frei wurde.
„Guten Tag, die Herren. Ich bin hocherfreut, Ihre Bekanntschaft zu machen. Aber wenn Sie mir die Frage erlauben: Was ist das Begehr der Kripo an diesem friedlichen Ort?", fragte er in erstaunlich akzentfreiem, jedoch leicht rheinisch gefärbtem Deutsch.
„Wir haben einige Fragen an Herrn von Hohenfels hinsichtlich eines Tötungsdelikts", entgegnete ich.
Ralf blickte leicht verwirrt und eingeschüchtert. „Tötungsdelikt?! Was hab ich denn damit zu tun?! Aber nehmt doch erst mal Platz. Kann ich euch was zu trinken anbieten?"
„Ein Glas Wasser wäre nicht schlecht", antwortete Eugen für uns beide.
„Tut mir leid. Ich hab meiner Hausangestellten heute freigegeben und vergessen, sie vorher einkaufen zu schicken. Ich hab leider nur Cognac", sagte er mit einem Blick auf die Flasche, die auf dem Gartentisch stand. „Courvoisier Initiale Extra. Ein sehr edler Tropfen. Könnte ich euch damit eine Freude machen?"

„Vielen Dank, aber wir sind im Dienst. Ralf, es ist wirklich von höchster Wichtigkeit, dass wir uns mit dir unterhalten – unter vier Augen, wenn's geht."
Aber der Honorarkonsul winkte ab. „Jorge ist ein väterlicher Freund. Alles, was ihr mir zu sagen habt, können wir auch in seinem Beisein besprechen."
„Na gut. Wie du meinst."
So erzählte ich die Geschichte des toten Franziskanermönchs Bartholomé Ngabane und die diesbezügliche Festnahme des Expolizisten Dümbgen.
„Das gibt's doch nicht! Der Chrissy soll dahinter stecken? Glaub ich doch nicht! Der hat sich im Knast um hundertachtzig Grad gedreht."
„Uns gegenüber hat er erwähnt, dass er nach seiner Entlassung unter anderem mit dir, Jan Wickrath und Uwe Schmahlacker Kontakt aufgenommen hatte, um sich auszusöhnen."
„Ja, das ist wohl wahr! Der arme Kerl hat mir richtig leidgetan! Seine Taten, die er als Polizist begangen hat, belasten sein Gewissen bis heute, er hat sich zum gläubigen Christen gewandelt. Aber die anderen wollten ihm keine Chance mehr geben. Gerade Uwe hat regelrecht hasserfüllt auf seine Kontaktversuche reagiert, ihn einmal sogar übel verprügelt."
„Woher weißt du das alles?"
„Na, ich hab mit meiner alten ET-Truppe nach wie vor Kontakt. Der Uwe arbeitet jetzt als Privatdetektiv in Kalk, ganz in der Nähe vom PP. Und den Jan seh ich ab und zu auch noch mal. Der ist ja als Einziger immer noch bei dem Verein, versieht jetzt Streifendienst in Deutz. Die Sache mit Chrissy hat ihn damals Jahre seiner Karriere gekostet. Ist jetzt gerade mal Polizeiobermeister. Und seinen Wunsch, zum MEK zu gehen, konnte er sich deshalb auch abschminken. Na ja. Was soll's. Ist lange her."
„Ngabane hatte einen Zettel dabei, auf dem die Kontaktdaten

von Weihbischof Doktor Selbach und Professor Prangetti standen. Die gehören doch beide zur Von-Hohenfels-Stiftung, oder?"
Ich hielt es für vernünftiger, dem ohnehin nicht gerade vertrauenswürdigen Konsul die Fakten häppchenweise zu präsentieren, um seine Reaktion zu analysieren.

Aber er blieb erstaunlich ruhig. „Zum Kuratorium – oder auch Stiftungsrat genannt. Genau wie ich. Karl-Ludwig hatte kurz nach meiner Adoption gewollt, dass ich diesem Gremium beitrete."

„Haben Professor Prangetti oder Doktor Selbach jemals den Namen Ngabane erwähnt?"

„Nein, nicht, dass ich wüsste."

„Sagt dir denn der Name Matongo etwas?"

„Nein."

„Oder Raymond De Boer?"

Ralf nahm einen kräftigen Schluck aus seinem Cognacschwenker. „Möchtest du auch noch?", fragte er mit einem Blick auf Sir Jorge.

„Eigentlich wollte ich ja heute nur mit dir Golf spielen und dann am Abend wieder zurück nach Brüssel. Aber was soll's. Ja, warum nicht? Der Tag hat mir sehr viel Freude gemacht. Warum sollte man jetzt ungemütlich werden und ihn abrupt beenden? Dann muss ich dich jedoch bitten, mir heute Nacht Obdach zu gewähren. Auch wenn ich diplomatische Immunität genieße, möchte ich doch den Freunden und Helfern keinen Anlass bieten, eine Alkoholfahrt unterbinden zu müssen."

„Das ist gar kein Problem, mein Freund", sagte Ralf, nun doch leicht nervös. Er goss sich Cognac nach. „Raymond De Boer ist der Hilfskoordinator der Von-Hohenfels-Stiftung für die Region Zentral- und Südafrika", sagte Ralf in Beantwortung meiner Frage, für die er sich verdammt viel Zeit gelassen hatte.

„Tja, Ralf. Dann gibt's da wohl ein kleines Problem. Ngabane hatte Fotos dabei, die De Boer und diesen Matongo bei einer Diamantenübergabe im Kongo zeigten."

Aber Ralf, der sich wieder gefangen hatte, zuckte nur mit den Schultern. „Wieso ist das ein Problem? Zumindest sehe ich keines für die Von-Hohenfels-Stiftung. Die Stiftung kann doch nichts dafür, wenn einer ihrer Mitarbeiter mit irgendeinem Unbekannten zugegeben dubios anmutende Geschäfte macht! Deine Kollegen letztens haben auch so seltsame Fragen gestellt wegen des Mordes an Prangetti. Aber ich kann dazu halt nichts sagen – genau wie die anderen Stiftungsmitglieder. Deshalb haben wir uns auch gegenüber der Presse ausgeschwiegen."

„Na ja, aber zumindest eine Beileidsbekundung hättet ihr ja abgeben können ..."

„Doch nicht gegenüber diesen Pressegeiern! Ich hab das schon einmal miterlebt, damals, auf der Pressekonferenz zum Tod meiner Adoptiveltern. Die drehen dir doch das Wort im Mund um. Nein, danke! Aber ich werde Guntram, unseren Stiftungsvorsitzenden, darüber in Kenntnis setzen."

„Gut. Ich möchte dich aber bitten, morgen früh so gegen neun auf dem Präsidium vorbeizuschauen und deine Aussage zu Protokoll zu geben. Oder genießt du auch diplomatische Immunität?"

„Nein. Meine Immunität bezieht sich nur auf meine Amtshandlungen als belizischer Konsul. Das ist überhaupt kein Problem. Ich bin morgen pünktlich um 9 Uhr bei euch."

„Was verdient man eigentlich als Honorarkonsul? Muss ja 'ne ganze Menge sein, wenn ich mir den Wagen vor der Tür ansehe", sagte Eugen.

„Tja, mein Schätzchen ... Mercedes CL 55 AMG V8 Kompressor – 500 PS!"

„Wenn du in Belgien wohntest, würdest du angesichts der schlechten dortigen Straßenverhältnisse auch lieber ein altes

Auto fahren wie ich“, merkte Sir Jorge Webber lächelnd an und paffte an seiner Zigarre.
Ralf lächelte und fuhr fort. „Aber mit meiner Tätigkeit als Honorarkonsul hat das nichts zu tun. Ich habe von meinen Adoptiveltern genügend geerbt. Und als Hauptaktionär und Aufsichtratsvorsitzender der HohenfelsBank AG, wie unser Bankhaus seit einem Jahr heißt, verdiene ich so viel, dass ich das Leben in vollen Zügen genießen kann.“
„Was sind denn dann überhaupt die Aufgaben eines Honorarkonsuls?“, bohrte Eugen weiter nach.
Jetzt meldete sich Sir Jorge wieder zu Wort. „Die gleichen wie die eines regulären Berufskonsuls. Beistand der Staatsbürger des Entsendestaats im jeweiligen Empfangsstaat – wozu zum Beispiel Visaangelegenheiten wie auch notarielle Aufgaben gehören. Derjenige, der Honorarkonsul werden möchte, tritt an den Botschafter des Landes, zu dem er als Staatsbürger oder auf Grund seiner persönlichen Verhältnisse und Vorlieben eine besondere Beziehung pflegt, heran. Bei entsprechendem Interesse spricht der Botschafter beim Außenministerium des Empfangsstaats vor, das letztendlich darüber entscheidet, ob die Einrichtung eines Konsulats für das jeweilige Land überhaupt sinnvoll erscheint.
„Aber – ohne Ihnen, Sir Jorge, zu nahe treten zu wollen – wie kommt man ausgerechnet auf Belize? Ich weiß noch nicht mal genau, wo das liegt. Anfang des Jahres habe ich zum ersten Mal davon gehört, als es dort wegen des maroden Staatshaushalts und geplanter Steuererhöhungen zu Unruhen gekommen ist.“
Bevor Ralf antworten konnte, ergriff der Botschafter wieder das Wort. „Dabei ist unser Land von besonderer Schönheit! Auch wenn unser kleiner, früher als Britisch-Honduras bekannter Landstrich an der Grenze zu Guatemala und Mexiko nur knapp so groß ist wie Hessen und gerade mal dreihunderttausend Einwohner hat, besitzen wir bedeutende Kulturdenkmäler der Maya,

zahlreiche Korallenriffe und den größten zusammenhängenden Rest des tropischen Urwalds. Aber das war ja gar nicht Ihre Frage. Tja, das ist eine lange Geschichte. Ralf hat dieses Amt – wenn Sie so wollen – von meinem langjährigen Freund Karl-Ludwig geerbt."

„Wieso das?", fragte ich aus Neugier.

Der Botschafter nahm einen kräftigen Zug an seiner Zigarre und blies den Rauch genüsslich aus. „Ich möchte Sie nicht mit meiner Lebensgeschichte langweilen. Aber wenn es Sie interessiert ... Sehen Sie: Ich wurde als Jorge Santiago Ramírez geboren, Sohn einer schwarzen Tagelöhnerin aus Belize City und eines britischen Seemanns. Da meine Mutter bettelarm war, gab sie mich in die Obhut der Kirche, wo ich als Vierjähriger durch eine glückliche Fügung Brigadier Desmond Horatio Webber kennenlernte, einen in Belize stationierten Offizier der britischen Armee. Er und seine Frau waren völlig vernarrt in ihren ‚Little Black Boy', wie sie mich liebevoll nannten. Sie adoptierten mich und nahmen mich schließlich mit nach Europa. Nazideutschland war gerade besiegt und durch die Alliierten besetzt. Mein Adoptivvater wurde in das Hauptquartier der britischen Militärregierung nach Bad Oeynhausen abkommandiert. Wie Sie sich sicher vorstellen können, war ich zur damaligen Zeit in der britischen Schule unter den übrigen Offizierskindern aus England, Wales, Schottland und Nordirland aufgrund meiner Hautfarbe ein absoluter Außenseiter. Aber meine Adoptiveltern setzten alles daran, mich zu unterstützen. Anfang der Fünfziger wurde mein Adoptivvater dann in den Stab des Militärattachés der britischen Botschaft in Bonn berufen. Ich machte irgendwann das Abitur und entschied mich, Wirtschaftslehre zu studieren. In dieser Zeit übte das lebenslustige und verruchte Köln, das in den Sechzigern auch das ‚deutsche Chicago' genannt wurde, mit seinen aufgeschlossenen, fröhlichen Menschen und den Nachtclubs, Halb- und Unterweltgrößen eine ungeheure Faszination auf mich aus. Ich beschloss also, nicht in Bonn oder Oxford, sondern in Köln zu studieren. Und dort lernte ich dann meine Kommilitonen Karl-Ludwig von Hohenfels, der auch ein Wirtschaftsstudium absolvierte, und den eben von Ihnen erwähnten Innozenz Heinrich Selbach, Theologiestudent, kennen. Wir wurden die dicksten Freunde, wurden von den anderen Studenten nur das ‚verrückte Trio' genannt. Irgendwann kam ich auf die Idee, den beiden, die aus reichem Elternhause stammten, meine Heimat, die damalige Kolonie Britisch-Honduras, zu zeigen. So brachen wir zu einem Abenteuertrip nach Mittelamerika auf, bereisten die Turneffe-Inseln und die Maya-Ruinen von Xunantunich. Besonders Karl-Ludwig war von der Landschaft sichtbar beeindruckt und fasziniert. Er hatte sich in das Land regelrecht verliebt. So kam es, dass er nach unserer Rückkehr vorschlug, unserer dreiköpfigen Beatband den Namen ‚The Tunichs' – in Anlehnung an den komplizierten Namen der Ruinenstadt Xunantunich – zu geben. Nicht ohne Stolz muss ich dazu sagen, dass Karl-Ludwig, Innozenz und ich seinerzeit als Coverband mit unseren Hits der Beatles, Hollies und Herman's Hermits im Star-Club am Rudolfplatz geradezu grandiose Erfolge feierten und damit einen beträchtigen Teil unseres Studiengeldes finanzierten. So wie ich nach dem Studium dem Rheinland treu geblieben bin – meine Frau Walla stammt aus Köln und will nach meiner Pensionierung Ende des Jahres unbedingt wieder hier hinziehen, so ist Karl-Ludwig Zeit seines Lebens ein Freund Belizes geblieben. Nach der vergleichsweise späten Unabhängigkeit von Großbritannien 1981 hat er sich für die wirtschaftliche Kooperation mit meinem Land eingesetzt, wurde ein verlässlicher Partner von Belize. So kam es schließlich dazu, dass er einer unserer Honorarkonsule in Deutschland wurde – worauf er sehr stolz war."

Sir Jorge klopfte Ralf auf die Schulter. „Anfangs habe ich mei-

nen Freund ja für verrückt gehalten, als er sich entschloss, per Aufruf in den Medien einen Erben zu adoptieren. Ich habe eigentlich immer geglaubt, dass sein Ziehsohn Guntram, also Herr Doktor Bürger, der Vorstandsvorsitzende der HohenfelsBank, in seine Fußstapfen treten wird. Und sicherlich war Guntram auch anfangs über Karl-Ludwigs Entscheidung, Ralf zu adoptieren, enttäuscht. Aber als wir diesen Prachtjungen hier kennenlernten, haben wir beide wohl all unsere Bedenken über Bord geworfen. Er teilte Karl-Ludwigs Begeisterung für meine Heimat, besuchte das Landhaus der Familie in Santa Elena bei San Ignacio regelmäßig. Als Karl-Ludwig bei dem tragischen Unfall ums Leben kam, schlug ich vor, Ralf zu seinem Nachfolger als Honorarkonsul von Belize für NRW zu berufen. Und wer weiß: Spätestens, wenn Wolf Kahles aus Stuttgart seinen Posten aufgibt, wird Ralf zum Honorargeneralkonsul ernannt und ist dann gleich für den Großteil des Gebiets der Bundesrepublik verantwortlich – da bin ich mir sicher!"
„Zu viel der Ehre", sagte Ralf und stieß mit Sir Jorge an.
Es fiel mir schwer, angesichts der interessanten Lebensgeschichte Sir Jorges wieder dienstlich zu werden.
„Sie kennen also Doktor Selbach? Hat er Ihnen gegenüber mal den Namen Ngabane erwähnt?"
Aber Botschafter Webber zuckte mit den Schultern. „Nein. Keine Ahnung. Ich habe auch schon ewig nicht mehr mit Innozenz gesprochen. Nachdem er zum Priester geweiht wurde, haben wir uns sehr entfremdet. Während ich mit Karl-Ludwig regen Kontakt hatte, lebte Innozenz fortan sehr zurückgezogen. Es dauerte Jahre, bis er sich Karl-Ludwig gegenüber bereit erklärte, Kurator der Stiftung zu werden. Zuvor hatte Karl-Ludwig mehrfach vergeblich versucht, ihn zum Vorsitzenden des Stiftungsrats zu machen. Aber Innozenz hat immer nur dankend abgelehnt – erst, als er Karl-Ludwig überzeugen konnte, den von ihm hochge-

schätzten Professor Prangetti zum Vorsitzenden zu berufen, trat er dem Gremium bei.“

„Wissen Sie eigentlich Genaueres zum Tode des Ehepaars von Hohenfels?“, wollte Eugen wissen.

Aber der Diplomat zuckte mit den Schultern. „Ich bin damals in direkten Kontakt mit Sergeant Enrique Cayetano getreten, der die diesbezüglichen Ermittlungen der Polizei in San Ignacio leitete. Aber bis auf die Tatsache, dass die Bremsschläuche defekt waren, fanden die Ermittler nichts heraus. Daher wurde von einem herkömmlichen Unfall bei überhöhter Geschwindigkeit ausgegangen. Karl-Ludwig war ein – wie soll ich sagen – sehr rasanter Fahrer. Fremdverschulden wurde ausgeschlossen. Ein tragischer Fall!“

Ich nickte und beließ es dabei. „Eine Sache interessiert mich dann doch noch: Wie ist es überhaupt dazu gekommen, dass Karl-Ludwig von Hohenfels diese Stiftung gegründet hat?“

Während Ralf seine Backen aufblähte, stöhnend ausatmete und auf seine kostspielige Rolex Submariner schaute, betrachtete Sir Jorge seine Zigarre und fuhr fort. „Tja, das ist auch so eine Geschichte. Sehen Sie, das Bankhaus von Hohenfels stammt eigentlich aus Frankfurt am Main. Durch die abscheuliche Enteignungspolitik der Nazis erwarb es das Vermögen der ehemals jüdischen Privatbank von Alfred David Silberstein aus Köln. Da dessen Bank in Köln ansässig war und fast dreimal so viele Mitarbeiter hatte wie das Bankhaus der Familie von Hohenfels, entschloss sich Karl-Ludwigs Vater Karl-Wilhelm, den Geschäfts- und Familiensitz nach Köln zu verlegen. Nach dem Krieg wurde das Bankenimperium der Familie von Hohenfels jedoch von den Alliierten seltsamerweise nicht zerschlagen – wohl auch deshalb, weil die gesamte Familie Silberstein im KZ Auschwitz ums Leben gekommen war und es kaum noch Zeugen für die Enteignung gab. In seiner Studentenzeit fand

Karl-Ludwig diese dunklen Geheimnisse heraus und stellte seinen Vater zur Rede. Karl-Wilhelm antwortete barsch, dass sein Sohn sich lieber um den erfolgreichen Abschluss seines Studiums zu kümmern hatte. Unter dem Eindruck der Achtundsechzigerbewegung bohrte Karl-Ludwig dann als junger Manager der Bank seiner Familie weiter nach. Aber sein Vater drohte weiter mit Entlassung und Enterbung, falls sein Sohn dieses Thema weiter anschneiden sollte. Karl-Ludwig befand diesen Punkt immer als starke emotionale und seelische Belastung, engagierte sich insgeheim in mehreren sozialen Einrichtungen und bemühte sich um den deutsch-israelischen Ausgleich. Er besuchte Israel regelmäßig und spendete aus eigener Tasche horrende Summen.

Als Karl-Wilhelm Mitte der Neunziger schließlich pflegebedürftig im Sterben lag, eröffnete ihm Karl-Ludwig, eine Alfred-David-Silberstein-Stiftung gründen zu wollen, die sich um Hilfsbedürftige in aller Welt kümmern sollte. Seltsamerweise stimmte sein Vater dieser Idee angesichts seines bevorstehenden Todes in fast vollem Umfang zu – bis auf die Tatsache, dass er seinem Sohn das Versprechen abnahm, diese Stiftung nicht nach Silberstein zu benennen – er hasste es, an dieses dunkle Kapitel der Firmengeschichte erinnert zu werden. Ich habe tagelange Diskussionen mit ihm darüber geführt, ob er den Wunsch seines Vaters tatsächlich respektieren sollte."

„Gut." Ich blickte auf die Uhr, die bereits 18:47 Uhr anzeigte. „Das war's dann auch erst mal. Ralf: Du kommst ja morgen früh zu uns ins Büro. Machen Sie's gut, Sir Jorge! Hat mich gefreut", sagte ich und reichte dem sympathischen Botschafter die Hand.

„Es war mir ein Vergnügen par excellence", erwiderte er und reichte mir seine Visitenkarte mit dem Aufdruck:

Sir Jorge Santiago W E B B E R, KBE
Ambassador of Belize

Boulevard Brand Whitlock 136
1200 Brussels – BELGIUM

phone +32 2 73262-04
fax +32 2 73262-46
mobile +32 472 770828
e-mail embelize@skynet.de

„Falls Sie noch Fragen haben, rufen Sie mich jederzeit an!"
„Wofür steht denn dieses ‚KBE' hinter Ihrem Namen?", wollte ich wissen.
„Das deutet darauf hin, dass mir der Titel eines ‚Knight Commander' des ‚Order of the British Empire', also des britischen Verdienstordens, verliehen worden ist – womit ich gleichzeitig in den Adelsstand erhoben wurde."
Wir verließen das Grundstück des Honorarkonsuls und gingen zu unserem alten Dienstwagen.
„Was hältst du von der ganzen Sache?", wollte Eugen wissen.
„Ich kann's dir beim besten Willen nicht sagen. Dieser Sir Jorge wirkte ja ganz nett. Aber was Ralf von Hohenfels angeht – ich weiß nicht, ob der hundertprozentig die Wahrheit sagt."
„Genauso geht's mir auch. Was machen wir jetzt? Zurück zum Präsidium?"
„Ehrlich gesagt, würde ich vorher nochmal gerne unseren Freund Uwe Schmahlacker aufsuchen. Das, was Ralf gesagt hat, hat mich ein wenig stutzig gemacht."
„Aber warum?"
„Na, weil der so extrem auf Dümbgen reagiert hat. Nach all den

Jahren hätte der doch auf ein Versöhnungsangebot nicht derart brutal reagieren müssen."

„Hey, dann darf ich dich mal dran erinnern, wie du auf Dümbgen reagiert hast – und dir hat er ja noch nicht mal persönlich was getan ..."

„Stimmt auch wieder. Trotzdem würd ich gern mal mit dem reden. Vielleicht kann er uns ja noch was zu Dümbgen und einem möglichen Tatmotiv sagen."

Ich erfragte bei der Auskunft die Adresse und die Telefonnummer des ehemaligen Polizeihauptkommissars. Die freundliche Telekom-Mitarbeiterin mit stark sächselndem Akzent teilte mir mit, dass Schmahlacker seinen Wohn- und Firmensitz in der Kalker Hauptstraße 166 angemeldet hatte.

Inzwischen hatte sich die Verkehrslage beruhigt, Papst Benedikt XVI. war mit der RheinEnergie in der Altstadt angekommen, der Jubel war nunmehr abgeebbt.

Gegen halb acht waren wir an dem Flachdachhaus mit nur einem Obergeschoss an der Kalker Hauptstraße angekommen. Im Erdgeschoss des mit Waschbeton verkleideten Gebäudes, das zwischen den beiden relativ hohen benachbarten Häusern wie eine hässliche Baulücke wirkte, waren die anachronistisch wirkende Kaffeerösterei Hans Hogrebe sowie ein weiteres Ladenlokal, das kitschig-bunte Oberbekleidung zum günstigen Schnäppchenpreis anbot, untergebracht. Die Kaffeerösterei kannte ich noch aus Kindheitstagen. Meine Mutter hatte mich oft genug zu Herrn Hogrebe geschickt, um frisch gemahlenen Kaffee zu kaufen – der einzige Luxus, den sie sich gönnte.

Mittig zwischen beiden Geschäften erblickte ich eine alte, hölzerne Haustür mit Milchglas, auf deren Briefschlitz ein kleines Pappschild mit dem handgeschriebenen Schriftzug „Schmahlacker – Private Ermittlungen" angebracht war.

Gerade, als ich klingeln wollte, öffnete ein untersetzter Endvierziger im grauen Anzug und mit Krawatte die Haustür. Der Mann mit kurzrasierten grauen Haaren, eng beieinanderliegenden Augen, randloser Brille, spitzer Nase und fliehendem Kinn sah mich überrascht an.

„Sie kenn ich doch irgendwo her?!", murmelte er und schob sich an uns vorbei, wobei er mich keine Sekunde aus den Augen ließ.

„Hallo Uwe. Ich bin's. Pitter. Pitter Merzenich."

Schmahlacker schlug sich mit der flachen Hand gegen die Stirn. „Mensch, natürlich! Wie geht's dir, Kollege?"

Auch wenn ich es angesichts der Fehltritte und Versäumnisse des ehemaligen Polizeibeamten vermessen fand, dass er mich so nannte, schwieg ich zu diesem Thema und antwortete nur mit: „Kann nicht klagen".

„Wolltest du zu mir? Ich hab leider keine Zeit", sagte er und deutete auf die fast fabrikneue silberne Mercedes-Limousine der E-Klasse, die eine auffällig lange Funkantenne auf ihrem Dach trug, die sie wie ein Zivilfahrzeug erscheinen ließ.

„Haben Privatdetektive jetzt so hochwertige Dienstwagen?", fragte ich leicht sarkastisch.

„Um Gottes Willen! Mit meinen lächerlichen Routinefällen von betrügenden Ehegatten und krankgeschriebenen Angestellten, die nebenher schwarzarbeiten, könnte ich mir das gar nicht leisten. Nein, der Wagen gehört meinem Freund Abdul. Der ist Betreiber einer Funkmietwagenfirma in Mülheim, für die ich ab und zu arbeite, wenn ich mal wieder keine Kohle hab. Dafür leiht er mir im Gegenzug den Wagen für Observationen und andere Fahrten, die ich als selbstständiger Detektiv zu erledigen habe. Für 'n eigenes Auto hab ich einfach kein Geld."

Schmahlacker blickte auf seine billige Casio-Digitaluhr, die längst aus der Mode gekommen war. „Pitter, sei mir nicht böse, aber ich muss dringend zum Flughafen Düsseldorf, 'nen Kunden

Abduls abholen und nach Wesseling fahren."
„Die Zeit wirst du dir aber nehmen müssen, Uwe. Wir haben Christian Dümbgen wegen Verdachts eines Tötungsdelikts festgenommen. Dein ehemaliger Kollege Ralf hat gesagt, dass er nach seiner Haftentlassung unter anderem zu dir Kontakt gesucht hat."
Uwe löste seinen Krawattenknoten und fuhr sich fahrig durch die kurze Stoppelfrisur. „Ja, verdammt, dieses Arschloch hat mich nicht in Ruhe gelassen mit seinem Betteln um Vergebung und Aussöhnung! Ich hab diesem Wichser eine reingehauen und ihm gesagt, dass er mich nie wieder belästigen soll! Dieser Arsch hat mein Leben zerstört!"
Aber ich schüttelte nur den Kopf. „Du hättest dich doch nicht mit dieser Findeisen einlassen müssen, dann hätte er auch nie 'nen Grund gehabt, dich zu erpressen ..."
„Kollege Merzenich, der Moralapostel! Du warst selber nie besser als wir! Hast immer deine Alleingänge durchgezogen und dich nie um irgendwelche Dienstvorschriften gekümmert! Also hör endlich auf mit dieser selbstgerechten Scheiße!"
Schmahlacker, dessen gesamter Körper billigen Fusel ausdünstete, machte mich langsam aber sicher wütend. Schließlich war er nach Chrissy Dümbgen der Zweite an diesem Tag, der glaubte, meine durchaus eigenwilligen Methoden mit den Verfehlungen dieser feinen Gesellschaft des ET der ehemaligen PI 1 vergleichen zu müssen.
„Jetzt ist's aber genug, Uwe! Ich lass mich weder von dir noch von diesen anderen korrupten Idioten, die damals absolut zurecht aus dem Dienst entfernt wurden, auf eine Stufe mit euch stellen!"
Ich packte den Exkollegen, der mir eigentlich sonst immer sympathisch gewesen war, am Reverskragen.
„Hey, Pitter, schalt mal runter!", sagte Eugen und legte mir seine Hand auf die Schulter.
„Ist ja schon gut! Tut mir leid! Aber die Sache mit Chrissy geht

mir bis heute an die Nieren", sagte Uwe und wischte eine Träne aus dem linken Auge. „Diese Sache hat mein ganzes Leben zerstört! Ich war mit Leib und Seele Polizist. Nie hätte ich auch nur einen Pfennig an Bestechungsgeld angenommen – geschweige denn einen korrupten Kollegen gedeckt! Das kannst du mir ruhig glauben!" Uwe schüttelte den Kopf. „Wenn dieses Arschloch mich nur nie dermaßen abgefüllt und niemals diese Bilder von mir gemacht hätte."

„Kannst du dich denn bis heute an nichts erinnern?", wollte ich nun in versöhnlichem Tonfall wissen.

„Nein, wenn ich das doch nur könnte. Aber ich habe, was diese Nacht der Weihnachtsfeier von damals angeht, 'nen absoluten Filmriss. Dümbgen hat mich eiskalt erwischt. Na ja. Jetzt ist's zu spät. Meine Frau und die beiden Kinder, das schöne Häuschen in Untereschbach, der dicke BMW und mein Job sind weg. Mir ist nur noch der Alkohol geblieben – und diese Bruchbude, in der die Heizung nie funktioniert und in die's reinregnet", sagte er mit Blick auf seine Wohnung im ersten Stock, bevor er sich abermals gegen die Stirn schlug. „Ach nein, ich hab ja meinen wunderbaren, abwechslungsreichen und ehrbaren Job als Schnüffler vergessen, bei dem ich am Monatsanfang nie weiß, ob ich genug verdiene, um auf Hartz-IV-Niveau zu kommen – geschweige denn von meinem Nebenjob als Taxifahrer im Anzug. Nein, Pitter, ich weiß nicht, was du von mir willst, aber ich kann dir nicht helfen. Wenn Chrissy jemanden umgebracht haben soll – meinetwegen. Nach all seinem Gesülze von Gott und Nächstenliebe zwar schwer vorstellbar, aber durchaus nicht ausgeschlossen. Einmal Arschloch, immer Arschloch. War's das?"

„Fast. Ich würde dich aber bitten, morgen gegen 10 Uhr im PP vorbeizukommen und beim Kollegen Fröbel hier deine Aussage zu Protokoll zu geben", sagte ich mit einem Anflug von Mitleid für das Schicksal des Ex-Kollegen.

Uwe legte die Hand zum militärischen Gruß an die Schläfe. „Wenn es der Wahrheitsfindung unseres tollen Rechtsstaats dient – gerne!“, sagte er sarkastisch und schloss den Mercedes per Fernbedienung auf.
Eugen verzog die Augenbrauen. „Armer Kerl“, sagte er, während ich den Scorpio aufschloss.

Zurück im Präsidium, kamen wir gerade rechtzeitig, um der für 20 Uhr avisierten Besprechung beizuwohnen.
„Wie war's bei dir, Nina?“, wollte Theo wissen.
Nina verzog ihren Mund zu einer Schnute. „Raymond De Boer ist laut Internet Eigentümer einer exklusiven südafrikanischen Hotelkette namens ‚Unity Cape Resorts‘. Aber zu Matongo findest du im Internet gar nix. Weihbischof Doktor Selbach habe ich nicht erreicht. Ein Mitarbeiter seines Büros im Erzbistum hat mir gesagt, dass er momentan auf Grund des Weltjugendtags unabkömmlich ist. Er steht uns aber ab Dienstag zur Verfügung, ich habe eine entsprechende Ladung zur Vernehmung rausgeschickt.“
„Darüber hinaus ist De Boer übrigens Hilfskoordinator der Von-Hohenfels-Stiftung, zuständig für Zentral- und Südafrika“, ergänzte ich Ninas Ausführungen. „Das hat uns Ralf von Hohenfels erzählt. Zu Matongo kann uns vielleicht Oberstleutnant Eickhoff vom Zentrum für Nachrichtenwesen der Bundeswehr was erzählen – ihr wisst schon: Das ist doch die Truppe, die uns schon vor drei Jahren im Fall Monheim hinsichtlich der serbischen Söldnereinheit weitergeholfen hat. Ich werd den morgen mal anrufen. Ist 'nen Versuch wert.“
„Gute Idee“, sagte Theo nickend. Nachdem ich den Kollegen von unserem Besuch bei dem Honorarkonsul und bei Schmahlacker erzählt hatte, ergriff Hacki das Wort.
„Wir haben mit Wilfried gesprochen. Der will sich morgen mit

uns treffen, er hat ein paar interessante Erkenntnisse zum Tod von Professor Prangetti. Tja, unser Kriminaldirektor Wagemann konnte sich dran erinnern, dass die GFG, die Gemeinsame Finanzermittlungsgruppe beim LKA, seinerzeit Ermittlungen gegen die Stiftung geführt hat. Er hat sich auf Wolles Bitte hin mit einem der damaligen Ermittler, einem Kollegen der Zollfahndung namens René Mieske, in Verbindung gesetzt. Der will uns morgen früh besuchen und den Fall durchsprechen, uns seine Erkenntnisse aus dem damaligen Verfahren mitteilen. Wagemann hatte sowieso vorgehabt, ihn einzuschalten – und zwar hinsichtlich der Ermittlungen zum Tode Prangettis. Nur leider war Mieske ein paar Wochen in Urlaub und sonst kennt sich mit dem Fall bei der GFG wohl keiner mehr aus. Wenn Wilfried und Franz morgen ohnehin mit uns reden wollen, haben wir direkt zwei Fliegen mit einer Klappe geschlagen. Bemerkenswert ist allerdings, dass die Von-Hohenfels-Stiftung als Hilfsorganisation keine Webpräsenz im Internet hat. Ich hab vergeblich gesucht."
„Gut, Leute, dann würde ich sagen, dass wir das auf morgen vertagen. Es ist schon verdammt spät. Wir sehen uns um 7 Uhr hier im Büro", sagte Theo nach einem Blick auf seine Armbanduhr, die bereits Viertel vor neun anzeigte.

„Haste Lust auf 'n Kölsch?", fragte Eugen. „Ich hab eiskaltes Gilden zuhause. Kannst auch bei mir pennen. Ich hab genug Platz."
„Warum eigentlich nicht?!", entgegnete ich und ging mit Eugen zum Parkdeck, wo er seinen in die Jahre gekommenen Renault R21 Nevada aufschloss. Der abgetakelte französische Kombi passte mit seiner bordeauxroten Lackierung fast perfekt zu seinem auberginefarbenen Jackett.
Eine gute Viertelstunde später waren wir in der Gisbertstraße im Stadtteil Stammheim angekommen. Vor der Hausnummer 10, einem kleinen alten Backsteinhaus, hielt Kollege Fröbel an.

„Willkommen in meinem bescheidenen Reich!“, sagte er, während er die Tür aufschloss. „Mach's dir bequem.“ Eugen verschwand in der Küche und kam mit zwei Flaschen Kölsch zurück, die er auf den abgenutzten Couchtisch im Wohnzimmer stellte, während ich mich auf ein fleckiges, altes Ledersofa fallen ließ, dessen Federn unter meinem Gewicht quietschend nachgaben.

„Tja, wenn ich das Haus nicht von meinen Eltern geerbt hätte, würde ich wahrscheinlich genauso dastehen wie dieser Uwe Schmahlacker.“

„Warum?“, wollte ich wissen.

„Meine Frau hat mich nach der Scheidung auf eine horrende Unterhaltssumme verklagt. Die macht sich heute 'n schönes Leben mit ihrem neuen Lover – und ich darf blechen! Meinen Sohn, den Aaron, darf ich auch nur noch alle paar Wochen sehen. Das ist vielleicht eine Scheiße! Hast du eigentlich Familie?“

„Nä. Nur 'ne Exfrau, die mich jahrelang ziemlich Nerven gekostet hat – und 'ne Freundin, die in Blackpool wohnt. Die sehe ich auch nur alle paar Wochen!“

„Glücklicher Mann!“, entgegnete Eugen und stieß mit mir an. Nach zwei weiteren Flaschen Gilden Kölsch fiel ich todmüde um und schlief auf der Couch ein, ohne mich von meinem Gastgeber verabschieden zu können.

8. Kapitel: Ermittler unter sich

**Polizeipräsidium Köln, Dir K, KI 1, KK 11, MK 3,
Walter-Pauli-Ring 2–4, 51103 Köln-Kalk,
Freitag, 19. August 2005, 07:45 Uhr**

Ich hatte gut geschlafen. Gegen Viertel vor sieben hatte mich Eugen geweckt und uns einen Kaffee gekocht.
Als wir im Büro ankamen, begrüßte uns Theo auffallend hektisch. „Gut, dass ihr da seid! Wir haben schon Besuch – früher als gedacht. Kommt mit!"
„Aber einer von uns muss hier die Stellung halten. Ich hab von Hohenfels und Schmahlacker für 9 beziehungsweise 10 Uhr zur Protokollaufnahme bei Eugen bestellt."
Theo blickte Eugen an. „Gut. Dann erledige das, Eugen."
„Kein Problem."

Lautes Stimmengewirr war aus dem Besprechungsraum zu vernehmen. Neben Nina, unserem Kommissariatsleiter Micha und unserem Kriminaldirektor hatten sich noch vier weitere Kollegen eingefunden. Als wir den Raum betraten, erhob sich Kriminaldirektor Wagemann. Wagemann, langjähriger Dezernatsleiter im Düsseldorfer Landeskriminalamt, hatte Anfang des Jahres den pensionierten Kriminaldirektor Norbert Fahnenschmidt abgelöst. Der dünne, mittelgroße Mittfünfziger mit weißen Haaren und schwarzen Augenbrauen trug nur feine Markenklamotten und verhielt sich uns gegenüber äußerst distanziert, fast schon unnahbar. Die Gerüchte, die im Vorfeld seiner Versetzung in unseren Reihen kursierten, hatten sich vollends bestätigt. Wagemann war ein unsympathischer Paragrafenreiter, dem es an jeglicher Sozialkompetenz mangelte. Jetzt zog er an seiner Pfeife, die einen angenehmen Duft verströmte und rückte den Kragen

seines teuren Lacoste-Poloshirts zurecht.
„So, meine Herrschaften. Jetzt sind wir vollzählig. Ich begrüße Sie alle recht herzlich zu unserer Besprechung. Ausnahmsweise habe ich mir erlaubt, an dieser Besprechung teilzunehmen. Es geht schließlich auch um einen Fall, der bereits zu meinen Zeiten als Dezernatsleiter im LKA akut war. In diesem Zusammenhang darf ich Ihnen Herrn Mieske von der Gemeinsamen Finanzermittlungsgruppe des LKA und des Zollfahndungsamts Essen in Neuss vorstellen", sagte er und blickte auf den Mittvierziger mit kurzgeschorenen Haaren und randloser Brille, der wortlos nickte und einen großen Papierbogen vor sich auf dem Tisch ausrollte.
„Ferner möchte ich allen, die ihn noch nicht kennen, Maggiore Gaspare Cimigotto vom Reparto Operativo, also der Kriminalabteilung, der Carabinieri in Trient vorstellen, der im Rahmen seiner Ermittlungen zum Tod des Professors Prangetti momentan die Kollegen unserer MK 4 besucht, um sich aus erster Hand über Prangettis Background, wie man heute so schön sagt, zu informieren."
Zwischen Kriminalhauptkommissar Wilfried Orthmann, dem hageren Leiter der Mordkomission 4, und Kriminalhauptkommissar Franz Schuy, seinem beleibten Stellvertreter, erhob sich ein mittelgroßer blonder Mann Anfang vierzig im grauen Anzug mit modischer Brille und eng beieinanderliegenden Augen.
„Buongiorno. Guten Morgen", sagte der italienische Kollege, der überhaupt nicht wie ein „typischer" Italiener aussah.
Wagemann paffte an seiner Pfeife und fuhr fort. „Ich übergebe das Wort an Herrn Voß, den Leiter der MK ‚Kongo'."
Theo nickte kurz und biss sich auf die Lippen, bevor er in groben Zügen unsere bisherigen Ermittlungsergebnisse vortrug.
„Tja, so sieht's aus, Kollegen", schloss Theo schließlich. „Wilfried, habt ihr bei euren Ermittlungen irgendwas im Hinblick

auf eine mögliche Verbindung Prangettis zu unserem jungen kongolesischen Mönch herausfinden können?"
Wilfried, ein durchtrainiert-drahtiger Hobbybergsteiger Anfang fünfzig mit lichtem Haar, grauen Schläfen, furchigem Gesicht und kleiner Brille räusperte sich, während er den Zigarillo im Aschenbecher ausdrückte.
„Nä. Mer han dat Büro vom Prangetti en d'r Klosterstroß durchsook – un sing Zimmer em Canisiushuus, d'r Jesuitenkommunität en Braunsfeld. Nix jefunge. Un dann han mer die janze Männ vernomme – Professore, Studente, die Männ vun d'r Stiftung, die andere Jesuite us dä Kommunität. Och nix. Mer kumme nit wigger", sagte der Kollege in seinem Zülpicher Voreifeldialekt.
„Herr Orthmann, da wir mit Herrn Cimigotto einen ausländischen Gast zu Besuch haben, der der rheinischen Mundart schätzungsweise genauso wenig mächtig ist wie ich, möchte ich Sie doch eindringlich bitten, Hochdeutsch zu sprechen", wurde er postwendend von unserem Kriminaldirektor gerügt, so dass er seine Ausführungen in reinstem Schuldeutsch wiederholte.
„Dat Einzige, wat richtich jut an dem Fall es, war dat jute Essen auf unserer Dienstreise in Italien", bemerkte Franz, vergeblich um eine akzentfreie Aussprache bemüht, während er stimmlos nach Luft schnappte und seine Hände auf dem viel zu dicken Bauch verschränkt hatte – wobei er dank seiner Leibesfülle Probleme hatte, die Fingerspitzen dort überhaupt zusammenzuführen.
Ich musste schmunzeln. Franz, der mit Abstand dickste Ermittler, den ich kannte, sah wie Reiner Calmund aus – mit dem Unterschied, dass Franz im Gegensatz zu der Leverkusener Fußballmanagerlegende noch dichtes, graues Haar hatte. Aber das übrige Äußere und selbst seine Stimme – sie hätten Brüder sein können ...

„Und wie sieht's bei Ihnen aus, Herr Cimigotto?", wollte ich wissen.
Aber der Carabinieri-Major schüttelte den Kopf. „Also, Hinweise auf diesen Bartholomé Ngabane haben wir leider nicht gefunden", sagte er mit nur leichtem italienischem Akzent.
„Wie ist das denn mit den Ermittlungen bei Ihnen überhaupt abgelaufen?", wollte André wissen.
Gaspare Cimigotto rückte den Kragen seines hellblauen Hemds zurecht und schlug die Beine übereinander, so dass seine teuren italienischen Schuhe aus braun glänzendem Leder sichtbar wurden.
„Also, der Wirt des Rifugio Contrin rief am Abend des besagten 10. Juli aufgeregt bei unseren Kollegen in Canazei an. Professor Prangetti und ein französischer Bankangestellter aus Lyon namens Jean Ravier, mit dem sich der Professor während des Aufenthalts in der Berghütte angefreundet hatte, waren morgens zu einer Bergtour auf die Punta Penia aufgebrochen. Der Weg dorthin führt über einen gut ausgebauten Klettersteig, vorbei an der Marmolatascharte. Für einen geübten Bergsteiger kein Problem. Prangetti und Ravier hatten dem Wirt gesagt, dass sie am Abend zurückkommen wollten. Tja, als sie nicht kamen, hat sich der Wirt Sorgen gemacht und die Kollegen alarmiert.
Dann rückten die Bergwacht und die Kollegen der Guardia di Finanza aus, die in Predazzo in der Nähe eine Gebirgsschule betreiben und zufällig eine Übung in der Umgebung abhielten. Zwei Tage später, am Dienstag, den 12. Juli, entdeckten dann Finanziere Mario Scalogna und Vice Brigadiere Andrea Giarusso den leblosen Körper Prangettis. Sie unterrichteten die Kollegen aus Canazei, die uns hinzuriefen. Da der Notarzt vor Ort eine nicht-natürliche Todesursache attestierte, forderten wir Unterstützung bei unserem RIS in Parma an, dem Reparto Investigazioni Scientifiche, also der Kriminaltechnik. Die schickten einige Kollegen.

Bei der Obduktion stellte sich heraus, dass Prangetti mithilfe eines Pfeils oder einer Spritze vergiftet worden war. Der Rechtsmediziner fand ein entsprechendes Einstichloch in Prangettis Nacken."

Ich schaute mich in der Runde um. Auch die anderen hatten die Ausführungen des Majors mit Sorge zur Kenntnis genommen. Dafür fiel mir schlagartig wieder ein, wer mir von einem Giftmord erzählt hatte: Es war Wilfried, nachdem er mit Franz von seiner Dienstreise nach Trient zurückgekehrt war.

„Bei dem Gift handelte es sich um Curare, ein nervenlähmendes Mittel, das von den Indios im brasilianischen Amazonasbecken als Jagdgift verwendet wird und in der Vergangenheit auch hier in Europa Verwendung fand – in der Medizin, wo man es als Anästhesiemittel gebrauchte. Todesursache war Atemstillstand durch Lähmung der Atemmuskulatur. Da ich diese Tötungsmethode mehr als seltsam fand, habe ich weiter recherchiert und unser Interpol-Verbindungsbüro in Rom kontaktiert. Die Kollegen fanden heraus, dass Dutzende ungeklärter Morde in Europa, den USA, Kanada und Südamerika nach dem gleichen Modus Operandi begangen wurden. Bei einem der Morde, der vor drei Jahren an einem Börsenmakler in London begangen worden war, war der Täter sehr unvorsichtig. Er hatte am Tatort seine Fingerabdrücke hinterlassen, die einem Mann zugeordnet werden konnten, der seit zehn Jahren von der brasilianischen Polizei wegen diverser Auftragsmorde gesucht wird."

Cimigotto reichte ein Porträtfoto eines jungen, mittelblonden Mannes mit Stoppelfrisur herum, der finster in die Kamera blickte.

„Rui Venâncio Brinkmeyer, brasilianischer Staatsangehöriger, geboren am 26. April 1963 in Blumenau im Bundesstaat Santa Catarina als Sohn eines deutschstämmigen Ehepaars. War mehrere Jahre lang Soldat bei der Polícia Militar do Estado de Santa

Catarina, der Gendarmerie des Bundesstaats. Ging danach nach Rio de Janeiro, wo er sich einer aus Polizeibeamten und Soldaten rekrutierenden Todesschwadron anschloss, die im Auftrag der Geschäftsbesitzer Jagd auf Straßenkinder machte und sie ermordete. Stieg dort schnell zu einem ihrer Befehlshaber auf, da er sich durch absolute Skrupellosigkeit auszeichnete. Er liebte es, die fliehenden Kinder mit Giftpfeilen umzubringen, die er per Blasrohr verschoss. Ein absoluter Sadist, dem es gefiel, den von jetzt auf gleich gelähmten Kindern bei ihrem vergeblichen Todeskampf noch zuzusehen. Als einige Mitglieder seiner Truppe verhaftet wurden, wurde er von ihnen verraten und festgenommen. Er konnte jedoch aus dem Gefängnis fliehen und untertauchen und gilt seitdem als verschwunden.
Die brasilianischen Behörden gehen davon aus, dass auf sein Konto allein dort zwanzig Morde an Geschäftsleuten und Politikern gehen. Aber Brinkmeyer ist einfach nicht zu fassen, immer wieder entwischt er den Kollegen. Da Brinkmeyer fließend Deutsch, Portugiesisch, Englisch, Französisch und Spanisch spricht, dürfte es ihm nicht schwerfallen, sich überall zurechtzufinden. Schon seine Kameraden der Todesschwadron, die ihn verrieten, berichteten, dass er eine Vorliebe für Verkleidungen habe. Um unerkannt zu bleiben, schlüpfe er gerne in alle erdenklichen Rollen. Die Brasilianer haben ihn daher auch ‚O Camaleão', also ‚Das Chamäleon', getauft."
„Das ist ganz schön heftig", sagte ich. „Aber was ist denn mit diesem Ravier? Gibt es Hinweise darauf, dass er dieses Chamäleon sein könnte?"
Cimigotto nickte. „Und ob! Ich habe recherchiert. Bei der ‚Caisse Régionale Crédit Agricole Centre Est', für die Ravier laut eigener Aussage arbeitet, hat man noch nie von ihm gehört. Aber sehen Sie sich mal das Bild an, das der Wirt der Berghütte am Abend vor dem Verschwinden Prangettis auf einer Hüttenfei-

er von ihm und Ravier gemacht hat", sagte er und reichte mir ein Bild rüber, dass Prangetti und einen augenscheinlich jungen Mann mit dünnem Oberlippenbart und pechschwarzen Haaren Arm in Arm zeigte.

„Wenn Sie das Bild Brinkmeyers mit diesem Bild Raviers vergleichen, werden Sie feststellen, dass man höchstens bei der Augenpartie eine gewisse Ähnlichkeit konstatieren kann. Ansonsten sieht der völlig anders aus."

„Und auch viel jünger als zweiundvierzig, die Brinkmeyer jetzt sein müsste."

„Trotz allem bin ich davon überzeugt, dass dieser Ravier mit Brinkmeyer identisch ist. Die Ausweiskopie, die der Wirt der Berghütte von Raviers Identitätskarte gemacht hatte, war gefälscht. In Frankreich gibt es einige Jean Raviers – aber keinen, auf den die Anschrift oder das Geburtsdatum des Verschwundenen zutrifft."

Nina schaute uns der Reihe nach an. „Also ist Dümbgen vielleicht doch nicht unser Mann?!", stellte sie fest.

Aber Theo zuckte nur mit den Schultern. „Wir haben momentan keine anderen Erkenntnisse, oder?! Theoretisch könnte es ja ein Zufall sein, dass Ngabane auf die gleiche Art umgekommen ist."

„Moment mal", schaltete sich Hacki ein. „Wir wissen doch noch gar nicht, woran Frère Bartholomé gestorben ist. Es ist bislang nur eine Vermutung der Rechtsmedizin, dass er vergiftet wurde."

„Das ist wohl wahr", sagte ich und wandte mich wieder an Franz und Wilfried. „Was haben denn die Leute aus Prangettis Umfeld gesagt? Von der Stiftung zum Beispiel?"

Franz kratzte sich am Kopf. „Nix von Belang. Mer haben die all interviewt. Ävver die wussten all nix. Natürlich han mer die auch op die Zeitungsberichte wegen der Diamantenaufkäufe angesprochen. Aber auch davon wussten se nix. Der Ralf von Hohenfels kann sich dat all nit erklären. Genau wie die anderen."

„Womit wir beim Thema wären", sagte Theo und sah René Mieske, den Zollamtmann der GFG, an. „Was haben denn seinerzeit deine Ermittlungen zu Tage gefördert?“

„Nun“, sagte Mieske mit fast pastoraler Ruhe und nahm einen schlürfenden Schluck Kaffee. „Da muss ich wohl ein bisschen weiter ausholen. Also im Frühjahr 2003 meldete sich beim Nachrichtenmagazin DER SPIEGEL ein anonymer Hinweisgeber, der davon berichtete, dass die Von-Hohenfels-Stiftung im großen Umfang Diamanten von kongolesischen Rebellen aufkaufe, ohne jedoch auf nähere Einzelheiten einzugehen. Diese Information reichte dem SPIEGEL. Es wurde ein entsprechender Artikel veröffentlicht.

Zur Erläuterung muss man sagen, dass gerade in den Neunzigern Bürgerkriege wie etwa in Sierra Leone und Liberia verdeutlichten, dass sich die einzelnen Kriegsparteien mithilfe des Verkaufs illegal geschürfter Diamanten, sogenannter Blutdiamanten, finanzierten. 1998 verbot der UN-Sicherheitsrat der angolesischen Rebellenbewegung UNITA sogar die Ausfuhr von Diamanten. Um dem jedoch weiter anhaltenden Problem Herr zu werden, vereinbarten Vertreter mehrerer Diamanten produzierender Länder im südafrikanischen Kimberley den nach dieser Stadt benannten Prozess, wonach nur die Diamanten auf dem Weltmarkt gehandelt werden dürfen, für die ein staatliches Herkunftszertifikat des jeweiligen Produktionslandes vorliegt. Dieser Kimberley-Prozess trat Anfang 2003 in Kraft.

Aus Angst um die schlechte Publicity stellte Karl-Ludwig von Hohenfels, der damals noch lebende Stifter, auf eigene Faust Ermittlungen an, die er uns dann mundgerecht servierte. Auf Grund möglicher Verstöße gegen bestehende Embargovorschriften – wozu auch der Ankauf von Diamanten aus einigen Krisengebieten zählt –, schaltete ich meine Kollegen des Sachgebiets 500 in Düsseldorf ein, das für Außenwirtschaftsrecht zuständig ist. Gemeinsam bearbeiteten wir den Fall.

Ich habe die Erkenntnisse seinerzeit in einem Schaubild verewigt. Entschuldigt bitte die etwas krakelige Schrift und den schlechten Zustand des Schaubilds, aber es ist schon einige Zeit alt und war ständig in Gebrauch“, sagte er und befestigte an unserem Flipchart den großen Papierbogen, der vorher auf seinem Tisch gelegen hatte.

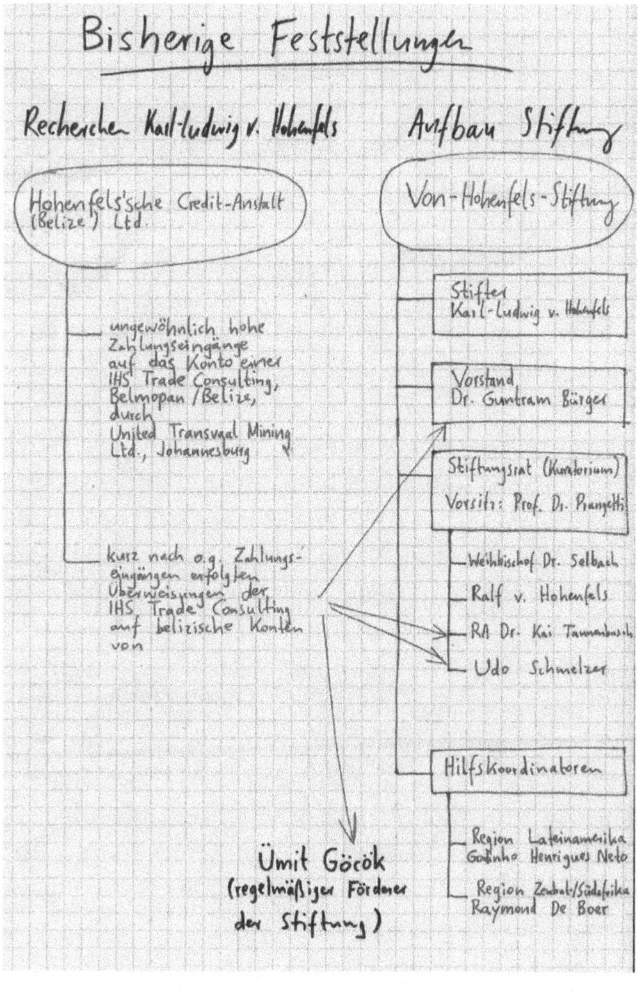

„Zur Erläuterung: Wie ihr alle sehen könnt, besteht die Von-Hohenfels-Stiftung aus mehreren Gremien. Dem Stifter, der inzwischen verstorben ist, sowie Doktor Guntram Bürger, dem Vorstand. Der ist gleichzeitig auch Vorstandsvorsitzender der HohenfelsBank AG, wie die Hohenfels'sche Credit-Anstalt seit einiger Zeit heißt. Dann gibt's noch den Stiftungsrat, auch Kuratorium genannt. Dessen Vorstand war Professor Prangetti. Darüber hinaus gehören ihm Weihbischof Doktor Innozenz Selbach, Ralf von Hohenfels, Udo Schmelzer, ein wohlhabender Logistikunternehmer aus Köln-Porz, sowie Doktor Kai Tannenbusch, ein renommierter Kölner Rechtsanwalt, an."

Ich war leicht erstaunt. Schließlich kannte ich Kai seit einigen Jahren. Von seinem „Nebenjob" als Kurator hatte er mir nie was erzählt ...

„Der Stiftungsrat wacht darüber, dass das Geld und die Spenden der Stiftung, die sich die Dritte-Welt-Hilfe auf die Fahnen geschrieben hat, vor Ort auch tatsächlich für die Hilfsprojekte verwendet werden und wofür das Geld überhaupt verwendet wird. Er überwacht somit im Endeffekt also die Arbeit des Ein-Mann-Vorstands.

Daneben gibt es abschließend noch die beiden Hilfskoordinatoren, die mit der Planung und Koordination der einzelnen Hilfsprojekte vor Ort betraut sind. Es gibt ungefähr zwei Dutzend Hilfsprojekte in Mittel- und Südamerika und Afrika, die die Stiftung finanziell unterstützt – unter anderem auch, daran kann ich mich gut erinnern, das eben vom Kollegen Voß angesprochene Kinderheim Saint-François in Mwene-Ditu. Für Lateinamerika ist der Koordinator der brasilianische Airlinebesitzer Godinho Henrigues Neto, für Zentral- und Südafrika der Hotelier Raymond De Boer, von dem ihr ja die Bilder mit diesem dubiosen Matongo gefunden habt."

„Wie sieht das überhaupt mit den Spenden aus? Also, ich habe

gestern versucht, den Internetauftritt der Stiftung zu finden – aber nichts gefunden. Wie rufen die denn in der Öffentlichkeit zu Spenden auf?", wollte Hacki wissen.
Mieske nahm die Brille von der Nase und knabberte an einem ihrer Bügel. Für einen Ermittler bediente er sich einer äußerst gewählten Ausdrucksweise.
„Nun, dies hat die Organisation bei Weitem nicht nötig! Der Clou ist, dass sich die Stiftung – neben dem immensen Vermögen, das Karl-Ludwig von Hohenfels ihr überlassen hat –, aus jährlichen, großzügigen Spenden des Vorstands und des Stiftungsrats finanziert. Und einiger weniger wohlhabender Förderer aus der Region, die keinem Gremium angehören – der Spendabelste unter diesen etwa zwei Dutzend Förderern ist der durchaus dubiose Ümit Göcök, Betreiber einer Sicherheitsfirma in Köln."
Diese Aussage kam für mich nicht mehr überraschend, da ich mir den Papierbogen Mieskes bereits in den letzten Minuten genauestens angeschaut hatte. Als seltsamen Zufall empfand ich nur, dass mir ausgerechnet K.-o.-Ümit am Vortag in den Büroräumen der Verlobten unseres Hauptverdächtigen begegnet war. Das war mir eigentlich für einen Zufall zu dick aufgetragen ... Trotz allem beschäftigte mich in diesem Zusammenhang eine Frage. „Dieser Typ passt doch nun gar nicht zu diesen ganzen feinen Herrschaften ..."
„Welch wohlfeile Worte, werter Kollege", antwortete Mieske und lächelte überlegen. „Aber Doktor Tannenbusch, so renommiert sein Ruf als Kölner Staranwalt auch sein mag, pflegt nun mal auch Kontakte zu einigen Halbweltgrößen von durchweg zweifelhaftem Ansehen. Er führte Ümit nach Aussage Karl-Ludwig von Hohenfels' in den elitären Siftungskreis ein. Zwar war er dem alten von Hohenfels von jeher ein Dorn im Auge, jedoch scheute er sich angesichts der immensen Kosten für die Hilfsprojekte nicht, Göcöks Geld anzunehmen. Ich kann mich noch gut an

die Worte von Hohenfels' erinnern, mit denen er die Beziehung zu Göcök hinsichtlich dessen Spendentätigkeit und Einbindung in die Hilfsorganisation beschrieb: ‚Unheilige Allianz'. Aber von Hohenfels ließ ihn gewähren, da ihm die Hilfsprojekte zu wichtig waren, um sie an mangelnden finanziellen Mitteln scheitern zu lassen – auch wenn er immer davon ausging, dass sich Göcök mit seinen Spenden nur Steuervorteile sichern wollte ..."

Mieske schüttelte den Kopf, bevor er weiterredete.

„Auf Grund der Vorwürfe gegen die Stiftung prüfte Karl-Ludwig von Hohenfels sämtliche Konten der Gremiumsmitglieder und Förderer seiner Stiftung. Um die Geldtransaktionen hinsichtlich ihrer jährlichen Spenden zu vereinfachen, hatte er sie überredet, jeweils ein Girokonto bei seiner Bank zu eröffnen. Da einige von ihnen – Doktor Bürger, Doktor Tannenbusch, Udo Schmelzer und der Förderer Göcök – Konten in der Dependance der Bank in Belize unterhalten, prüfte er auch dortige Transaktionen."

„Warum haben all diese feinen Herren denn fast alle ein Konto in Belize? Was ist an dem Land so besonders?"

Mieske lachte bitter. „Nun, Belize gehört laut Bericht des Financial Stability Forums aus dem Jahr 2000 zu den sogenannten Offshore-Finanzplätzen der Kategorie III, also zu den Staaten, die hinsichtlich ihres Bankgeheimnisses, ihrer gesetzlichen Regelungen und der mangelnden Kooperationsbereitschaft mit ausländischen Institutionen und Behörden am besten dazu geeignet sind, sein Vermögen anzulegen, um sich der heimischen Einkommensteuer zu entziehen.

Wie ihr auf der Grafik sehen könnt, fand von Hohenfels heraus, dass die eben genannten Kontenbesitzer allesamt regelmäßig horrende Geldbeträge in Höhe von durchschnittlich 100.000 US-Dollar pro Transaktion von einer in Belizes Hauptstadt Belmopan ansässigen IHS Trade Consulting Limited erhielten. Als Überweisungszweck wurde stets FOR CONSULTANCY, also

FÜR BERATUNG, angegeben. Nun fragt man sich natürlich, was eine völlig unbekannte Firma in Belize von einem Kölner Rechtsanwalt, einem hiesigen Spediteur, einem Bankenvorstand und dem windigen Besitzer einer Sicherheitsfirma für eine Beratung bekommen hat. Genauso dachte auch Karl-Ludwig von Hohenfels. Also nahm er das Konto dieser IHS Trade Consulting unter die Lupe. Und siehe da: Jeweils am Vortag der Überweisungen an Doktor Bürger, Doktor Tannenbusch, Schmelzer und Göcök erhielt die IHS von einer United Transvaal Mining Limited aus Johannesburg, einem der weltweit größten Betreiber von Diamantenminen, horrende Summen. Karl-Ludwig von Hohenfels wollte seinerzeit seinen Aufenthalt in Belize nutzen, um der Sache mit dieser IHS Trade Consulting nachzugehen. Tja, und dann geschah dieser schreckliche Unfall. Das Verfahren wurde letztendlich eingestellt, weil wir ja bis auf dieses Schaubild nichts vorzuweisen hatten. Ich weiß bis heute nicht, wie das alles genau zusammenhängt."

Eine Weile sagte keiner von uns etwas. Dann erhob Mieske nochmals seine Stimme.

„Ich hatte natürlich immer eine Theorie. Und wenn ich mir das mit diesem Foto von De Boer bei der Diamantenübergabe noch mal vor Augen rufe, könnte es tatsächlich Sinn ergeben ... Ja, jetzt ergibt es durchaus Sinn!"

„Spannen Sie uns doch nicht auf die Folter, Herr Mieske!", sagte Wagemann.

Mieske ging zur Pinnwand.

„Unterstellen wir doch mal Folgendes: Von einem Teil der jährlichen Spende der Gremiumsmitglieder erwirbt De Boer, der als Hilfskoordinator die Überweisungen für die diversen Projekte von der Stiftung vor Ort entgegennimmt, von irgendwelchen Rebellen ungeschliffene Rohdiamanten – das tut den Stiftungsmitgliedern finanziell überhaupt nicht weh, da ihre Spenden ohnehin von der Steuer abgesetzt werden können, sie also keinerlei Verlust machen. Die Diamanten gibt De Boer – wahrscheinlich gegen Bestechungsgelder oder eine saftige Gewinnbeteiligung – an diese Minengesellschaft weiter, die sie schleift und von den dortigen Regierungsstellen mit Zertifikaten nach dem Kimberley-Prozess versehen lässt, so dass sie wie legal geschürfte Diamanten aussehen. Aus dem Verkauf auf dem Weltmarkt überweist die Minengesellschaft dieser dubiosen IHS dann einen Teil des Gewinns, den die dann an die Stiftungsmitglieder weitergibt."

„Ein ewiger Kreislauf. Dann würden diese Drecksäcke mit ihren Spenden auch noch Geld verdienen!", sagte Wolle kopfschüttelnd.

„Aber das wäre genial durchdacht! Nur leider können wir nichts davon beweisen. Es ist nur eine Theorie."

„Aber eine wirklich gute", sagte ich und sah mich in der Runde um. „Ich kann mich noch an das SPIEGEL-Interview Prangettis Anfang vergangenen Monats erinnern. Er sprach ja davon, seinen Urlaub zu nutzen, um die Buchhaltung der Stiftung zu prüfen. Haben Sie dazu irgendetwas gefunden, Herr Cimigotto?"

Aber Maggiore Cimigotto schüttelte den Kopf. „Nein. Wir haben seinen Laptop gefunden, der allerdings bis auf einige persönliche Word-Dokumente und Rocklieder sowie Fotos von Ausflügen nichts Derartiges aufwies. Ansonsten konnten wir diesbezüglich auch keine Feststellungen machen."

„En singem Büro un dä Wonnung wor och nix", sagte Wilfried mit Blick auf unseren Kriminaldirektor und paffte am Zigarillo.

Mieske räusperte sich. „Ich wüsste auch nicht, was er bei dieser Überprüfung hätte finden sollen. Schon Karl-Ludwig von Hohenfels hat uns damals gesagt, dass die Überweisungen an die Hilfskoordinatoren vollkommen tadellos seien und keinerlei Unregelmäßigkeiten aufwiesen. Das war gut gemeinter,

aber leider vollkommen blinder Aktionismus seitens Professor Prangettis."
„Tja, dann bringt uns das alles nicht weiter", sagte Theo.
Wagemann ergriff das Wort. „Auf Grund der aktuellen Entwicklungen sollten Sie fortan eng zusammenarbeiten und sich gegenseitig unterstützen", merkte er mit einem Blick auf Micha, Wilfried und Theo an, die allesamt eifrig nickten.
„Was jetzt?", wollte Hacki wissen.
„Wir befragen zunächst noch mal alle, die im Zusammenhang mit der Stiftung stehen. Wolle, Nina: Ihr stattet diesem Doktor Bürger und Herrn Schmelzer einen Besuch ab. Hacki: Wir beide versuchen unser Glück bei Doktor Tannenbusch und diesem Göcök. Pitter: Du setzt dich unverzüglich mit diesem Oberstleutnant Eickhoff in Verbindung, wie du es ja schon vorgeschlagen hast. Kollege Mieske, wäre gut, wenn du uns 'nen Vermerk über deine bisherigen Erkenntnisse und eine Auflistung aller Förderer der Stiftung zur Verfügung stellen könntest."
Mieske verbeugte sich leicht. „Jawohl, ich werde es sofort nach meiner Rückkehr an Amtsstelle erledigen", sagte er in leicht übertrieben-hochtrabender Ausdrucksweise.
Mir fiel der Besuch Göcöks bei Frau Findeisen wieder ein, wovon ich Theo jetzt berichtete. „Behalt das mal im Hinterkopf. Ist doch seltsam, dass ausgerechnet dieser Stiftungsförderer die Verlobte unseres Hauptverdächtigen besucht, oder?! Wer weiß. Vielleicht steht das ja in irgendeinem Zusammenhang ..."
„Ich werd's mir hinter die Ohren schreiben", sagte Theo lächelnd, während wir die Versammlung auflösten und der allmorgendlichen Frühbesprechung unseres Kommissariats beiwohnten, die dank unserer Besprechung um ein paar Minuten verschoben worden war.
Zurück im Büro, wählte ich die Nummer von Oberstleutnant Eickhoff.

„Zentrum für Nachrichtenwesen der Bundeswehr, Abteilung Einsatz, Oberstleutnant Eickhoff. Guten Morgen“, vernahm ich die zackige Meldung am anderen Ende der Leitung.

„Guten Morgen, Herr Eickhoff, Merzenich hier, Kripo Köln.“

„Ach, der Herr von der Mordkommission! Wir haben uns ja ewig nicht mehr gesprochen. Was kann ich für Sie tun?“

„Ja, ich weiß nicht, ob Sie mir überhaupt weiterhelfen können. Ich bräuchte Informationen zum Kongokrieg und zu einem gewissen Colonel Aristide Matongo.“

„Da haben Sie verdammtes Glück!“, triumphierte Eickhoff. „Im Rahmen der Einsatzvorbereitung für die Operation ‚Artemis‘ hat sich Hauptmann Hunold, einer meiner Mitarbeiter, intensiv mit dem Konflikt im ehemaligen Zaire beschäftigt. Ich habe zwar den Namen Matongo noch nie gehört, aber vielleicht weiß er etwas darüber. Kommen Sie doch einfach gegen 12 Uhr vorbei, dann können wir alles in Ruhe klären. Ich werde Hauptmann Hunold sofort entsprechend instruieren!“

9. Kapitel: Zweiter Besuch bei den „Eulen“

Zentrum für Nachrichtenwesen der Bundeswehr,
Abteilung Einsatz,
Max-Planck-Str. 17, 53501 Grafschaft-Gelsdorf,
Freitag, 19. August 2005, 12:00 Uhr

Im Besprechungsraum hatten bereits zwei Uniformierte Platz genommen. Einer von ihnen, ein leicht untersetzter, dunkelhaariger Mann mit kleiner Brille, Stirnglatze und Schnauzbart, trug die graue Dienstjacke eines Heeressoldaten, die mit zahlreichen Bandschnallen diverser militärischer Auszeichnungen verziert war. An seiner rechten Brusttasche prangte ein metallener Anhänger – eine schwarze Eule vor einem gelben Blitz auf rotem Grund – das Abzeichen des Zentrums für Nachrichtenwesen der Bundeswehr, kurz auch ZNBw. Bei seinem Anblick musste ich zwangsläufig wieder mal an unseren ehemaligen KI-Leiter, Kriminaldirektor Norbert Fahnenschmidt, denken. Denn auch der hochdekorierte ZNBw-Offizier konsumierte seine Zigarette mithilfe einer Zigarettenspitze und stieß dicke Rauchschwaden aus. Oberstleutnant Eickhoff, der stellvertretende Leiter der Abteilung Einsatz des ZNBw, legte die Zigarettenspitze sorgsam am Rande des Aschenbechers ab, erhob sich und begrüßte mich mit einem warmherzigen Lächeln.

„Herr Merzenich, schön, Sie zu sehen! Sind Sie gut durchgekommen? In Köln und Bonn ist ja jetzt wegen des Papstbesuchs die Hölle los!“

„Ach, es ging. Hab schon schlimmere Verkehrsstaus erlebt.“

Der sympathische Oberstleutnant deutete auf den untersetzten Offizier Ende dreißig mit rundem Mondgesicht und sehr hoher Stirn, der ein kurzärmliges Diensthemd trug. „Darf ich vorstellen: Hauptmann Uwe Hunold, einer meiner Mitarbeiter.

Wie ich Ihnen bereits am Telefon sagte, hat er sich im Rahmen der Operation ‚Artemis', einer EU-Militärmission von Juni bis September 2003 in der Demokratischen Republik Kongo, eingehend mit der Geschichte dieses Konflikts auseinandergesetzt."
„Ich habe gar nicht gewusst, dass die Bundeswehr an einem Einsatz im Kongo beteiligt war!", stellte ich verdutzt fest, während ich Hauptmann Hunold die Hand gab.
„Wir waren auch nur durch zwei Stabsoffiziere im Operational Headquarters und durch den Lufttransport mit Transall-Maschinen beteiligt", stellte der leicht lispelnde Offizier hektisch fest.
„Aber nehmen Sie doch erst mal Platz, Herr Merzenich", sagte Eickhoff und schenkte uns der Reihe nach Kaffee ein, während Hunold sich an dem Notebook zu schaffen machte, das mit einem Beamer verbunden war.
„Also: Um den bewaffneten Konflikt in der Demokratischen Republik Kongo, dem früheren Zaire, zu begreifen, muss man zuallererst auch den Völkermord im benachbarten Ruanda beleuchten, dem im Laufe des Jahres 1994 etwa eine Million Ruander zum Opfer fielen. Der seit Jahrzehnten schwelende Konflikt zwischen der herrschenden Schicht, den Tutsi, und den von ihnen dominierten Hutu, führte im Oktober 1990 zu einem Bürgerkrieg, in dessen Verlauf die Tutsi-Rebellenarmee RPF weite Teile des Landes eroberte und der schließlich im Juli 1994 mit ihrem Sieg endete."
„Aber was veranlasste denn ausgerechnet die nach Ihrer Aussage machthabendenden Tutsi, eine Rebellenbewegung aufzustellen?", wollte ich wissen.
Mit dieser Frage löste ich bei dem redseligen Hauptmann Hunold einen wahren Redeschwall aus, dem ich im Folgenden nur schwerlich folgen konnte. Hunold erzählte von Hutu-Angehörigen, die die Belgier im Rahmen der Dekolonisation letztendlich in der öffentlichen Verwaltung etablierten, um die Lage in Ruan-

da zu stabilisieren und den Konflikt zwischen den beiden Volksgruppen zu überwinden, der sich in der Folgezeit jedoch nur noch verschlimmerte und schließlich 1994 zu dem Völkermord an den Tutsi führte. Als die Tutsi letztendlich den Kampf gewannen, flohen die Hutu in die Nachbarländer, auch nach Zaire, die heutige Demokratische Republik Kongo. Unter ihnen waren auch ehemalige Beteiligte an dem Völkermord, die nunmehr von Zaire aus Angriffe auf das ruandische Staatsgebiet durchführten. Da die zairische Regierung zu schwach war, diese Angriffe zu unterbinden, bildeten sich Milizen der im Osten Zaires lebenden Tutsi-Minderheiten, die immer mehr Anhänger gewannen und schließlich mit Unterstützung aus Uganda und Ruanda bis nach Kinshasa, der Hauptstadt Zaires, vorrückten. Laurent-Désiré Kabila ernannte sich am Ende diese Ersten Kongokrieges 1997 zum neuen Präsidenten des ab sofort „Demokratische Republik Kongo“ genannten Staates. Der bisherige zairische Machthaber Mobuto Sese Seko floh ins Exil.
Ich war kurz vorm Einschlafen, als Hunold berichtete, dass auch Kabila dem umbenannten Staat keine Stabilität brachte. Er verscherzte es sich mit seinen ehemaligen Verbündeten, was 1998 zum Zweiten Kongokrieg führte.
„Im Oktober 1998 wurde das Waffenstillstandsabkommen von Lusaka unterzeichnet, im Februar 2002 letztlich der Frieden von Pretoria. Die Verhandlungen zwischen der Regierung Joseph Kabilas, dem Sohn des 2001 in seinem Büro erschossenen Präsidenten Laurent-Désiré Kabila, und den Rebellen war wohl auch nur deshalb zustande gekommen, weil die Rebellen und die mit ihnen verbündeten Staaten untereinander in höchstem Maße zerstritten waren. Alles in allem hat der Zweite Kongokrieg etwa vier Millionen Opfer gefordert und ist damit der blutigste Konflikt seit dem Zweiten Weltkrieg. Da diverse afrikanische Staaten auf beiden Seiten kämpften, wird er auch als Afrikanischer Weltkrieg

bezeichnet. Seine Auswirkungen sind bis heute spürbar: Massenweise Binnenflüchtlinge und die damit verbundene humanitäre Katastrophe, der Niedergang der kongolesischen Wirtschaft und nicht zuletzt der Kivukrieg im Osten des Landes, der bis heute andauert", schloss Hauptmann Hunold seinen Vortrag.

Ich schüttelte den Kopf, während Hunold einige Bilder präsentierte, die der Beamer an die Wand projizierte. Sie zeigten verzweifelte Flüchtlinge in einem von Blauhelmen bewachten Lager. Die Strapazen und das Leid, das sie durchlebt hatten, standen den ausgezehrten Müttern und ihren Kindern ins Gesicht geschrieben. Ein unglaublich blutrünstiger Konflikt, der in seinen Intentionen und mit seinen diversen Kriegsparteien so verwirrend und diffus war, dass man ihn gar nicht so recht verstand.

„Sagt Ihnen der Name Aristide Matongo etwas?", fragte ich den Hauptmann und legte ihm eines der Fotos vor, das unser Toter bei sich getragen hatte.

Hunold lächelte und klickte auf ein großes Porträtfoto eines glatzköpfigen Afrikaners im Tarnanzug und mit protzigen Goldketten um den Hals, der seine weißen Zähne bleckte. Weitere Bilder zeigten ihn mit einer kleinen Gruppe bewaffneter Söldner, die sich vor ihren Geländewagen stolz mit ihren Kalaschnikow-Sturmgewehren und Panzerfäusten präsentierten.

„Aristide Matongo wurde am 8. Dezember 1965 als Sohn ruandischer Tutsi-Flüchtlinge in Bukavu im Osten Zaires geboren. Sein Vater war einer der Verwaltungsbeamten, die auf Grund der Machtübernahme der Parmehutu Anfang der Sechziger mit seiner Familie nach Zaire floh. Der Rest seines Lebenslaufs ist völlig unbekannt, er taucht erst wieder 1996 auf, als er mit der von ihm gegründeten Légion Rwandaise, einer Tutsi-Miliz, seine Landsleute im Osten Zaires im Kampf gegen die Hutu und die zairische Zentralregierung unterstützte. Er unterstellte seine aus gerade mal zwei Dutzend Männern bestehende Truppe der

AFDL[3], war bei dem Marsch auf Kinshasa dabei. Seine Truppe hat sich im Laufe des Ersten Kongokriegs durch besondere Brutalität hervorgetan, ihr werden diverse Massaker an Hutu zur Last gelegt. Besonders berüchtigt war er laut Aussagen von Überlebenden für die brutale Rekrutierung sogenannter Kadogos, also Kindersoldaten. Seine aus Dieben, entflohenen Häftlingen und Mördern bestehende Miliz überfiel kleine Dörfer und ermordete alle Erwachsenen, Mädchen und Babys. Nur die Jungen, die alt genug waren, eine Waffe zu halten, verschonte er und zwang sie, für ihn zu kämpfen."

Fassungs- und sprachlos starrte ich auf das Foto dieser widerwärtigen Menschenschinder, das ich an der Wand über unseren Köpfen sah.

„Nach der Kriegsteilnahme, für die er seitens der ruandischen Regierung großzügig entlohnt worden war, ließ er sich kurzzeitig in Kinshasa im Dunstkreis Kabilas nieder und war als Militärberater für die neue Armee der DR Kongo tätig – obwohl er nach unseren Informationen nie einer regulären Armee angehört und sich den Titel Colonel selbst verliehen hatte. Als dann der Zweite Kongokrieg ausbrach, reaktivierte er seine alte Miliz und kämpfte – im Gegensatz zu den von Kabila enttäuschten ehemaligen AFDL-Rebellen – weiter auf Kabilas Seite. Diesmal allerdings gemeinsam mit den Ex-FAR/Interahamwe-Einheiten[4], die auch Kabila unterstützten, gegen seine eigenen Tutsi-Landsleute.

Unseren Erkenntnissen zufolge soll er von Kabila die Erlaubnis erhalten haben, sich und seinen Kampf durch den Export von

3 Abk. für „Alliance des Forces Démocratiques pour la Libération du Congo" (Vereinigung [zairischer] Tutsi-Rebellen sowie der Vertreter Ugandas und Ruandas im Ersten Kongokrieg [1996 bis 1997])

4 Zusammenschluss der ehemaligen (ruandischen) Hutu-Kampforganisationen Interahamwe und Impuzamugambi sowie der FAR, der „Forces Armées Rwandaises" (ehemalige ruandische Armee)

Diamanten aus Kasai selbst zu finanzieren. Kabila war froh um jeden ehemaligen AFDL-Rebellen, der ihn in diesem zweiten Konflikt unterstützte. Überhaupt war und ist der Bergbau für die kongolesischen Konfliktparteien eine der Haupteinnahmequellen. Der Kongo zählt zu den rohstoffreichsten Staaten weltweit. Die Regierungstruppen und Verbündeten konzentrieren sich auf den Diamantenhandel, die Rebellen auf Coltan, Zinn und Gold aus Kivu."

Das passte alles ins Bild. Also war dieses Schwein Matongo tatsächlich ein Rebellenführer, der sich seine Kriegsteilnahme mit dem Handel von Diamanten „vergolden" ließ.

„Was macht Matongo heute?", wollte ich wissen.

Hunold lächelte bitter. „Na, der unterstützt weiterhin die Regierungstruppen im Kampf gegen die Aufständischen im Kivukonflikt – und finanziert seinen Kampf mit dem Verkauf von Blutdiamanten", sagte er mit einem Blick auf das Foto, das Ngabane gemacht hatte und das immer noch vor ihm auf dem Tisch lag.

„Woher wissen Sie das eigentlich alles?", wollte ich von dem sympathischen Hauptmann wissen. „Schließlich ist die Bundeswehr doch gar nicht mehr im Kongo vertreten?!"

„Ein guter Einwand. Also eigentlich bin ich inzwischen für den Afghanistaneinsatz zuständig. Aber der Kongokonflikt ist eines meiner Steckenpferde, wenn man das so nennen darf. Auch nach Ende der Operation Artemis habe ich mich aus rein privater Neugier für die dortigen Entwicklungen interessiert und werde durch die Kontaktleute unserer Informationsquellen auch weiterhin auf dem Laufenden gehalten."

„Sagt Ihnen vielleicht der Name Bartholomé Ngabane etwas? So hieß unser toter Mönch aus dem Kongo."

„Nein. Der Einzige, der mir in Zusammenhang mit Matongo etwas sagt, ist seine ehemalige rechte Hand, dieser selbsternannte Sergeant Hugo Cyangugu. Ein absolut skrupelloser Mörder. Saß vor dem Ersten Kongokrieg wegen mehrerer Gewaltverbrechen im Gefängnis von Kindu im Osten des Landes. Auch er war ein Sohn von Tutsi-Flüchtlingen aus Ruanda, die in den Sechzigern nach Zaire kamen."

Hunold klickte auf ein Bild, das Matongo und Cyangugu Arm in Arm und lachend vor dem Hintergrund einer brennenden Hütte zeigte. Cyangugu war ein muskulöser Schwarzer, der zu seinem Tarnanzug ebenso viele Goldketten trug wie sein Kommandeur.

„Matongo und Cyangugu haben sich irgendwann zerstritten. Cyangugu schloss sich mit einem Teil der Légion Rwandaise im Verlauf des Zweiten Kongokriegs der RCD an. Beide sollen heute erbitterte Feinde sein."

„Das hat mir alles sehr weitergeholfen. Könnten Sie mir einen entsprechenden Aktenvermerk zu Matongo und Cyangugu anfertigen und ins Präsidium nach Köln schicken?", wollte ich von Hunold wissen.

Hauptmann Hunold blickte kurz zu seinem Vorgesetzten, der milde nickte, und erklärte sich bereit, für unsere Akten die entsprechenden Informationen zusammenzustellen. Ich verabschiedete mich von den hilfsbereiten Offizieren und fuhr zurück nach Köln.

Als ich am Kalker PP ankam, zeigte die Uhr bereits halb vier an. Ich stellte den Wagen in der Tiefgarage ab, schaltete den Funk aus und zog den Kodierstecker. Auf unserem Flur angekommen, erwarteten mich bereits die Kollegen, die sich bei einer Tasse Kaffee in unserem Besprechungsraum versammelt hatten.

„Hallo Pitter, und, wie war's bei den Kameraden von der Bundeswehr?", wollte Theo wissen und zog an seiner Zigarette.

Ich berichtete meinen Kollegen von den neuen Erkenntnissen hinsichtlich Matongo.

Theo nickte, nachdem ich meinen Vortrag beendet hatte. „Ich

glaube, ich werde mal versuchen, irgendwie diesen Frère Henri zu kontaktieren. Vielleicht kann der uns ja noch irgendwas Interessantes sagen. Ich hab zwar keine Ahnung, wie ich das hinkriegen soll, aber ich versuch's."

„Wie ist's denn überhaupt bei euch gelaufen?", wollte ich von Theo wissen, der Hacki kurz ansah.

„Doktor Tannenbusch wollte kaum mit uns reden. Er hat gesagt, dass sein soziales Engagement als Kuratoriumsmitglied der Stiftung niemanden etwas anginge, das habe er auch schon Wilfried und Franz im Rahmen der Ermittlungen zum Tode Prangettis gesagt. Von irgendwelchen Diamantenaufkäufen durch De Boer wisse er nichts, sein belizisches Konto und die Zahlungen der IHS auf sein dortiges Konto gingen uns sowieso nichts an. Trotz allem wird er nachher vorbeikommen und seine Aussage zu Protokoll geben."

„Ähnlich hat sich auch dieser bescheuerte K.-o.-Ümit geäußert", ergänzte Hacki. „Er sei halt ein sehr mildtätiger Mensch, würde gerne helfen. Von dem möglichen Diamantenhandel durch De Boer wisse er nichts, die Zahlungen der IHS auf sein belizisches Konto seien rein geschäftlicher Natur und für unsere Ermittlungen wohl kaum von Interesse. Auch er kommt nachher noch vorbei, um seine Aussage zu Protokoll zu geben."

„Was hat er denn zu seinem Besuch bei Frau Findeisen gesagt?"

„Reiner Zufall. Sie sei eine gute Bekannte, die er schon seit Jahren kenne und mit der er immer wieder gerne zusammenarbeite. Ihren Verlobten Dümbgen kennt er nicht. Das war's dann aber auch schon."

Eugen sah sich leicht schüchtern um. „Ralf von Hohenfels und diesen Uwe Schmahlacker hab ich vernommen. Die haben ihre Aussagen von gestern Abend wiederholt."

„Tja, da wart ihr im Gegensatz zu uns ja alle sehr erfolgreich", sagte Nina und sah unseren Kaderkollegen Wolle gequält lächelnd an. „Wir sind zum Werksgelände der Schmelzer Logistik KG in der Fuggerstraße in Porz-Gremberghoven gefahren. Schmelzers Sekretärin hat uns gesagt, dass er mit seiner Frau im Kurzurlaub in Wien sei, erst heute Abend zurückkomme. Wir könnten ihn aber gleich morgen früh auf der Pferderennbahn treffen, da er dem Galopptraining beiwohnt. Der ist wohl auch Besitzer eines Gestüts und eines Rennstalls. Und Doktor Bürger war mit einem wichtigen Geschäftskunden zum Arbeitsessen in Krefeld verabredet, kommt erst heute Nachmittag zurück. Aber wir wären da eben eh nicht durchgekommen, die Kollegen hatten ja alles wegen des Papstbesuchs in der Synagoge abgeriegelt. Wir konnten uns nur telefonisch erkundigen."

„Dann kümmern wir uns nachher um den, wenn das in Ordnung ist, Theo", sagte ich mit einem Blick auf Eugen. Theo nickte nur. Wir lösten unsere Versammlung abermals auf und machten uns an die Arbeit. Gegen halb fünf, und somit eine halbe Stunde vor dem geplanten Papstbesuch der Kirche St. Pantaleon in der Südstadt, wo er sich mit rund 5000 Priesteranwärtern aus aller Welt zur Vesperfeier treffen wollte, fuhr ich gemeinsam mit Kriminaloberkommissar Eugen Fröbel in unserem alten Scorpio Richtung Innenstadt. Vor dem in der Nähe der Börse gelegenen Gereonshaus, einem prächtigen alten sandsteinfarbenen Bürogebäude mit Halbbögen über den großen Parterrefenstern, stellten wir den Wagen ab. Hinter der Verlängerung der Gereonstraße, die in das Banken- und Versicherungsviertel Unter Sachsenhausen überging, erblickten wir die majestätischen Domtürme.

Wir betraten die Lobby und meldeten uns bei der sympathischen Empfangsdame an.

„Herr Doktor Bürger erwartet Sie in seinem Büro", sagte sie nach einem kurzen Telefonat mit der Chefetage. „Vierter Stock. Sie können den Fahrstuhl benutzen."

So machten wir uns auf den Weg in das vierte Obergeschoss, wo wir von einer jungen Sekretärin im Hosenanzug erwartet wurden, die uns über den kühlen Gang führte.

10. Kapitel: Eine (böse) Überraschung

Firmensitz der HohenfelsBank AG, Gereonshaus, Gereonstr. 18–32, 50670 Köln-Altstadt/Nord, Freitag, 19. August 2005, 17:21 Uhr

Nachdem die Mitarbeiterin an die Tür geklopft und eine männliche Stimme energisch „Herein!“ gesagt hatte, betraten wir das moderne und edle Büro mit schwarzen Lackmöbeln, Glastischen, Aluregalen und einem grandiosen Blick auf die Gereonstraße. An der Wand hinter dem Chefsessel aus Leder, in dem ein Mann in den Fünfzigern mit dunklen naturkrausen Haaren, Schnauzbart und grauem Anzug mit Krawatte saß, hingen mehrere Bilder und Urkunden.

Beim Anblick der Blondine im Businesskostüm, die dem Vorstandsvorsitzenden der HohenfelsBank AG am Schreibtisch gegenübersaß, blieb mir fast der Atem weg. Schließlich hatte ich meine Exfrau Maria nach einem bösen Streit nicht mehr gesprochen – geschweige denn gesehen. Ich rief mir diesen schrecklichen Abend ins Gedächtnis zurück. Damals, im September 2003, waren sowohl sie als auch ich bei meinem besten Freund Marcel zur Geburtstagsfeier im Schrebergarten seines Vaters eingeladen. Als sie dort tatsächlich mit ihrem neuen Macker auftauchte, hatte ich sie verbal ziemlich niedergemacht. Sie wollte mich nie mehr wiedersehen. Und jetzt mussten wir uns ausgerechnet hier über den Weg laufen. Aber ich fragte mich, was sie hier machte. Schließlich war sie als Managerin beim renommierten Kölner Bankhaus Sal. Oppenheim angestellt.

Bevor ich über diese Frage weiter nachdenken konnte, erhob sich der Schnauzbartträger aus seinem Chefsessel, kam auf uns zu und reichte uns die Hand.

„Die Herren von der Kripo, nehme ich an?! Ich bin Doktor Gun-

tram Bürger, der Vorstandsvorsitzende der HohenfelsBank AG."
„Merzenich. Mein Kollege Fröbel."
„Darf ich Ihnen meine neue Chefökonomin vorstellen? Frau Maria von Preysing-Osterloh."
Maria schien genauso verdutzt wie ich. Auch wenn ich gedacht hatte, dass ich mit ihr längst durch war, spürte ich ein Kribbeln, das mich beunruhigte. Diese wunderschönen blauen Augen, der Schönheitsfleck auf ihrer Wange, der dazu einlud, ihn wegzuküssen. All das hatte ich zwar verdrängt, aber offenbar nicht vergessen.
„Hallo Maria. Du hast wieder geheiratet?", stellte ich angesichts ihres mir bislang unbekannten Doppelnamens mit gespielter Gleichgültigkeit fest.
Sie nickte verlegen. „Ja. Letztes Jahr. Stefan ließ sich davon einfach nicht abbringen", sagte sie leicht genervt. „Hat dir Marcel nichts davon erzählt? Er und Diana waren doch zur Hochzeit eingeladen?!"
„Nä", entgegnete ich in immer noch gleichgültigem Tonfall. „Du bist kein Thema mehr bei unseren Gesprächen."
Dass sie tatsächlich diesen Yuppie mit perlweißen Zähnen und butterweichem Händedruck geheiratet hatte, mochte verstehen, wer wollte. Wenn ich nur daran dachte, wie übertrieben lässig er seinerzeit über die Seitentür seines BMW Z3 gesprungen war, um „seine" Maria in die Arme zu schließen und mich zu begrüßen ... Dieses Arschloch ...
„Sie kennen sich?", stellte Dr. Bürger fest.
„Ja, wir hatten mal das Vergnügen, miteinander verheiratet zu sein", sagte ich und blickte meiner Exfrau mit Eiseskälte in die Augen. Sie hatte Mühe, meinem Blick standzuhalten. Wie sehr ich sie inzwischen doch verachtete. Und immer noch begehrte ...
„Oh", sagte der Vorstandsvorsitzende. „Zufälle gibt's". Er bat uns, an seinem Schreibtisch Platz zu nehmen.

„Seit wann arbeitest du denn schon hier?“, wollte ich von Maria wissen.
„Seit Anfang letzten Monats. Guntram – ich meine Doktor Bürger – hat mir ein unschlagbares Angebot gemacht.“
„Herr Doktor Bürger, wir müssten mit Ihnen mal unter sechs Augen sprechen“, sagte ich, ohne mich meiner Ex weiter zu widmen.
Aber der Bankenvorstand erhob beschwichtigend seine Hände.
„Alles, was Sie mit mir besprechen wollen, kann meine oberste Mitarbeiterin ruhig mitbekommen“, sagte er mit einem lächelnden Blick auf Maria – wobei ich mich des Eindrucks nicht erwehren konnte, dass er für sie mehr empfand als nur kollegiale Gefühle ...
„Gut. Wie Sie meinen. Wir ermitteln im Fall des getöteten jungen Mönchs Bartholomé Ngabane aus dem Kongo. Es gibt Hinweise, wonach der Tod Ngabanes in Zusammenhang mit einem möglichen Diamantenaufkauf Ihres Hilfskoordinators De Boer von einem kongolesischen Rebellenführer stehen könnte.“
„Ralf – ich meine Herr von Hohenfels – hat mir gestern davon berichtet, nachdem Sie ihn aufgesucht haben. Aber dazu weiß ich nichts zu sagen. Ich kenne Raymond nicht persönlich. War selbst noch nie in Südafrika. Weiß Gott, was der für Geschäfte macht. Mit der Stiftung hat das jedenfalls nichts zu tun.“
„Wie kommt es, dass Sie ein Konto in Belize besitzen und von einer Firma namens IHS Geldbeträge für Unternehmensberatung überwiesen bekommen?“
„Mit Verlaub: Aber das ist etwas, das kaum in Zusammenhang mit Ihren Ermittlungen stehen dürfte!“
„Diese Entscheidung überlassen Sie bitte uns!“ Ich sah Dr. Bürger mit strengem Blick in die Augen.
Er hielt meinem Blick stand. Nicht das kleinste Zucken in seiner Mimik verriet Nervosität oder eine Lüge.

Also beließ ich es fürs Erste dabei. „Was wusste Professor Prangetti von alldem?“
„Ich weiß es nicht! Das hat mich doch letztens schon Ihr Kollege Orthmann gefragt! Prangetti war ein Weltverbesserer, der an jeder Ecke irgendwelche Verschwörungen gesehen hat und sich in alle möglichen Stiftungsbelange einmischte! Ich kann jedenfalls ruhigen und reinen Gewissens sagen, dass mir von derartigen Fällen nichts bekannt ist!“
„Kennen Sie einen Christian Dümbgen?“
„Nein, noch nie gehört.“
„Wie sind Sie überhaupt zum Vorsitzenden der Von-Hohenfels-Stiftung geworden?“
„So, wie ich an diesen Posten gekommen bin. Karl-Ludwig hat mich immer als seinen Ziehsohn betrachtet, auch wenn er es vorzog, diesen Lebemann Ralf an meiner Stelle zu adoptieren. Eine Entscheidung, die ich bis heute nicht nachvollziehen kann. Aber gut, darüber rege ich mich nicht mehr auf. Karl-Ludwig war sowieso ein sturer Mensch. Jahrelang hat er sich gegen meinen Vorschlag gewehrt, diesen anachronistischen Namen Hohenfels'sche Credit-Anstalt gegen etwas Moderneres, Peppigeres einzutauschen. Erst, nachdem Ralf in seine Fußstapfen getreten war, konnten wir diesen schönen neuen Namen für unser Kreditinstitut verwenden. Ein PR-Schachzug ohnegleichen! Wer heute etwas auf sich hält, verwendet Binnenmajuskeln, um sein Produkt bestmöglich zu präsentieren und zu vermarkten!“
„Binnen-was?“, wollte Eugen wissen.
„Binnenmajuskeln. So werden die Großbuchstaben im Wortinnern genannt. Nehmen Sie doch beispielsweise nur die Begriffe FedEx, iPod, DaimlerChrysler oder ThyssenKrupp. Wer heute in der Geschäftswelt etwas auf sich hält, wählt diese auffällige Schriftform. Karl-Ludwig hatte dafür nie Verständnis.“
„Sie sind viel rumgekommen“, sagte ich nach einem Blick auf die

Bilder, die Dr. Bürger vor der Kulisse einer Mayastadt und auf einer Hochseeyacht zeigten.

„Ja, das habe ich alles Karl-Ludwig zu verdanken, der mir die Schönheit Belizes und auch des Rests der Welt vor Augen führte."

„Und Sie sind Förderer des Aloisiuskollegs", stellte Eugen mit einem Blick auf eine Urkunde fest.

„Ja, auf dem Aloisiuskolleg in Bonn habe ich die schönsten Jahre meiner Jugend verbracht. Wir haben bei den Jesuitenpatern zwar eine strenge, aber auch positiv prägende Erziehung genossen, die ihresgleichen sucht."

„Gut, Herr Doktor Bürger. Das war's fürs Erste. Ich würde Sie aber bitten, mitzukommen, um Ihre Aussage zu Protokoll zu nehmen."

„Wenn es Ihnen weiterhilft ... Viel kann ich ja aber nicht zu diesem Fall sagen. Und außerdem hab ich jetzt beim besten Willen keine Zeit. Ich bin mit meiner Frau zu einer Theaterpremiere eingeladen. Unsere Älteste spielt die Eugenie in Goethes ‚Die natürliche Tochter' im Cassiopeia Theater. Ihre erste Hauptrolle!"

„Verstehe. Wann passt es Ihnen dann?"

Dr. Bürger zuckte ratlos mit den Schultern.

„Gut. Dann würde ich Sie bitten, morgen Vormittag aufs Präsidium zu kommen. Gegen zehn Uhr?!", sagte ich und reichte ihm meine Visitenkarte.

„Ja, das lässt sich einrichten", entgegnete Dr. Bürger und verabschiedete sich von uns.

„Tschüss, Maria! Mach's gut", sagte ich und reichte ihr widerwillig die Hand. Schließlich hatte mich diese kurze Begegnung mit ihr wieder völlig aus der Bahn geworfen. Bevor sie etwas entgegnen konnte, verließen wir das Büro und machten uns auf den Rückweg ins Präsidium.

„Das ist also deine Exfrau, die dich so viel Nerven gekostet hat?!“, stellte Eugen lächelnd fest.
„Hör bloß auf, Mann!“
Wir unterrichteten die Kollegen über die erste Befragung Dr. Bürgers.
„Tja, Leute, da wir uns morgen wieder früh hier einfinden werden, würde ich vorschlagen, dass wir es heute mal ruhiger angehen lassen“, sagte Theo mit einem Blick auf die Uhr, die bereits Viertel nach sieben zeigte. „Diesen Frère Henri hat Honorarkonsul Schorn leider bislang nicht erreichen können. Aber er bemüht sich weiter darum, uns zu unterstützen.“
Theo drückte seine Zigarette im Aschenbecher aus. „Schönen Feierabend!“, sagte er schließlich und packte seinen Kram zusammen.
Vollkommen müde machte ich mich auf den Heimweg, freute mich auf ein paar Flaschen Bier und die Glotze.

Ich hatte es mir gerade mit einer Tüte Chips und einer Flasche Gaffel auf meiner alten Couch gemütlich gemacht und wollte mich der Tagesschau widmen, als es an meiner Tür klingelte. Genervt stand ich auf und sah durch den Türspion. Was ich sah, ließ mich zunächst an meiner Sehkraft zweifeln. Nein, das konnte nicht sein ... Wie in Trance öffnete ich die Tür, während draußen ein Gewitter donnerte und es in Strömen regnete.
„Hi, die Haustür war offen. Kann ich reinkommen? Mieses Wetter draußen. Ich hab uns was zu trinken mitgebracht“, sagte meine Exfrau mit einem Blick auf die Sektflasche, die sie in der Hand hielt. Ihr Trenchcoat war vom Regen durchnässt.
Gelähmt vor Überraschung, brachte ich nur ein Stammeln heraus. „W-was w-w-willst du hier?“
Maria bedachte mich mit einem warmherzigen Lächeln, das ich seit Jahren an ihr nicht mehr gesehen hatte, während sie ihren

Schirm ausschüttelte. Ehrlich gesagt wusste ich nicht, wie ich reagieren sollte. Ich versuchte, mich auf das Geschehen zu konzentrieren. Wo sollte das hier alles bloß enden? Und warum war Maria hier?

„Kann ich nicht endlich mal reinkommen?", fragte meine Exfrau in gespielt vorwurfsvollem Tonfall.

„Na klar."

Maria legte ihren nassen Trenchcoat auf die Couch und nahm Platz. „Willst du nicht mal zwei Gläser holen und die Flasche öffnen?", fragte sie.

Tja, lieber Leser, ich weiß selbst nicht, wie ich diese Situation aus heutiger Sicht beschreiben soll. Von jetzt auf gleich spürte ich wieder die knisternde Atmosphäre zwischen Maria und mir. Und obwohl ich mir vor Jahren geschworen hatte, sie endgültig zu vergessen, zitterten meine Knie bei ihrem Anblick. Ich wünschte mir, dass Judy zu Besuch gewesen wäre und mich aus dieser Lage befreit hätte. Sie hätte meine Ex schon mit den passenden englischen Flüchen vor die Tür gesetzt. Aber so ... So fiel mir tatsächlich nichts Besseres ein, als zwei Sektgläser zu holen und die Flasche zu öffnen.

„Auf unser Wiedersehen", sagte Maria und stieß mit mir an. Draußen blitzte und donnerte es erneut.

„Wie kommt's, dass du auf einmal wieder so freundlich zu mir bist?", wollte ich wissen. „Du wolltest doch mit mir nichts mehr zu tun haben?"

„Ich hatte viel Zeit zum Nachdenken. Und die Ehe mit Stefan ... Er liest mir zwar jeden Wunsch von den Augen ab, aber er ist so ein Langweiler. Das konnte man von dir ja nun wirklich nie behaupten", sagte sie und streichelte über meine Stoppelfrisur.

„Und da kommst du ausgerechnet jetzt drauf, mich zu besuchen?" Mein Verstand ließ alle Alarmglocken schrillen. Aber meinem Herzen war das schon vollkommen egal. Hatte ich nicht eine Be-

ziehung? Hatte ich meiner Ex nicht noch vor Stunden die Pest an den Hals gewünscht? Aber auf der anderen Seite: Wie lange hatte ich darauf gewartet, dass wir uns nochmal derart nahe kommen?
„Bist du wieder liiert?“, wollte sie wissen und fuhr sich mit der Zunge über die Lippen.
„J-ja, ich hab ’ne Freundin. Die wohnt in Blackpool in England.“
„Das ist ziemlich weit weg, oder? Da werdet ihr euch ja nicht allzu oft sehen. Ganz schön blöd“, sagte sie und knöpfte ihre weiße Bluse weiter auf. „Irgendwie ist es hier ganz schön warm.“
Ich wusste einfach nicht, was ich tun sollte. Auf der einen Seite Judy, die mir viel bedeutete, auf der anderen Seite Maria, die Anstalten machte, mich nach allen Regeln der Kunst zu verführen.
„Ich hab dich vermisst“, sagte sie und zog mich sachte zu sich heran, bevor sie mich küsste. Ich weiß nicht, ob ich es zu diesem Zeitpunkt noch hätte abwenden können, mit ihr zu schlafen. Aber spätestens als ihre Zunge meine massierte und sie meine Hose öffnete, war jeglicher Widerstand gebrochen. Ich liebkoste ihre steifen Brustwarzen, sie stöhnte auf und ließ mich ihre Hose ausziehen, bevor sie sich rittlings auf mich setzte.
„Wie sehr hab ich mich danach gesehnt!“, sagte sie und zerrte mich an der Hand ins Schlafzimmer, nachdem die „erste Runde“ vorbei war. Sie küsste meine Brust und griff erneut nach meinem besten Stück, das sie mit ihrer Hand massierte.
„Warum warst du eigentlich heute bei uns in der Bank?“, fragte sie, während sie sich weiter an mir zu schaffen machte.
Ich war kaum in der Lage, einen klaren Gedanken zu fassen. „Weißt du doch. Wegen der Sache mit dem toten Mönch.“
„Was wisst ihr denn schon alles?“ Ihre Hand griff nun fester nach meinem steifen Schaft.
„Nur, dass bei der Stiftung irgendwas ganz schön falsch läuft und dieser De Boer von einem Rebellenführer Diamanten aufkauft. Und bei dem toten Mönch haben wir einen Zettel mit Pranget-

tis Namen und Telefonnummer gefunden … Oh Gott, tut das gut!“ Ich konnte mich nicht mehr auf die Beantwortung irgendwelcher Fragen konzentrieren. Dafür war Marias „Handarbeit“ einfach zu gut.
Wir waren beide an jenem Abend unersättlich. Irgendwann in den frühen Morgenstunden schliefen wir nach der fünften Runde ermattet ein.

Als ich um halb sieben wach wurde, zeugten die eindeutigen Spuren auf meinem Laken von unseren nächtlichen Aktivitäten. Aber von Maria fehlte jede Spur. Sie hatte auch keine Nachricht hinterlassen. Dafür machte sich bei mir das schlechte Gewissen breit. Was hatte ich Idiot da bloß gemacht? Sicher, es war eine geile Nacht. Aber um welchen Preis? Wie sollte das jetzt alles weitergehen? Ratlos stieg ich unter die Dusche und fuhr ins Präsidium, wo ich bereits von den Kollegen erwartet wurde.
Nina goss mir eine Tasse Kaffee ein. „Mann, siehst du heute scheiße aus! Haste nicht geschlafen, oder was?“
„Sei bloß still, Ninchen!“
Theo rief uns in den Besprechungsraum.
„Ich werde heute nochmal mein Glück bei Frère Henri versuchen. Eugen, du kümmerst dich um die Vernehmung von Doktor Bürger, wenn er nachher kommt. Pitter, du fährst mit Nina zur Pferderennbahn und siehst zu, dass du diesen Schmelzer aufgabelst und befragst.“
So machten wir uns mit dem alten Scorpio auf den Weg in den Stadtteil Weidenpesch, wo sich die berühmte Galopprennbahn befand.

11. Kapitel: Der Spediteur

Galopprennbahn des Kölner Renn-Vereins 1897 e. V., Rennbahnstr. 152, 50737 Köln-Weidenpesch, Samstag, 20. August 2005, 08:34 Uhr

Der dritte Tag des Papstbesuchs. Während sich etwa eine Million junger Pilger per Bus oder über einen der drei Pilgerwege zum Marienfeld, einem ehemaligen Tagebaugelände bei Kerpen, aufmachte, um am Abend mit Benedikt XVI. die Vigilfeier zu begehen, parkten wir auf dem großen Kieselsteinparkplatz der Rennbahn. Vor uns lag der mächtige alte Tribünenbau. Jenseits der Tribüne erklang das dumpfe Poltern dutzender Pferdehufe, die den Boden erbeben ließen. Vor uns erblickte ich eine junge Blondine, die gerade die Beifahrertür eines grauen Audi allroad quattro, der Geländevariante des Audi A6 Avant, schloss.

„Entschuldigung", sprach ich das etwa achtzehnjährige Mädchen mit zu grellem blauem Lidschatten an. „Können Sie uns vielleicht sagen, wo wir Herrn Schmelzer finden?"

Die Miene des Mädchens verdüsterte sich. „Ich bin Nathalie Schmelzer. Was wollen Sie von meinem Onkel?"

„Oh, das ist ja ein Zufall, dass wir Sie direkt gefunden haben. Mein Name ist Merzenich, das ist meine Kollegin Lavrović. Wir sind von der Kripo Köln", sagte ich und zeigte der jungen Frau meine scheckkartenähnliche PolizeiCard, unseren neumodischen Plastik-Dienstausweis, den viele Bürger für eine glatte Fälschung hielten.

„Polizei?! Was ist denn passiert?", wollte sie wissen und sah uns verschreckt an.

„Wir haben einfach einige Fragen an Ihren Onkel im Rahmen einer Ermittlung. Mehr nicht."

„Klingt ja spannend", sagte sie und griff nach ihrem Handy. „Das

muss ich direkt meiner Freundin Jenny erzählen."
„Wäre nett, wenn Sie uns vorher noch zu Ihrem Onkel führen", entgegnete ich leicht genervt.
„Na klar! Der ist mit 'n paar anderen Pferdebesitzern auf der Tribüne und guckt sich das tägliche Training an. Gleich ist sein Lot dran."
„Sein was?", wollte Nina wissen.
„Na, so werden die Trainingsgruppen der Trainer genannt. Onkel Udos Hengst Sandokan ist einer der besten im Trainingsstall von Peter Schiergen. Einfach cool, wie der den anderen davonrennt. Hat schon zig Rennen gewonnen! Am Wochenende bin ich meistens mit meinem Onkel hier! Macht voll Bock!"
So betraten wir mit der jungen Nichte des Spediteurs Schmelzer, dessen auffällige Flotte roter Sattelzüge mit gelber Aufschrift auf dem Kölner Autobahnring allgegenwärtig war, das Rennbahngelände und gingen zu der großen alten Tribüne, auf der sich mehrere Männer mit Ferngläsern aufhielten.
Während eine Handvoll rassiger Rennpferde mit glänzendem Fell und buntbekleideten, kleinen Jockeys auf ihren Rücken an uns vorbeidonnerte, ging Nathalie Schmelzer zielstrebig auf einen kleinen, o-beinigen und grauhaarigen Mann in den Vierzigern zu, der sehr seltsam auf mich wirkte, da Schiebermütze, Steppweste, Reiterhose und -stiefel nun mal nicht zu seiner Designerbrille und dem Ohrring passten.
„Mensch, Nathalie, wo warst du denn so lange?", fragte er und gab den Blick auf seine schiefen und spitzen Zähne Preis. „Sandokan ist wieder in Topform heute", ergänzte er und lächelte den noch kleineren Mann mit dichtem dunklen Haar neben ihm an, der ebenfalls freudig lächelte, wodurch seine Grübchen sichtbar wurden.
„Tut mir leid, Onkel Udo, die beiden hier haben mich aufgehalten. Die sind von der Polizei und wollen mit dir sprechen", sagte

sie zu dem Grauhaarigen mit Ohrring und Schlägerkappe, der uns scharf ansah, während ich uns vorstellte.
„Was wollen Sie denn noch von mir? Ich habe Ihren Kollegen doch schon alles gesagt! Mehr weiß ich nicht!"
„Herr Schmelzer, es geht um ein anderes Tötungsdelikt, das in Zusammenhang mit der Von-Hohenfels-Stiftung stehen könnte."
„Ich kann Ihnen dazu aber nichts sagen! Und außerdem: Jetzt ist mein Hengst auf der Rennbahn! Also warten Sie gefälligst die paar Minuten!"
„Welcher ist denn Ihrer?", wollte Nina mit aufrichtigem Interesse wissen.
„Sehen Sie den schwarzen Anglo-Araber mit dem Jockey im türkisfarbenen Trikot?", mischte sich der andere kleine Mann mit Grübchen ein, der neben Schmelzer stand. „Das ist Sandokan. Herr Schmelzer ist einer der wenigen deutschen Züchter von Anglo-Arabern. Deren Hauptzuchtgebiet liegt eigentlich in Frankreich, England und Polen, wo sie allerdings Malopolski genannt werden."
Schmelzer klopfte dem Mann auf die Schulter und sah uns an. „Das ist Peter Schiergen, einer der erfolgreichsten Trainer Deutschlands."
„Du übertreibst, Udo!"
„Keine falsche Bescheidenheit, mein Freund!", antwortete Schmelzer. „Lassen Sie mir noch die paar Minuten! Danach stehe ich Ihnen zur Verfügung!", sagte der Spediteur jetzt in versöhnlichem Tonfall.
Ich nickte.
Schmelzer hob sein Fernglas und sah, wie sein Zuchthengst Sandokan auf der gegenüberliegenden Seite der Rennbahn allen anderen davonzog. Schien wirklich ein tolles Pferd zu sein.
Zehn Minuten später verließ die Trainingsgruppe die Bahn, ein weiteres Lot betrat das Rennkarree, zunächst noch in langsamem Trab.

„Wie oft trainieren Sie die Tiere denn?“, wollte ich von Schiergen wissen.
„Jeden Tag. Das ist absolut unerlässlich für die Kondition der Pferde.“
Ich nickte bewundernd und verabschiedete mich von dem Erfolgstrainer, während Schmelzer gemeinsam mit seiner Nichte, Nina und mir die Tribüne verließ.
„Ich würde vorschlagen, dass wir Ihre Aussage gleich im Präsidium aufnehmen“, sagte ich.
Schmelzer nickte. Dann stiegen er und seine Nichte in den Audi-SUV mit Siegburger Kennzeichen und folgten uns zum Walter-Pauli-Ring, wo ich ihn vernahm, während Nina seiner Nichte mit einem Glas Cola und einem Gespräch über die aktuellen Charts die Wartezeit „versüßte“.
Tja, was soll ich sagen. Schmelzers Vernehmung war hinsichtlich ihres Aussagegehalts für unsere weiteren Ermittlungen zu bedeutungslos, um sie an dieser Stelle wiederzugeben. Im Endeffekt sagte er das Gleiche aus wie einen Tag zuvor Dr. Bürger bei seiner ersten Befragung. Die Namen Ngabane und Dümbgen habe er noch nie gehört, von Diamantenaufkäufen durch De Boer wisse er nichts, die Überweisungen dieser dubiosen belizischen Firma IHS auf sein dortiges Konto gingen uns rein gar nichts an. Gegen halb elf hatte ich das Protokoll ausgedruckt und von Schmelzer durchlesen sowie unterschreiben lassen. Eugen teilte mir mit, die Aussage Dr. Bürgers zu Protokoll genommen zu haben, der seine Angaben vom Vorabend ohne Abweichungen wiederholt habe.
Der Rest des Tages brachte keine neuen Erkenntnisse – außer, dass die KTU herausgefunden hatte, dass der Knopf in Ngabanes Hand eindeutig der Jacke Dümbgens zuzuordnen war – genauso wie die am Tatort aufgefundenen Schuhsohlenabdrücke zu seinen Einsatzschuhen gehörten. Dies genügte Frau Rossi, den Expolizisten weiterhin in U-Haft zu belassen – auch wenn

es durchaus ernsthafte Hinweise auf einen Auftragsmörder gab, der noch frei herumlief.

Während sich die in Köln verweilenden Pilger an jenem trüben Sonntagmorgen auf den Abschlussgottesdienst des Weltjugendtags mit Papst Benedikt XVI. vorbereiteten, der abermals auf dem Marienfeld bei Kerpen stattfinden sollte, wühlten wir uns durch die Aktenberge, die der Fall bereits in kürzester Zeit verursacht hatte. Aber leider traten wir auf der Stelle. Und außerdem war ich dank der heißen Liebesnacht mit meiner Exfrau ohnehin nicht ganz bei der Sache. Warum hatte sie mich überhaupt besucht? Warum hatte ich seit Samstagmorgen nicht mehr das Geringste von ihr gehört? Und wie sollte jetzt meine Beziehung mit Judy weitergehen? Fragen, die mich in den Wahnsinn trieben.

Theo betrat unser Büro.
„Ich hab eben kurz mit Frère Henri Beaumont sprechen können, der von Honorarkonsul Schorn informiert worden war. Leider war das eine sehr schlechte Verbindung, die ziemlich schnell wieder zusammengebrochen ist. Er konnte mir nur so viel sagen: Ngabane war ein ehemaliger Kindersoldat der Légion Rwandaise dieses Matongo, der seine komplette Familie erschossen hatte. Als eine Landmine sein Bein zerfetzte, landete er in Beaumonts Kinderheim. Frère Henri vermittelte ihm den Kontakt zu Doktor Selbach und Professor Prangetti, als Ngabane herausgefunden hatte, dass sich De Boer mit diesem Matongo in Mwene-Ditu zwecks Übergabe der Diamanten getroffen hatte. Frère Henri hat weiterhin gesagt, dass er versuchen werde, nächste Woche nach Köln zu kommen, um mit uns persönlich über den Fall zu sprechen und sich um die Beerdigung Ngabanes zu kümmern, der keine Angehörigen mehr hat."

„Tja, bin ja mal gespannt, ob uns das weiterbringt", sagte ich leicht niedergeschlagen.

Am Abend jenes 21. August schickte uns Theo angesichts fehlender neuer Verdachtsmomente früher nach Hause als sonst. Mit einer Flasche Kölsch in der Hand zermarterte ich mir den Kopf über Marias Verhalten, die immer noch keinen Laut von sich gegeben hatte. Allmählich konnte ich mich des Gefühls nicht mehr erwehren, dass die heiße Liebesnacht für sie nur ein amouröser Ausbruch aus ihrer langweiligen Ehe gewesen war, den sie wahrscheinlich schon vergessen hatte.

Mein Anrufbeantworter blinkte. Judy hatte angerufen und in vorwurfsvollem Ton gefragt, warum ich mich seit Tagen nicht mehr gemeldet hatte. Aber ihr – wenn auch nur telefonisch – gegenüberzutreten, dazu fehlte mir der Mut.

So widmete ich mich dem Fernsehprogramm und sah einen Nachrichtenbeitrag über die Abschlussmesse auf dem Marienfeld, zu der abermals eine Million Pilger nach Kerpen gereist waren. Ich schaute auf die Uhr. Viertel nach acht. Inzwischen war Benedikt wieder in seine Maschine Richtung Rom gestiegen, die A 1 sollte aber bis zum kommenden Morgen gesperrt bleiben, um den unzähligen Pilgerbussen eine reibungslose Abfahrt zu ermöglichen. Da ich mich in den letzten Tagen an das bunte „Gewühl" von Jugendlichen aus aller Welt gewöhnt hatte, würde es mir jetzt irgendwie fehlen.

Am nächsten Morgen fuhr ich schlapp zur Arbeit. Schließlich hatte ich aufgrund der Gedanken an meine Exfrau in der vergangenen Nacht kein Auge zugemacht. Wie gut es mir doch gegangen war, als ich sie für Monate aus meinem Hirn verbannt hatte. Und jetzt sowas ...

12. Kapitel: „IHS" und die Observation

**Polizeipräsidium Köln, Dir K, KI 1, KK 11, MK 3,
Walter-Pauli-Ring 2–4, 51103 Köln-Kalk,
Montag, 22. August 2005, 07:30 Uhr**

„Leute, ich hab euch zusammengerufen, da wir so langsam aber sicher nicht mehr weiterkommen. Was das Motiv und mögliche Hintermänner zum Mord an Ngabane angeht, tappen wir immer noch vollends im Dunkeln."

„Außer, wenn wir wie Staatsanwältin Rossi davon ausgehen, dass Dümbgen unser Mann ist", warf ich ein.

„Tja. Sie ist sich da ziemlich sicher. Immerhin ermitteln wir jetzt in einem richtigen Mordfall und nicht mehr in einem Tötungsdelikt. Da sind sich Staatsanwaltschaft und Ermittlungsrichter einig. Aber trotz allem können wir ja kaum von einer Beziehungstat oder einem Raubmord ausgehen. Auch wird Dümbgen nicht in eigener Regie gehandelt haben. Aber wer kommt als Drahtzieher in Frage?"

Eine ganze Zeit herrschte Schweigen.

Nina fuhr sich durch das blonde Haar und sah uns der Reihe nach an. „Ich glaube, dass wir den Hintermann – wenn überhaupt – innerhalb dieser Von-Hohenfels-Stiftung finden."

In diesem Moment erschien André, unser frischgebackener Ehemann, in unserem Besprechungsraum. „Hallo Leute! Mein KK/L[5] Paul hat mir gerade gesagt, dass ich mich bei euch melden und bei eurer MK mitmachen soll."

„Ganz genau. Grüß dich. Ich hab bei der Führungsstelle noch einen weiteren Mitarbeiter angefordert. Nimm direkt Platz. Ich hoffe, du hattest ein schönes verlängertes Wochenende mit deiner Aysun?!"

5 Abk. für „Kommissariatsleiter"

„Ja, klar. Die Hochzeitsreise folgt ja noch. Aber ich kann auch so nicht klagen“, sagte Kriminalkommissar Werner vieldeutig.
Wir kamen wieder auf das ursprüngliche Gesprächsthema, den möglichen Drahtzieher, zu sprechen.
„Aber wer soll das sein?“, warf Wolle ein. „Meiner Meinung nach nur die Typen, die auch ein Konto in Belize und Geld von dieser IHS bekommen haben. Das scheint schließlich in Zusammenhang mit dem Aufkauf von Blutdiamanten von diesem Matongo zu stehen, wenn ihr mich fragt.“
„Nicht unbedingt“, sagte ich. „Es wäre sogar sehr klug von dem Drahtzieher, wenn er diese offensichtliche Verstrickung mit der IHS umginge, indem er sich kein Geld von ihr überweisen ließe, oder besser noch gar kein Konto in Belize hat!“
„Womit dann auch wieder Ralf von Hohenfels, Doktor Selbach und selbst die zahlreichen Förderer und unser toter Professor Prangetti im Rennen wären“, sagte Hacki und nahm einen Schluck Kaffee.
„Also, Prangetti können wir dann aber ausschließen. Der ist selbst ermordet worden. Und Ralf von Hohenfels ... ja, dem könnte man das durchaus zutrauen. Vor allen Dingen wenn man bedenkt, dass sich der Drahtzieher bestens mit den Abläufen innerhalb der Stiftung auskennen muss. Die ganzen Förderer werden das alles nicht wissen, das müssten wir – wenn überhaupt – nochmals mit Mieske besprechen. Aber denkt doch nur mal an diese dubiose Firma IHS in Belize. Würd mich nicht wundern, wenn das ’ne reine Briefkastenfirma ist, die mit dem Drahtzieher des Schmuggels zu tun hat“, sagte André.
„Dann müsste der sich auch bestens vor Ort in Belize auskennen. Auch da kommen dann einige in Frage“, sagte Nina und blähte ihre Backen resigniert auf.
„Nehmen wir doch einfach mal an, dass sich dieser Firmenname IHS von den Initialen eines Namens ableitet. Dann fällt mir nur

einer ein, auf den das zutrifft und der sich in Belize richtig gut auskennt.“ Eugen, der bislang geschwiegen hatte, sah sich nach Beendigung seiner Ausführungen bedeutsam um.
„Mach's mal nicht so spannend, Eugen!“, forderte ihn Theo zum Reden auf.
„Ist doch klar: Innozenz Heinrich Selbach, ein alter Freund der Familie von Hohenfels und Kuratoriumsmitglied der Stiftung!“
Theo schüttelte den Kopf. „Weißt du überhaupt, was du da sagst? Der Mann ist Bischof, ein Mann der Kirche! Das glaubst du doch selbst nicht?“
„Warum?“, fiel ich meinem MK-Leiter ins Wort. „Das eine schließt das andere ja nun wirklich nicht aus. Du brauchst dir doch nur mal die Geschichte des Vatikans anzugucken. Da gab's immer schon Klüngeleien und Verbrechen. Selbst Päpste sind von ihren Gefolgsleuten ermordet worden. Ich finde, dass diese Idee durchaus nicht von der Hand zu weisen ist.“
Aber jetzt war es Eugen, der wieder leicht zurückruderte. „Moment mal, Pitter! Das ist zwar ein interessanter Gedanke, aber erinnere dich an Ralfs Aussage, wonach sich Doktor Selbach jahrelang geweigert hat, dem Kuratorium beizutreten, und dem erst zustimmte, als der Professor als Vorstand gewonnen wurde.“
„Nicht zu vergessen, dass Doktor Selbach als Kontaktperson für Ngabane genannt und im Vorfeld von Frère Henri über den Besuch des jungen Mönchs in Kenntnis gesetzt worden war“, sagte Theo und zündete sich eine Zigarette an.
„Das hat doch nun wirklich nichts zu sagen, sondern passt eher noch ins Bild! Selbach hat sich geziert, um nicht in Verdacht zu geraten und den Saubermann spielen zu können. Und als er die Info hatte, dass Ngabane wegen der Diamantenaufkäufe nach Köln kommen wollte, hatte er genügend Zeit, dessen Ermordung in Ruhe vorzubereiten.“

„Pitter, du bist echt ein Kirchenkritiker der ganz besonderen Art“, sagte Theo kopfschüttelnd. „Aber gut. Ich werde umgehend Frau Rossi über diese Idee informieren“, sagte er und verließ den Besprechungsraum.
Nach ein paar Minuten war er wieder zurück. Zwischenzeitlich hatte sich der Rest unseres Kommissariats zur Frühbesprechung eingefunden. Theo nickte freundlich in die Runde. „Die Rossi will tatsächlich, dass wir uns eingehend mit Weihbischof Doktor Selbach beschäftigen. Ich glaub, die denkt, wenn sie einen prominenten Würdenträger hinter Gitter bringt, wird sie schneller zur Oberstaatsanwältin befördert … Na ja. Pitter, Eugen: Die Vernehmung Doktor Selbachs war ja eigentlich für morgen vorgesehen. Aber durch diese neue Entwicklung solltet ihr ihn umgehend hier hinbringen! Ich denke, es ist in Ordnung, wenn ihr deshalb ausnahmsweise mal nicht an der Besprechung teilnehmt, oder, Micha?“
Der nickte nur.

Um Viertel nach acht saßen Eugen und ich in dem alten Scorpio und fuhren Richtung Marzellenstraße in der Nähe des Hauptbahnhofs, wo sich in einem alten Giebelgebäude das Generalvikariat des Erzbistums in unmittelbarer Nachbarschaft der rosafarbenen Barockkirche Mariä Himmelfahrt befand. Auf der Suche nach einem Parkplatz passierten wir das Gebäude, das dem Hilton-Hotel gegenüber lag. Gerade als ich einen Parkplatz entdeckt hatte, fiel mir ein Wagen auf, den ich erst vor kurzer Zeit schon einmal gesehen hatte. Auf seinem Beifahrersitz saß eine Person, die meine Neugier weckte. Ich schubste Eugen an. „Hey, guck dir mal die E-Klasse vom Schmahlacker an! Da sitzt der Wirtz auf dem Beifahrersitz!“, sagte ich und deutete auf den Exbankräuber aus Eschweiler, der gelangweilt in der Nase popelte.
„Das gibt’s doch nicht! Was macht der denn hier?“, fragte Eugen,

während ich den Rückwärtsgang einlegte und in die freie Lücke zwei Stellplätze hinter der silbernen E-Klasse mit der auffallend langen Funkantenne einparkte.

„Mal sehen, was hier passiert", sagte ich und stellte den Außenspiegel so ein, dass ich den Eingang des Generalvikariats, in dem unter anderem Doktor Selbach residierte, im Blick hatte. Eine ganze Weile passierte gar nichts. Schweigend harrten wir der Dinge, die uns erwarteten. Was hatte das alles zu bedeuten? Waren Wirtz und Schmahlacker nur zufällig hier?

Die Realität sollte mir nicht lange eine Antwort schuldig bleiben. Aus dem Gebäude des Generalvikariats erschien Schmahlacker, der einen Anzug trug und eine Aktenmappe unter den Arm geklemmt hatte und eiligen Schrittes zu seinem Mercedes ging.

„Mal sehen, wo der jetzt hin will", sagte ich und startete den Motor. „Sag du mal dem Theo Bescheid", forderte ich Eugen auf, während ich dem Funkmietwagen folgte, der den Kreisverkehr vor uns an der ersten Ausfahrt verließ und Richtung Unter Sachsenhausen fuhr.

„Theo will, dass wir die Kollegen ranführen. Der will Schmahlacker observieren", sagte Eugen, nachdem wir in der Gereonstraße zum Halten kamen.

Und wieder geschah eine Weile nichts, nachdem Schmahlacker den Wagen verließ und das Gereonshaus, in dem die HohenfelsBank AG ihren Firmensitz hatte, betrat. In der Zwischenzeit hatte auch der kleine rothaarige Exkriminelle Maik Wirtz den Mercedes verlassen. Wie bei unserer ersten Begegnung trug er wieder ein Muscleshirt. Er lehnte sich an die Motorhaube der E-Klasse und zündete sich eine Zigarre an.

„Was hat das alles zu bedeuten, Pitter?"

„Ich weiß es nicht, Mann! Der ganze Fall wird immer seltsamer!"

Eine halbe Stunde verging. Rein gar nichts geschah. Plötzlich knackte es im Funkgerät. „91/16 von 91/13! Wir haben auf der anderen Straßenseite Position bezogen! Wir können das ZF und euch sehen!", meldete sich Wolle.

Und tatsächlich: Schräg gegenüber entdeckte ich die petrolblaue Fließhecklimousine vom Typ Vectra B, in der Wolle und Nina saßen.

„Hier ist 91/18! Wir stehen zwei Fahrzeuge hinter euch!", meldete sich Hacki.

Im Rückspiegel entdeckte ich in unserer Reihe geparkter Autos die Silhouette des silbernen Ford Focus Schrägheck, eines unserer neuesten Zivilfahrzeuge. Jetzt war die gesamte Truppe versammelt. Ich griff nach dem Peiker-Handmikro. „Hier 91/16! Verstanden! ZP 1 ist immer noch im Gereonshaus! Bislang keine besonderen Vorkommnisse!"

„91/13 an alle!", meldete sich ein paar Minuten später wieder Wolle. „ZP 1 hat Gebäude verlassen, steigt ins ZF ... ZF setzt sich in Bewegung und dreht in Fahrtrichtung Dom! Wir hängen uns dran und gehen in A!", sagte Wolle.

Um die Tarnung nicht aufzugeben, ließen sowohl Hacki und Figo im Focus als auch Eugen und ich einige Zeit verstreichen, bis wir die Zivilwagen wendeten und unseren Kollegen und dem Expolizisten Schmahlacker, unserer Zielperson 1, folgten. Wolle hielt uns derweil über Funk auf dem Laufenden.

„Biegen rechts ab auf Tunisstraße ... Rechte Hand WDR-Arkaden ... Passieren Oper und Offenbachplatz ..."

Der silberne Focus mit Hacki und Figo an Bord, der zwei Wagen vor uns fuhr, musste scharf abbremsen, als wir in den Tunnel unter der Schildergasse einfuhren.

„ZF kommt an roter LZA Ausgang Tunnel/Ecke Cäcilienstraße verkehrsbedingt zum Stehen ... Weiterfahrt geradeaus ... Biegen rechts ab Richtung Severinsbrücke ... Überqueren Rhein ... Weiterfahrt Richtung Flughafen/BAB 559 ... 91/18! Könnt ihr bei nächster Gelegenheit in A gehen?"

„Kein Problem!“, meldete sich Hacki, während wir auf die A 59 auffuhren.
„Hier 91/18! Sind jetzt in A ... Weiterfahrt bei Tempo 90 ... Hinweisschild AS Wahn in tausend Metern ... ZF bremst ab, verlangsamt auf 70 km/h ... ZF blinkt rechts und nimmt Abfahrt Wahn ... ZF blinkt rechts Richtung Heidestraße ...“
So ging das Spielchen weiter, bis wir schließlich die A-Position hatten und über die Landstraße, die durch weite Ackerfelder führte, nach Niederkassel fuhren, wo das Zielfahrzeug, Schmahlackers „Dienst-Benz“, auf ein großzügiges Grundstück fuhr, das sich an der Ecke Spicher Straße/Kölner Straße befand. Während Schmahlacker das Haus betrat, wartete Wirtz abermals draußen und rauchte.
Spicher Straße in Niederkassel. Wenn ich mich nicht täuschte, wohnte hier doch unser Spediteur Schmelzer. Seltsam. Sehr seltsam.
Zwischenzeitlich hatte ich unsere Observation bei „Sigurd“, der Leitstelle der für den Rhein-Sieg-Kreis – und somit auch für die Stadt Niederkassel – zuständigen Kreispolizeibehörde Siegburg, angemeldet. Auf dem Eckgrundstück, das von einem schmiedeeisernen Zaun und einer weißen Mauer bewehrt wurde, befand sich am Rande eines gepflasterten Vorplatzes ein weißes Einfamilienhaus mit hohem Satteldach und einem Balkon mit grünen Fensterläden. Am anderen Ende des Platzes konnte ich zwei breite Garagentore ausmachen. Und ein fabrikneues, silbernes Coupé vom Typ Mercedes SL. Zwischenzeitlich hatten alle drei Fahrzeugbesatzungen rings um das Gelände Position bezogen, als sich Hacki meldete.
„91/18 an alle mit Bitte um Quittierung! Figo geht als Fuß raus und versucht herauszufinden, wem das Haus gehört und Blick auf den SL zu kriegen, der dort abgestellt ist!“
„91/13 mit!“

„91/16 ebenfalls mit!“, sagte ich ins Mikro. „Ich glaube, hier wohnt unser Spediteur, dieser Schmelzer. Aber schau zur Sicherheit besser tatsächlich noch mal nach!“, bemerkte ich ergänzend und stellte die Rückenlehne des Scorpio weiter zurück, während ich sah, dass sich Figo das Klingelschild des Hauses genau ansah und Bilder vom Grundstück machte, bevor er sich wieder Richtung Focus begab, der in der Kölner Straße stand.
„91/18 an alle!“, sagte er schließlich. „Pitter hatte recht! Laut Klingelschild ist hier ein Ehepaar Nora und Udo Schmelzer wohnhaft! Kennzeichen des Mercedes SL konnte festgestellt werden, ich werde eine Halteranfrage machen!“
Also hatte sich meine Erinnerung doch nicht getäuscht! Aber was hatte Schmahlacker gemeinsam mit Wirtz, unserer Zielperson 2, bei dem Spediteur zuhause zu suchen? So langsam begriff ich gar nix mehr. Dann hörten wir, wie sich Figo bei der Siegburger Leitstelle meldete.
„Sigurd von Arnold 91/18! Ich bräuchte mal ’nen Halter zum Mitschreiben: Ludwig – Anton – Trennung – Martha – Paula – sieben – eins.“
„Verstanden, Arnold 91/18!“
Ein paar Minuten passierte nichts. Auch wenn ich mir dank des von Figo bei der Leitstelle durchgegebenen Kennzeichens langsam vorstellen konnte, wem der Mercedes-Roadster gehörte. Bei diesem Gedanken verkrampfte sich mein Magen ...
Als sich die Leitstelle meldete, hatte ich bittere Gewissheit.
„Arnold 91/18 für Sigurd! Der silberne Mercedes-Benz SL ist zugelassen auf Doktor Xaver-Joseph – Joseph mit ‚Paula-Heinrich‘ – von Preysing – mit Ypsilon –, wohnhaft Prielhofweg 25 in 84036 Landshut!“
„Verstanden, Sigurd!“
Ich wusste, dass Maria ihre Autos immer auf ihren Vater zugelassen hatte. Teils aus alter Heimatverbundenheit, teils, um bei

der Versicherungsprämie Geld zu sparen. Tja, Xaver-Joseph, mein ehemaliger Schwiegervater, war ein großzügiger Mann und eine liebenswerte Vaterfigur obendrein. Gerne dachte ich an die Abende zurück, an denen ich mit dem Chefarzt des Klinikums Landshut bei einem Glas Weißbier auf der Terrasse seines schönen Hauses in der niederbayerischen Stadt gesessen und über Gott und die Welt diskutiert hatte. Obwohl ich für eine Nachfahrin des alten bayerischen Adelsgeschlechts der Preysings wohl kaum standesgemäß war, hatte er mich von vornherein akzeptiert und mit offenen Armen in seine Familie aufgenommen. Aber dass seine Tochter jetzt womöglich etwas mit einer laufenden Ermittlung zu tun haben könnte, beunruhigte mich immer mehr ... Nach weiteren zwanzig Minuten, die ich damit verbrachte, mir meinen Schädel über Marias Verstrickung in diesen Fall zu zermartern, knackte es erneut im Funkgerät.
„91/18 an alle! ZF verlässt Grundstück, biegt rechts ab auf Spicher Straße. Wir gehen in A."
Auch ich startete den Motor und bog von der anderen Seite der Kölner auf die Spicher Straße. Hinter uns erblickte ich den petrolblauen Vectra mit Wolle und Nina an Bord. Wir folgten dem ZF und unserem Focus über die Landstraße, bis wir schließlich an der Anschlussstelle Wahn wieder auf die A 59 fuhren, wo wir Figo und Hacki in der A-Position ablösten.

Um halb zwei waren wir wieder am Ausgangspunkt unserer Observation angekommen – der HohenfelsBank AG. Wir beobachteten, wie Schmahlacker ausstieg und ins Gebäude ging, während Wirtz im Wagen blieb.
Noch einmal zwanzig Minuten später. Die stickige Luft in unserem alten Ford war kaum auszuhalten. Ich hörte, wie Eugen auf dem Beifahrersitz leicht nach Luft rang. Auch mir fehlte frischer Sauerstoff, mein Rücken schien am Fahrersitz zu kleben.

Schweiß stand auf meiner Stirn. Observationen, in denen man stundenlang im Auto saß, gehörten ohnehin nicht zu meinen Lieblingsbeschäftigungen. Erst recht nicht im Hochsommer ...
„91/13 an alle!“, meldete sich Wolles Stimme. Für uns war es eine reine Erlösung. „ZP 1 kommt mit Aktenkoffer aus dem Bankgebäude und steigt wieder ins ZF!“
Wir folgten dem Zielfahrzeug, das auf dem Taxistand des Bahnhofsvorplatzes hielt.
„ZP 2 steigt mit Aktenkoffer aus und geht Richtung Hauptbahnhof“, hörte ich Wolle. „91/13 an alle! Nina geht als Fuß raus! Kann sie jemand unterstützen?“
Ich nickte Eugen kurz zu, der nach dem Peiker griff. „Hier 91/16! Pitter geht als Fuß raus!“, sagte er, während ich ausstieg und die frische Luft tief einsog. Was für ein Genuss nach den langen Stunden im Scorpio! Zwei Taxifahrer stritten sich lautstark um einen Kunden, der in das zweite Fahrzeug der Reihe gestiegen war und nicht in das erste, wie sonst üblich.
Ich überquerte den stark frequentierten Domvorplatz, der mit unzähligen Touristen, gehetzten Berufspendlern, Shoppern und Jugendlichen, die die Sonne nach Ende des Unterrichts auf der großen Freitreppe sitzend genossen, besetzt war.
Ich betrat die kühle Bahnhofshalle. Eine ebenso kühle Computerstimme ertönte aus dem Lautsprecher und forderte dazu auf, sein Gepäck nicht unbeaufsichtigt zu lassen. Vor mir erblickte ich Nina, die in den ersten Quergang der „Colonaden“, wie die Einkaufspassage im Hauptbahnhof hieß, einbog. Über mein Handy stand ich in ständiger Verbindung mit Eugen, der meine Beobachtungen per Funk an die anderen weitergab. Auch Nina schien zu telefonieren. Beide sahen wir, wie Wirtz den Aktenkoffer, mit dem Schmahlacker einige Minuten zuvor die HohenfelsBank verlassen hatte, in das Fach des Schließfachautomaten stellte und den Bahnhof mit der Quittung und der Magnetstreifenkarte in

der Hand, die das spätere Abholen des Koffers am Schließfach ermöglichte, eiligen Schrittes wieder verließ.
Er ging zurück zu Schmahlacker, der im Funkmietwagen auf ihn gewartet hatte.
Die Weiterfahrt führte uns schließlich zum Hotel Bonner Hof, wo Wirtz ausstieg und den Haupteingang aufschloss.
Eugen und ich entschieden uns, Schmahlacker weiter zu folgen, während die beiden übrigen Teams Wirtz observieren wollten.
Nach einer weiteren Stunde an Schmahlackers Fersen entschieden wir uns aber schließlich für den Abbruch der Maßnahme.
Er hatte einen Kunden am Hyatt in Deutz abgeholt und zum Flughafen gebracht, wo er einen neuen Kunden aufnahm und zum Verwaltungsgebäude der Koelnmesse brachte.
So kehrten Eugen und ich ins Präsidium zurück und tranken einen Kaffee. Es war bereits Viertel nach vier. Wir brachten Theo, der sich abermals der Aktenführung widmete, auf den neuesten Stand. Ich rief Wolle an, der mich darüber informierte, dass Wirtz mit einem schnellen BMW auf dem Weg Richtung Aachen war und sie ihm kaum folgen konnten, da er mächtig Gas gab. Wir sollten im Büro auf die Rückkehr der Kollegen warten und Doktor Selbach noch in Ruhe lassen. Also widmete ich mich den diversen Aktenvermerken, die es noch zu schreiben galt, während Eugen Kaffee kochte und sich die Spurenakten ansah.
Gegen zehn vor acht kamen Wolle und Nina ins Büro, gefolgt von Hacki und Figo.
„Mann, war das heftig!", sagte Nina kopfschüttelnd. Der Typ ist ja gerast wie 'n Geisteskranker."
„Die Karre von dem hat ja auch 286 PS. Da kommste kaum nach, vor allen Dingen nicht mit 'nem lahmen Focus und 'nem ollen Vectra", sagte André und holte sich eine Tasse Kaffee.
„Was hat der denn für 'ne Karre?", wollte ich wissen.

Wolle kramte in seinen Notizen. „BMW 740i ..."
„... mit M-Sportpaket ...", fiel Figo ihm ins Wort.
Wolle nickte und fuhr fort. „... gerade mal fünf Jahre alt, Kennzeichen Aachen – Trennung – Martha – Wilhelm – eins."
„Wie kann der sich als Exknacki und Aushilfsrezeptionist denn so 'n Auto überhaupt leisten?"
„Das ist ja das Interessante. Der Wagen ist offiziell auf eine Rosemarie Nüßgen aus Eschweiler zugelassen. Die wohnt im Stadtteil Dürwiß. Wirtz hat sie eben besucht und zwei große Kartons mit der Aufschrift L&M in den Kofferraum geladen und an zwei Empfänger in Alsdorf und Baesweiler ausgeliefert."
„L&M? Das ist doch 'ne Zigarettenmarke!", sagte Eugen.
„Ganz genau. Wir sind Wirtz noch gefolgt, bis er wieder zu dieser Rosemarie Nüßgen gefahren ist, bei der er dann auch geblieben ist. Danach sind wir sofort zur Polizeiwache nach Eschweiler gefahren. Bei den Kollegen ist Frau Nüßgen, die man dort ‚Tante Rosi' nennt, als Zigarettenschmugglerin und -verkäuferin nur allzu gut bekannt. Ich hab auch schon mal von der gehört. Ein paar Vereinskameraden von mir haben schon mal Kippen bei der gekauft. Die hat schon mehrere Verurteilungen wegen Steuerhehlerei, wie das wohl offiziell heißt. Also haben wir uns telefonisch mit den Kollegen der Zollfahndung in Verbindung gesetzt. Die führen momentan schon wieder ein Verfahren gegen Tante Rosi. Maik Wirtz ist dank Observationen schon mehrfach als Auslieferer der Zigaretten in Erscheinung getreten. Wir haben die Auslieferungen fotografiert und werden die Kollegen des zuständigen Zollfahndungsamts morgen früh mal besuchen, um ihnen unsere Erkenntnisse mitzuteilen."
„Und was machen wir mit unserem Fall?", wollte ich wissen.
„Tja, so, wie wir's besprochen haben", sagte Theo und sah Eugen und mich an. „Ihr beide seht zu, dass ihr diesen Weihbischof Doktor Selbach aufgabelt und hier hinbringt. Ich werd mir

noch mal mit Frau Rossi die Karten legen. Schmahlacker, Wirtz, Schmelzer, Doktor Bürger – am liebsten würde ich diese ganze Mischpoke einsammeln und hier nochmals zur Vernehmung antanzen lassen! Die führen uns doch an der Nase rum!"
„In diesem Zusammenhang muss ich dringend mit dir unter vier Augen sprechen", sagte ich leicht verschämt.
Theo nickte und bat mich in sein Büro. „Was gibt's denn, Pitter?"
„Der Landshuter Mercedes, der bei Schmelzer auf dem Grundstück stand, gehört meiner Exfrau. Die arbeitet jetzt für die Hohenfels Bank."
„Na, das sind ja Neuigkeiten. Warum hast du das denn nicht gleich gesagt?"
Ich winkte ab. „Nachdem Eugen und ich am Freitag bei Doktor Bürger waren, stand sie abends vor meiner Tür. Und – was soll ich sagen ... Wir sind zusammen in der Kiste gelandet ..."
Theo blies den Qualm seiner Zigarette aus und schüttelte den Kopf. „Hat sie dich irgendwas zu unserem Fall gefragt?"
Theo schien zu wissen, worauf ich hinauswollte. „Ja. Aber ich hab ihr nur gesagt, dass Ngabane einen Zettel mit Prangettis Telefonnummer dabeihatte."
„Mehr nicht?"
„Mehr nicht. Seltsam ist nur, dass ich seit dieser Nacht nichts mehr von ihr gehört habe ..."
„Mensch, Jung, die wollte dich aushorchen! Wer weiß, wie die da mit drinhängt! Auf jeden Fall ist es ja wohl kein Zufall, dass sie nach Jahren der Funkstille urplötzlich bei dir auftaucht – und bei Schmelzer, der Besuch von Schmahlacker und Wirtz hatte. Ich hoffe für dich, dass du ihr keine weiteren Ermittlungsinterna mitgeteilt hast! Sonst kannste richtig Ärger kriegen! Und ich weiß nicht, wie ich dich dann schützen soll ... Aber gut! Jetzt sieh zu, dass ihr den Bischof herschafft!"
„Danke, Theo!", sagte ich und drehte mich um.

„Ach, Pitter: Das kommt nicht noch mal vor, klar?"
„Sicher!"
So fuhren Eugen und ich nach Bergisch Gladbach, genauer gesagt in den Stadtteil Katterbach, in dem sich die große Wohnanlage Klutstein befand, die aus terrassenförmigen, mehrstöckigen Appartmenthäusern bestand. Nach unseren Informationen bewohnte Weihbischof Dr. Selbach eine Wohnung in dieser Anlage. Unterwegs meldete ich unseren Einsatz bei „Rhena", der Leitstelle der Kreispolizeibehörde Bergisch Gladbach, an. Wir stellten den Scorpio am Rande der langen, überdachten Parkplatz- sowie Garagengasse ab, die mithilfe von Betonsäulen galerieartig errichtet worden war.
„Unser Weihbischof scheint zuhause zu sein", sagte ich mit einem Blick auf den billigen dunkelgrünen Daewoo Espero, einer langweiligen Mittelklasselimousine aus Korea, die schon längst nicht mehr gebaut wurde. Über die Treppe gelangten wir zum rückwärtig gelegenen Hauseingang, dessen Tür praktischerweise offen stand und gingen ins erste Obergeschoss, wo wir die Tür mit dem Schild Dr. Selbach fanden.

13. Kapitel: Zu spät

Wohnsitz des Weihbischofs Dr. Innozenz H. Selbach, Katharinental 3, 51467 Bergisch Gladbach-Katterbach, Montag, 22. August 2005, 20:39 Uhr

„Hier stimmt doch was nicht“, sagte Eugen mit einem Blick auf die nur angelehnte Wohnungstür.
„Da hast du wohl recht“, antwortete ich und langte nach dem Griff meiner P6 im Gürtelholster, während ich die Tür aufstieß.
„Doktor Selbach?“, fragte ich, als wir den dunklen Flur betraten.
„Eure Exzellenz?“, fragte nun Eugen mit der korrekten Anrede, nachdem er den Lichtschalter betätigt hatte und wir in der hell erleuchteten Wohnung standen, die von einem erlesenen Geschmack zeugte.
Ich spürte, dass sich mein Pulsschlag beschleunigt hatte. Über die moderne Küche gingen wir in das Wohnzimmer mit glänzendem Marmorboden, an dessen Ende eine breite Fensterfront auf den großen Terrassenbalkon führte.
„Ach du Scheiße!“, entfuhr es Eugen, als er vor der Balkontür einen grauhaarigen, beleibten Mann Mitte sechzig mit Stirnglatze und Adlernase entdeckte, der – mit Stoffhose, Pantoffeln und Morgenmantel bekleidet – reglos auf dem Boden lag.
„Ich glaub, der ist tot“, sagte Eugen, als er den Puls des Mannes fühlte.
„Ich ruf mal den Notarzt.“
Aber auch der konnte nur noch den Tod von Weihbischof Dr. Selbach feststellen. Zwei Kollegen des Bergisch Gladbacher KK 11, die an jenem Tag für das Kreisgebiet des Rheinisch-Bergischen Kreises Rufbereitschaft hatten, trafen fast zeitgleich mit Nina und Theo ein.
„Ich glaube, ich weiß, woran der Weihbischof gestorben ist“, sag-

te Eugen und deutete auf das kleine Einstichloch im Nacken des Toten. „Da scheint wieder mal unser Chamäleon zugeschlagen zu haben."

Gemäß den Vorschriften der Kriminalhauptstellenverordnung, wonach das PP Köln auch für schwere Straftaten im näheren Umland zuständig war, würde unsere Dienststelle den Fall übernehmen. Und da er offensichtlich im Zusammenhang mit dem Mord an Ngabane stand, wäre es obendrein ein Fall für unsere MK. Der Leichnam des Weihbischofs, dessen Obduktion angeordnet wurde und die am nächsten Morgen durchgeführt werden sollte, wurde in die Kölner Rechtsmedizin verbracht.

In dieser Nacht nahmen wir gemeinsam mit den ED-Kollegen den Tatort auf und durchsuchten die Wohnung des Opfers – wobei wir nichts Verdächtiges finden konnten. Unzählige Bilder an den Wänden zeugten von Dr. Selbachs Reiselust. Viele zeigten ihn mit Karl-Ludwig von Hohenfels bei Expeditionen in den Dschungel und an Bord einer Hochseeyacht.

Gegen 4 Uhr schickte uns Theo nach Hause, damit wir noch ein paar Stunden schlafen konnten. Hundemüde fiel ich ins Bett und schlief direkt ein.

14. Kapitel: Jagd aufs Chamäleon – dem Drahtzieher auf der Spur

Polizeipräsidium Köln, Dir K, KI 1, KK 11, MK 3, Walter-Pauli-Ring 2–4, 51103 Köln-Kalk, Dienstag, 23. August 2005, 08:15 Uhr

Theo hatte uns gebeten, nach der KK-Frühbesprechung im Besprechungsraum zu bleiben.

„Da wir ab sofort zwei Tötungsdelikte zu bearbeiten haben, sollten wir uns aufteilen. Nina: Du wirst dich ab sofort gemeinsam mit Eugen und Hacki um den Tod des Weihbischofs kümmern. Der Rest bearbeitet vorrangig weiterhin den Mord an Ngabane. Bevor ihr uns gestern Abend zu dem Tatort in Bergisch Gladbach gerufen habt, hab ich mit Frau Rossi gesprochen. Vorerst sollen wir aus ermittlungstaktischen Gründen dieser feinen Gesellschaft rund um die Stiftung wegen unserer Obduktions-Erkenntnisse nicht nochmals genauer auf den Zahn fühlen. Gerade vor dem Hintergrund der Involvierung von Wirtz und Schmahlacker mag das verstehen, wer will ... Aber die Rossi will noch mehr Fleisch am Knochen haben, bevor wir unsere Erkenntnisse offenbaren."

„Okay, dann werde ich zur Obduktion Doktor Selbachs fahren."

„Gute Idee, Eugen. Nina, Hacki: Dann fahrt ihr mit den Kollegen vom ED raus zum Büro des Weihbischofs ins Generalvikariat. Der entsprechende Beschluss ist vom Ermittlungsrichter eben per Fax geschickt worden."

Hacki und Nina nickten wortlos.

„Wisst ihr, was mich ankotzt? Dass da draußen immer noch dieses Chamäleon frei rumläuft und einen nach dem anderen umbringt. Denn seien wir doch mal ehrlich: Ich wette, dass auch Doktor Selbach mit Curare vergiftet wurde. Da steckt dieser Brinkmeyer hinter ...", sagte André und sah sich in der Runde um.

„Was aber bedeuten würde, dass auch dieses Tötungsdelikt in Zusammenhang mit den Diamantengeschäften der Stiftung steht und Dümbgen tatsächlich unschuldig ist", sagte Theo. „Wir warten erst mal das Obduktionsergebnis ab. Aber ich werde Frau Rossi inzwischen darüber informieren."
„Also gehen wir mal davon aus, dass Dümbgen unschuldig und dieser Brinkmeyer sowohl für den Mord an Ngabane als auch für das Ableben Doktor Selbachs verantwortlich ist: Dann muss der sich ja überall bestens auskennen – und auch freien Zugang zu Ngabanes Hotelzimmer gehabt haben. Denn Einbruchspuren haben wir schließlich nicht gefunden."
„Aber wer käme dann in Frage? Neben Dümbgen und Wirtz, denen ich beiden mal unterstelle, nicht Brinkmeyer zu sein, wüsste ich nicht, wer das im näheren Umfeld sein sollte."
„Stimmt, Pitter. Vielleicht kann uns Herr Cimigotto weiterhelfen. Der ist schließlich immer noch bei der MK 4 zu Besuch. Ich werde ihn gleich mal fragen, ob er Zeit hat."
Kurze Zeit später kam Theo in Begleitung Cimigottos zurück, der uns freundlich begrüßte. Wir erzählten ihm von unserem Verdacht, dass das Chamäleon auch für den Tod des Weihbischofs verantwortlich sein könnte und der Brasilianer Brinkmeyer sich demnach immer noch im Bundesgebiet aufgehalten habe.
Der italienische Major hörte immer aufmerksamer zu. „Ich stimme Ihnen zu, dass der Mörder Ngabanes tatsächlich über gute Insiderkenntnisse des Hotels verfügen musste. Und wenn man diesen Herrn Dümbgen und seinen Rezeptionisten mal ausschließt, bleiben nicht mehr allzu viele übrig. Wenn Sie mich fragen: Brinkmeyer war einer der Hotelgäste!"
Wir sahen uns alle gegenseitig an und waren leicht verdutzt.
„Ist ja alles schön und gut, aber wer soll das denn gewesen sein?", fragte ich in die Runde, während Theo aufstand, kurz verschwand und mit der Gästeliste zurückkam.

„Also, die vier Amerikaner- und die beiden Italienerinnen können wir schon mal ausschließen. Bleiben noch die ganzen männlichen Gäste übrig."
Aber ich schüttelte den Kopf. „Nein. Die, die in Gruppen angereist waren, können wir meines Erachtens auch ausschließen. Alle kannten sich untereinander. Und es wäre von einem Profikiller doch mehr als unprofessionell gewesen, sich in solch eine Gruppe einzuschleichen. Er wäre quasi auf ihre Kooperation angewiesen gewesen."
„Außer, wenn er sie dazu irgendwie gezwungen hätte, ihn als ihren Bekannten auszugeben."
„Also, Figo, ich glaub, du hast zu viele schlechte Hollywoodfilme gesehen! Nä, das ist zu weit hergeholt."
„Dann bleibt nur noch ein Einziger übrig", sagte Theo und deutete mit dem Zeigefinger auf den Namen, der mich zum Kopfschütteln veranlasste.
„Nein, nicht Souza da Santa Maria! Das kannste vergessen!"
„Und warum?", wollte Cimigotto wissen.
„Sie haben ihn ja nicht kennengelernt! Ein total verweichlichter Priesterschüler. Schüchtern, etwas weltfremd. Nach eigener Aussage hat der bis auf Deutschland, wo er aufgewachsen ist, und seine Heimat Portugal noch nichts von der Welt gesehen. Und außerdem ist der gerade mal Ende zwanzig!"
„Bedenken Sie bitte, dass Brinkmeyer nicht umsonst den Spitznamen ‚Das Chamäleon' trägt! Er ist wirklich ein Meister der Verkleidung! Es dürfte für ihn ein Leichtes sein, sich so zu schminken und zu maskieren, dass er wie ein junger Mann Ende zwanzig wirkt. Und auch von seinem Verhalten her kann er jede erdenkliche Rolle annehmen!"
„War denn irgendwas an seinem Verhalten auffällig?", wollte Theo wissen.
„Nein. Überhaupt nicht. Der war sehr zuvorkommend, hat mich

sogar noch drauf aufmerksam gemacht, dass du mich angerufen hast. ‚Sie haben eine ligação', hat er gesagt."

„Eine was?", wollte André wissen.

„Na, genauso hab ich auch gefragt. Aber du als Halbportugiese müsstest eigentlich wissen, dass das in eurer Sprache ‚Telefonanruf' heißt. Solltest mal 'nen Portugiesischkurs belegen", scherzte ich.

„Von wegen, Mann! Telefonanruf heißt auf Portugiesisch ‚telefonada' – ‚ligação' hab ich noch nie gehört! Ich denke, das war Português brasileiro – also Brasilianisch! Wenn der Typ gesagt hat, er wär noch nie woanders als in Portugal und Deutschland gewesen, hat der dich glatt belogen!"

„... und einen saumäßig blöden Fehler begangen ... Haben wir eigentlich überprüft, ob Souza da Santa Maria tatsächlich das Priesterseminar in Wigratzbad besucht?", wollte Theo mit zunehmender Nervosität wissen.

„Nein. Dazu sah ich keine Veranlassung. Schließlich war er ja nur ein Zeuge wie die anderen Hotelgäste auch, den ich ...!"

„Dann erledige das sofort, Mann!"

So aufgebracht hatte ich Theo selten erlebt. Aber leider hatte er recht. Ich hätte den Priesterseminaristen durchleuchten sollen. Schließlich hielt er sich im Gegensatz zu den anderen WJT-Pilgern angeblich dauerhaft in Deutschland auf, so dass eine Überprüfung nicht allzu schwer gewesen wäre. Ich hatte einfach nicht dran gedacht ...

So ging ich in mein Büro und suchte in Google nach der Telefonnummer des Priesterseminars der Bruderschaft Sankt Petrus in Wigratzbad. Ich wurde mit Pater Ignatz Maier verbunden, der die Personalakten verwaltete. Nach anfänglichem Zögern erklärte er sich schließlich bereit, mir zu helfen. Ich hörte, wie er eifrig auf seine Tastatur einhämmerte.

„Also, beim besten Willen, Herr Merzenich, aber einen Souza da

Santa Maria hat's in unserer siebzehnjährigen Geschichte noch nicht gegeben. Wie hieß der mit Vornamen?"
„T-I-A-G-O – wie man's spricht."
Wieder hämmerte er auf der Tastatur herum. „Nein, auch da muss ich Sie enttäuschen. Wir haben zwar auch einige portugiesische Seminaristen, aber dieser Name taucht hier nirgendwo auf. Und dieser Herr hat tatsächlich behauptet, unser Seminar zu besuchen?"
„Ja, leider."
„Das ist ja fast schon diabolisch. Mein Gott, wie schrecklich! Wie kann man nur dem blasphemischen Plan verfallen, sich als Mann Gottes auszugeben? So etwas habe ich ja noch nie gehört!", empörte sich der Pater – für meinen Geschmack etwas zu weltfremd.
„Vielen Dank. Sie haben uns sehr geholfen, Pater Ignatz."
„Bitte sehr. Gott zum Gruße, Herr Merzenich!", entgegnete er, bevor ich auflegte.
Umgehend unterrichtete ich Theo über diese neuen Erkenntnisse. Er bat André, die Kollegen der Kölner Zollfahndung über unsere Erkenntnisse vom Vortag hinsichtlich der Steuerdelikte von Wirtz und seiner Tante Rosi Nüßgen zu informieren. Danach machte ich mich gemeinsam mit Wolle auf den Weg zum Hotel Bonner Hof, wo wir von Wirtz in Empfang genommen wurden.
„Tach, die Herren. Wat machen Sie dann hä?"
„Wo ist Souza da Santa Maria?", wollte ich wissen, während ich ihn fast anschrie. Auf Grund der Gefährlichkeit des Profikillers wäre es eigentlich angemessen gewesen, mit dem SEK „reinzugehen". Aber daran dachten weder Wolle noch ich in dem Moment. Das Jagdfieber schien uns beide wieder erwischt zu haben – vor allem mich, da ich meinen Fehler wiedergutmachen wollte.
„Meinen Se dr Pfaff us Portujal?", fragte Wirtz leicht nervös und verwirrt.
„Ja, Mann!"
„Affjereist. Schon jestern!"

„Geben Sie uns den Zimmerschlüssel! Davon wollen wir uns selbst überzeugen!"

Wolle riss dem Portier und Zigarettenhehler den Schlüssel aus der Hand und stürmte in das Dachgeschoss. Während ich ihn mit gezogener Waffe sicherte, schloss er die Tür auf, bevor wir schlagartig eindrangen. Aber das Zimmer war tatsächlich verlassen. Wir riefen die Kollegen des ED, die das Hotelzimmer des angeblichen Seminarteilnehmers zwecks Spurensicherung auf den Kopf stellten.

„Tja. Der ist uns durch die Lappen gegangen", sagte Wolle und sah mich leicht vorwurfsvoll an – was ich ihm nicht verdenken konnte …

„Wenn du mich fragst, muss der hier zumindest einen Helfer gehabt haben. Einen, der ihm den Schlüssel besorgt und somit den Zugang zu Ngabanes Zimmer ermöglicht hat."

„Nicht unbedingt, Pitter. Der kann genauso gut unter irgendeinem Vorwand bei Ngabane geklopft haben. Unter Gottesmännern gibt's kein Misstrauen."

„Und warum wurde dann der Verdacht auf Dümbgen gelenkt? Da hatte doch jemand ein persönliches Interesse, es Chrissy heimzuzahlen."

„Kann aber auch Zufall sein. Was, wenn Brinkmeyer uns auf eine falsche Fährte locken wollte und einfach nur ein passendes Bauernopfer gesucht hat?"

„Trotz allem sollten wir Wirtz noch mal in die Mangel nehmen."

„Ja, kümmer dich drum. Ich werd in der Zwischenzeit mal Theo kontaktieren. Der soll die Staatsanwältin anrufen und bei ihr die Entlassung Dümbgens aus der U-Haft anregen."

„Herr Wirtz, ich muss Sie bitten, uns gleich noch mal auf die Wache zu begleiten. Wir brauchen eine Aussage von Ihnen zu Souza da Santa Maria."

Theo rief mich zurück. „Die Rossi will sich drum kümmern, Dümbgen aus der U-Haft zu entlassen."

Wir fuhren mit Wirtz zum Präsidium, wo wir ihn nochmals vernahmen. Er gab zu Protokoll, an Souza da Santa Marias Verhalten nichts Auffälliges entdeckt zu haben. Zu seinem „Ausflug" mit Schmahlacker befragten wir ihn vorerst nicht.

Theo veranlasste eine Fahndung nach Souza da Santa Maria alias Rui Brinkmeyer. Die Kontrollstellen der Bundespolizei an Flug- und Seehäfen sowie an Grenzübergängen würden dementsprechend unterrichtet.

Kurz nach eins versammelten wir uns wieder alle im Besprechungsraum.

„Und, was gibt's Neues, Leute?", wollte Theo wissen.

Eugen räusperte sich. „Doktor Pfeiffer und Doktor Büxel gehen davon aus, dass auch unser Weihbischof Opfer eines Giftanschlags wurde. Sie haben eine toxikologische Untersuchung veranlasst. Der Todeszeitpunkt war nach ihrer Einschätzung gestern zwischen 18 und 20 Uhr."

„Also sind wir einfach zu spät gekommen. Wir hätten ihn retten können, wenn wir nur etwas früher vorbeigekommen wären."

„Die Spusi hatte ja festgestellt, dass keine Einbruchspuren an seiner Wohnung zu finden waren. Also müssen wir davon ausgehen, dass Doktor Selbach dem Täter die Tür geöffnet hat."

„Hacki und ich haben sein Umfeld mal genauer beleuchtet. Aber da gab's nix Verdächtiges, ebensowenig wie in seinem Büro. Alles war aufgeräumt und nichts schien auf ein mögliches Motiv oder einen Täter hinzudeuten."

„Trotz allem hab ich das Gefühl, dass wir der Sache bald schon viel näher kommen", sagte Theo und zündete sich eine Zigarette an.

Und er sollte recht behalten. Am frühen Nachmittag erreichte uns ein Briefumschlag in DIN-A4-Größe.

„Den hat eben ein Bote beim Pförtner abgegeben“, sagte Theo und schmiss den Umschlag auf meinen Schreibtisch. „Schau dir mal den Absender an“, ergänzte er. Der handschriftliche Namenszug am linken oberen Rand ließ mich erschaudern ...

Dr. Innozenz H. Selbach

Vorsichtig öffnete Theo den Umschlag, in dem sich ein mit Computer geschriebener Brief und eine Klarsichthülle mit einem handgeschriebenen Briefbogen befand. Neugierig lasen wir zunächst den Brief durch.

An die Polizei

Im Falle meines Ablebens
Betr.: Erkenntnisse zu Unregelmäßigkeiten bei der Von-Hohenfels-Stiftung

Sehr geehrte Damen und Herren,

wenn Sie diesen Brief in Ihren Händen halten, verweile ich nicht mehr unter Ihnen. Ich habe einem Mitarbeiter speziell aufgetragen, den Ermittlungsbehörden diesen Umschlag ausschließlich im Falle meines gewaltsamen und unerwarteten Todes auszuhändigen. In der Hoffnung, dass dieser Brief Licht ins Dunkel bringt, möchte ich Ihnen nun einige Fakten mitteilen.

Seit Jahren bat mich mein Freund Karl-Ludwig von Hohenfels, dem Kuratorium seiner Stiftung beizutreten, was ich jedoch immer wieder ablehnte. Erst, als ich die Chance sah, den von mir hochgeschätzten Theologieprofessor Domenico Prangetti als Vorsitzenden des Kuratoriums zu gewinnen, willigte ich ein, diesem Stiftungsorgan beizutreten. Regelmäßig hielten wir gemeinsam mit Karl-Ludwig und dem Stiftungsvorsitzenden, Herrn Dr. Bürger, Sitzungen im Arbeitszimmer seines Anwesens im Hahnwald ab. Bei einer dieser Sitzungen, die im Mai 2003 stattfand, entdeckte ich durch Zufall im Papierkorb einen zerknüllten Zettel.
Auf den Inhalt möchte ich an dieser Stelle nicht näher eingehen, da er diesem Schreiben beigefügt und selbsterklärend ist. Jedenfalls kam ich auf Grund dessen zu dem Schluss, dass führende Mitglieder der Von-Hohenfels-Stiftung in ein widerwärtiges Geflecht von Kriegsfinanzierung und damit in Zusammenhang stehenden Diamantenhandel verwickelt sind.
Um ehrlich zu sein, verdächtigte ich meinen alten Freund Karl-Ludwig, Drahtzieher dieses schäbigen Treibens zu sein. Nennen Sie es sentimental, aber ich konnte mich nicht dahingehend überwinden, ihn mit meinen Gedanken persönlich zu konfrontieren.
Da ich es als Verrat an unserer Freundschaft empfunden hätte, die Polizei über den Vorfall in Kenntnis zu setzen, wählte ich als letzte Möglichkeit, mich in einem anonymen Hinweisschreiben der Presse, genauer gesagt dem Nachrichtenmagazin „DER SPIEGEL“, anzuvertrauen.
Ich hoffte, dass Karl-Ludwig nach Veröffentlichung eines entsprechenden Artikels seine unmoralischen Umtriebe überdenke und von derartigen Geschäften fortan ablasse.
Ich wurde eines Besseren belehrt, als Karl-Ludwig angesichts der SPIEGEL-Veröffentlichung eigenmächtige diesbezügliche Ermittlungen anstellte. Aber auch zu jenem Zeitpunkt offenbarte ich

mich ihm nicht. Vielmehr schämte ich mich nun, ihn derart verdächtigt und hintergangen zu haben.

Mit Karl-Ludwigs tragischem Unfalltod wurden auch die seitens der Polizei aufgenommenen Ermittlungen nicht weiter vorangetrieben. Und auch ich versuchte, diese Affäre zu verdrängen, was mir gut zwei Jahre lang auch gelang. Bis zu jenem Tag im Juni, als mich mein alter Freund, der Franziskanermönch Frère Henri Beaumont, Leiter eines Waisenheims im Kongo, darüber informierte, dass sein junger Gehilfe in der kongolesischen Stadt Mwene-Ditu den Hilfskoordinator Raymond De Boer und den grausamen Rebellenführer Aristide Matongo bei einer Diamantenübergabe gesehen habe. Ich war fassungslos und vertraute mich meinem Freund Prangetti an, der anriet, den jungen Mönch zum Weltjugendtag einzuladen. Er legte mir nahe, die Problematik zu erörtern, die der junge Mönch uns bei dem Treffen präsentieren wollte, und Beweise zu sichten.

Prangetti wollte seinerseits die Bücher der Stiftung auf etwaige Unregelmäßigkeiten prüfen. Zeitgleich empfahl er mir, die Polizei einzuschalten. Ich zog es jedoch ein weiteres Mal vor, mein Wissen um das dubiose Treffen zwischen De Boer und Matongo dem SPIEGEL anonym anzuvertrauen. Schließlich wusste ich nicht, wer aus dem näheren Umfeld der Stiftung in das Ganze verwickelt war. Bei einer regulären Anzeigenerstattung hätte ich mich offenbaren müssen und wäre daraufhin dem unbekannten Drahtzieher schlichtweg ausgeliefert gewesen. So entschied ich mich, einen Privatdetektiv mit Ermittlungen zu beauftragen, der weitere diesbezügliche Erkenntnisse zu Tage fördern sollte.

Der Zufall hatte es so gewollt, dass ich zu diesem Zeitpunkt in meinem Schildgener Stammlokal einen Mann namens Uwe Schmahlacker kennenlernte. Wir kamen ins Gespräch, er erzählte mir, dass er als Privatdetektiv arbeite. Dies kam mir sehr gelegen.

Also beauftragte ich Schmahlacker, dementsprechende Ermittlungen aufzunehmen und mir wöchentlich Bericht zu erstatten. Schmahlacker schlug mir vor, sich auch um die vertrauliche Unterbringung des jungen Mönchs zu kümmern.
Als ich von dem schrecklichen Tod meines Freundes Domenico hörte, war ich anfangs wie gelähmt. Und obwohl ich wusste, dass er einem Anschlag anheimgefallen war, entschied ich mich, den jungen Mönch allein zu empfangen.
Nunmehr habe ich erfahren, dass der junge kongolesische Mönch trotz entsprechender von Herrn Schmahlacker getroffener Sicherheitsvorkehrungen gestern tot aufgefunden wurde. Die Ermittlungen Schmahlackers zu den Unregelmäßigkeiten innerhalb der Stiftung haben bislang auch keinerlei Ergebnisse erbracht. Ich weiß, dass nunmehr auch mein Leben in Gefahr ist und ich mich nirgends mehr sicher fühlen kann. Darum bitte ich Sie inständigst, das Geheimnis um die Diamantenaufkäufe De Boers bei dem Rebellenführer Matongo und auch die Morde an Prof. Prangetti und Bartholomé Ngabane aufzuklären.

Ich habe versucht, den beigefügten Brief möglichst pfleglich zu behandeln, um Ihnen die Spurensuche und -sicherung zu erleichtern. Ein kleiner Rat von mir: Der Drahtzieher muss in den Reihen der Von-Hohenfels-Stiftung zu finden sein!
Gott möge Ihnen die Kraft geben, das Geheimnis aufzuklären und Sie bei Ihren Bestrebungen schützen.

Dr. Innozenz H. Selbach
Weihbischof
Titularbischof von Paroecopolis

Ich griff nach dem in Klarsichthülle verpackten, leicht zerknitterten Papierbogen, den der Weihbischof vor zwei Jahren im Papierkorb Karl-Ludwig von Hohenfels' gefunden hatte.

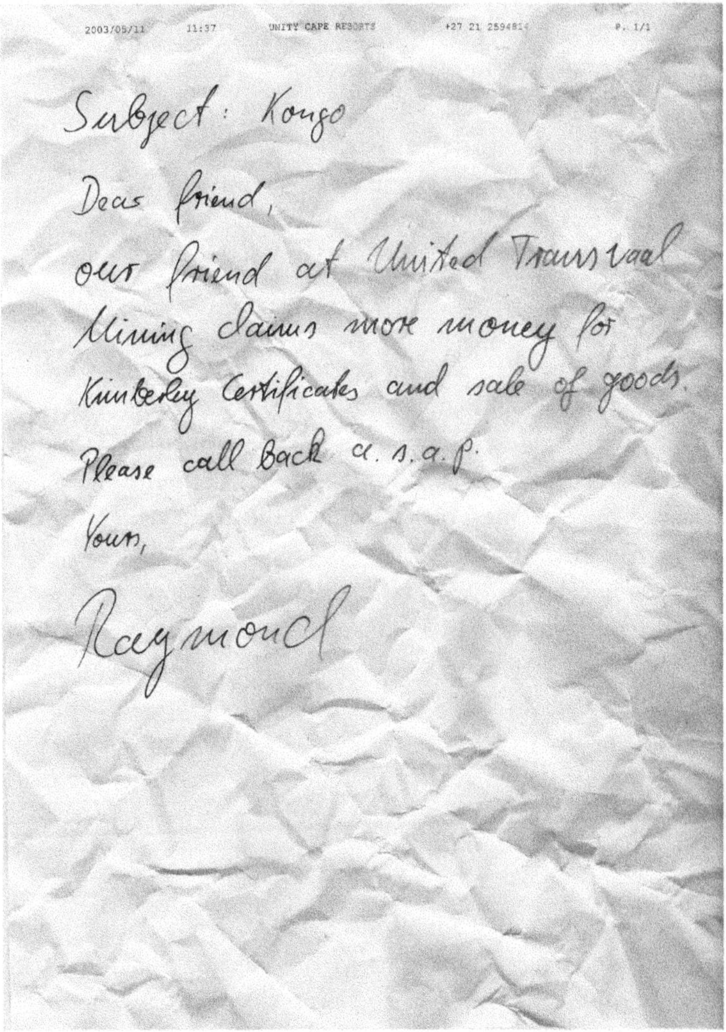

2003/05/11 11:37 UNITY CAPE RESORTS +27 21 259481 P. 1/1

Subject: Kongo

Dear friend,

our friend at United Transvaal Mining claims more money for Kimberley Certificates and sale of goods.

Please call back a.s.a.p.

Yours,

Raymond

„Was sagt man dazu?“, sagte ich und sah Theo an.
„Ist wohl tatsächlich so, wie Mieske gesagt hatte. Die Drahtzieher des Diamantenhandels haben bei der Minengesellschaft einen Maulwurf, der die Diamanten als ‚regulär geschürft‘ zertifizieren lässt und sie dann auf dem Weltmarkt verkauft.“
„Und die feinen Herren verdienen sich damit ’ne goldene Nase. Ekelhaft!“, bemerkte ich angewidert. „Und wie man dank Faxabsender und Unterschrift hier schön sehen kann, koordiniert De Boer das bereits seit Jahren von Südafrika aus.“
„Aber wer ist denn der Drahtzieher, verdammt?“
„Lass uns erst mal die anderen entsprechend informieren“, sagte ich.

So erzählten wir dem Rest unserer siebenköpfigen MK von dem Schreiben des Weihbischofs und dem beigefügten Fax De Boers an einen unbekannten Empfänger aus den Reihen der Stiftung.
„Wir sollten das Fax schnellstmöglich auf Spuren untersuchen lassen. Ich werde mich gleich drum kümmern“, sagte Nina und verschwand, so schnell wie sie gekommen war.
André sah sich den Brief des Weihbischofs nochmals genau an. „Wenn ihr mich fragt, ist Schmahlacker von den Hintermännern auf Doktor Selbach angesetzt worden. Es ist doch kein Zufall, dass ausgerechnet der sich in ’nem Restaurant in Bergisch Gladbach rumtreibt.“
Ich nickte. „Was aber auch bedeuten würde, dass die Hintermänner genauestens darüber Bescheid wussten, dass Doktor Selbach beabsichtigte, einen Privatdetektiv einzuschalten. Nur wer steckt dahinter?“
„Fassen wir noch mal zusammen“, sagte Theo. „Er ist ein Stiftungsinsider, hat gute Kontakte nach Belize und Südafrika.“
„Ralf von Hohenfels vielleicht?! Der ist doch ein gewiefter Lebemann.“

„Schon. Aber der ist höchstens Mitwisser. Ich glaube nicht, dass der die Fäden zieht. Das ist für den 'ne Nummer zu groß."
„Wenn du das so siehst, dann scheiden Schmelzer, Tannenbusch und Göcök meines Erachtens aber auch aus."
„Was ist mit den ganzen anderen Förderern? Meiner Meinung nach sollten wir die endlich mal mit Mieskes Hilfe durchleuchten. Um die haben wir uns bislang gar nicht gekümmert ..."
„Figo, das sollten wir zwar nicht ganz aus den Augen verlieren, können wir aber vorerst vernachlässigen, glaube ich", antwortete Theo, was ich mit einem Kopfnicken quittierte. „Der Drahtzieher ist im inneren Kreis der Stiftung zu finden, da bin ich mir sicher."
„Bliebe nur noch Doktor Bürger. Und der kennt De Boer nach eigener Aussage nicht ... Moment mal!", sagte ich, während es mir wie Schuppen von den Augen fiel.
„Was hast du?", wollte Theo wissen, als ich nach den Tatortbildern griff, die in der Wohnung Doktor Selbachs gemacht wurden, eine Lupe nahm und mich an den Rechner an meinem Arbeitsplatz setzte, um den Suchbegriff „Cape Cruiser" einzugeben. „Ich Hornochse, das ist es!"
„Kannst du dein Wissen vielleicht mal mit uns teilen?!", fragte Theo leicht ungeduldig.
„Hier: Die Homepage der Unity Cape Resorts. Mit einem Grußwort vom Besitzer der Kette, Raymond De Boer."
Die Seite zeigte den blonden Hünen, der auf einem Landungssteg in einem Yachthafen stand. Hinter ihm erstreckte sich der Bug eines luxuriösen weißen Motorboots, auf dem in geschwungen Lettern der Name Cape Cruiser stand.
Theo las sich die englische Bildunterschrift durch. „Also, der begrüßt seine Gäste, freut sich, dass sie sich für seine Hotelkette interessieren, und bietet ihnen an, ihn an Bord der Cape Cruiser, seiner privaten Motoryacht des Typs Ferretti 68, gegen einen

geringen Aufpreis auf einen Törn rund um das Kap der Guten Hoffnung zu begleiten. Schön. Ich möchte nicht wissen, was bei dem Heini geringer Aufpreis heißt. Aber was hat das mit unserem Fall zu tun?“

„Pass auf“, sagte ich und legte ihm ein Foto aus der Wohnung des toten Weihbischofs vor, auf dem einige an der Wand befestigte Bilder zu erkennen waren.

„Wie du auf dem Bild in der Mitte an der Wand sehen kannst, ist das unser inzwischen toter Bischof an Bord einer Hochseeyacht. Gemeinsam mit Karl-Ludwig von Hohenfels. Und dann sieh mal auf den Schriftzug am Heck“, sagte ich und reichte Theo die Lupe. „Das ist De Boers Cape Cruiser.“

„Gut. Aber ich weiß immer noch nicht, worauf du hinauswillst.“

„Also: Doktor Selbach und Karl-Ludwig von Hohenfels haben De Boer mal gemeinsam in Südafrika besucht – was zunächst nicht weiter von Bedeutung zu sein scheint, da sie ja auf Grund ihrer Stiftungsarbeit mit ihm zu tun hatten. Aber mir ist eben noch etwas anderes eingefallen. Eugen, du kannst dich doch erinnern, dass wir letztens im Büro von Doktor Bürger waren?“

„Klar! Da haben wir doch noch deine Ex getroffen!“

„Erinner mich bloß nicht daran! Jedenfalls waren doch dort auch einige Bilder an der Wand, die von diversen Urlaubsreisen zeugten.“

„Klar.“

„Und dann erinner dich mal an das Bild, das ihn auf einer Hochseeyacht zeigte. Das war auch eine Aufnahme vom Heck des Schiffs. Und wenn mich nicht alles täuscht, handelte es sich dabei auch um diese Cape Cruiser.“

„Puh, Pitter, beschwören würd ich das nicht! Hab kaum auf das Bild geachtet ...“

„Unser Pitter hat halt ’ne gute Beobachtungsgabe. Wenn der denkt, dass es sich um die gleiche Yacht handelt, können wir ihm

schon glauben", merkte Figo an und lachte.
Theo zündete sich eine Zigarette an. „Wenn du recht hast, hat unser feiner Doktor Bürger jedenfalls gelogen. Dann war er schon mal in Südafrika und kennt auch De Boer."
„Einen Augenblick!", sagte nun Eugen. „Da fällt mir was ein. Doktor Bürger hat doch gesagt, dass er seinerzeit das Aloisiuskolleg in Bonn besucht hat. Das ist 'ne Jesuitenschule. Ich glaub, ich hab da 'ne Idee", sagte er und hämmerte auf die Tastatur meines Rechners. „Bingo! Hab ich doch recht gehabt. Also, Leute: Die Buchstaben ‚IHS' sind nicht nur als Initialen Doktor Selbachs zu betrachten, nein, sie sind auch das Symbol des Jesuitenordens, das sich von den ersten drei Buchstaben des Namens ‚Jesus' in griechischer Schrift ableitet. Wird auch als Abkürzung der lateinischen Ausdrücke ‚Wir haben Jesus als Gefährten' beziehungsweise ‚Jesus, der Erlöser der Menschen' gedeutet."
„Ein möglicher Hinweis darauf, dass Doktor Bürger der Inhaber dieser IHS in Belize ist ..."
„Aber auch das ist immer noch kein Beweis für seine Schuld. Ich werde mit Frau Rossi sprechen, wie sie sich die weitere Vorgehensweise vorstellt."
Aber in diesem Moment – es war kurz vor vier – klingelte Theos Telefon im Büro auf der anderen Seite des Flurs. Nach gut zwei Minuten war er zurück.
„Leute, ihr erratet nicht, wer eine Aussage machen will: Angelika Findeisen!"
„Was? Das kann doch jetzt nicht sein?!"
„Doch. Pitter, ich bitte dich, dass du sie mit mir vernimmst."
„Kein Problem!"

Wenig später hatte Theo Frau Findeisen am Empfang im Foyer abgeholt und auf unseren Flur im vierten Stock des Gebäudeblocks A gebracht. Sie war in Begleitung Chrissy Dümbgens unterwegs, der knapp nickte.

„Hallo, hat man dich also tatsächlich wieder rausgelassen!“, stellte ich fest. „Die Staatsanwaltschaft hat uns darüber gar nicht informiert ...“

„Ich bin auch erst vor gut zwei Stunden rausgekommen. Angelika möchte mit euch reden“, sagte er mit einer Mischung aus Niedergeschlagenheit und ohnmächtiger Wut.

Aber mich bei ihm entschuldigen, nein, das konnte ich nicht.

So führten wir Angelika Findeisen in unser Büro, während Chrissy auf dem Gang wartete.

„So, Sie wollten also mit uns reden ...“, sagte Theo, nachdem er sie abermals belehrt und ich ihre Personalien in das Vernehmungsformular aufgenommen hatte. Die Modelagenturbesitzerin sah uns mit ihren glasigen Augen an, ihre Wimperntusche war verlaufen.

„Ja, also ... Ich habe Sie letztens belogen. Chrissy war am Tatabend tatsächlich bei mir. Den ganzen Abend.“

„Und warum haben Sie dann etwas anderes erzählt? Schließlich ging es um Ihren Verlobten, den Sie doch nach eigener Aussage so sehr lieben.“

„Ja, aber das stimmt nicht. Ich habe Chrissy geliebt, aber die Zeiten sind vorbei. Als er aus dem Gefängnis entlassen wurde, hat er mir nur leid getan. Er hatte viel mitgemacht. Also tröstete ich ihn, empfand auch ein Gefühl von Freundschaft. Aber zu mehr war ich nicht mehr bereit. Chrissy sah das anders. Für ihn war und bin ich die große Liebe.“

„Aber Sie haben doch in die Verlobung eingewilligt?“

„Ja! Weil er mir leid tat und ja sonst niemanden hat! Ich hab's nicht übers Herz gebracht, ihn abzuweisen. Gott sei Dank wollte er keinen Sex. Dazu hätte ich mich wahrscheinlich nicht überwinden können. Aber auf Dauer hielt ich es nicht mehr aus, die liebende

Verlobte zu spielen. Nur wie gesagt: Mich von ihm zu trennen, brachte ich nicht übers Herz. Bis mir vor ein paar Tagen eine Gelegenheit geboten wurde, Chrissy doch noch zu verlassen."

„Indem Sie sein Alibi mit Ihrer Falschaussage zunichte machten ..."

„Ganz genau", antwortete sie und schaute beschämt zu Boden. „Vor gut zwei Wochen erschien plötzlich Chrissys ehemaliger Chef, dieser Uwe Schmahlacker, bei mir in der Firma. Er wusste, dass Chrissy jeden Abend bei mir verbrachte. Er sagte, dass ich viel Geld verdienen könne, wenn ich aussagte, dass Chrissy am Abend des 17. August nicht bei mir gewesen sei. Für diesen Abend sei eine großangelegte Aktion geplant, für die Chrissy idealerweise als Sündenbock herhalten sollte."

„Hat Herr Schmahlacker gesagt, um welche Sache es ging?"

„Nein. Überhaupt nicht. Von dem Mord an dem jungen Mönch habe ich im Vorfeld nichts gewusst. Aber das hat mich auch nicht interessiert. Anfangs habe ich abgelehnt, bis mir Schmahlacker sagte, dass ich für meine Falschaussage 50.000 Euro bekäme. Und angesichts meiner angespannten finanziellen Lage, von der Schmahlacker seltsamerweise wusste, stimmte ich zu. Schmahlacker wusste auch, dass ich mit Chrissy nicht länger zusammen sein wollte – woher auch immer."

„Und selbst, als Sie erfuhren, dass es um einen Mord ging, haben Sie mitgemacht?"

„Ja, ich brauchte das Geld – und wollte Chrissy auf möglichst elegante Art abservieren. Aber stolz bin ich nicht darauf, das können Sie mir glauben!"

„Schon klar! Ist ja auch äußerst elegant, einen Unschuldigen des Mordes zu beschuldigen", sagte ich kopfschüttelnd und verfasste das Protokoll am Computer.

„Frau Findeisen, hat Schmahlacker gesagt, woher das Geld stammen sollte, das Sie für Ihre Falschaussage erhalten sollten?"

Angelika Findeisen schüttelte den Kopf. „Nein. Er sprach nur von Auftraggebern, denen es 50.000 Euro wert sei, wenn ich Chrissy mit meiner Aussage belaste."
„Das ist alles schön und gut, Frau Findeisen. Aber haben Sie irgendwelche Beweise für Ihre Behauptungen? Sie haben uns schließlich schon mal belogen ..."
Angelika Findeisen nickte. „Ja. Schmahlacker war ziemlich aufgelöst, als er zu mir kam, da er kurz vorher einen Autounfall verursacht hatte, den Ihre Kollegen aufgenommen haben."
„Gut, Frau Findeisen. Möchten Sie abschließend noch irgendetwas sagen?"
„Nein. Nur, dass es mir unendlich leid tut. Ich habe das doch alles nicht gewollt."
Theo verzog keine Miene, ging nicht im Geringsten auf ihre Äußerung ein. „Das war's dann erst mal. Kollege Merzenich wird jetzt das Protokoll ausdrucken, Sie können es in Ruhe durchlesen und unterschreiben. Aber das kennen Sie ja bereits."
„Was passiert denn jetzt mit mir?", wollte sie mit herzzerreißendem Augenaufschlag wissen, während sie die zweite Seite des Ausdrucks durchlas und am unteren Rand mit ihrer Paraphe unterzeichnete.
„Tja, wir sind nicht von der Justiz, Frau Findeisen. Aber die Staatsanwaltschaft wird sich eingehend mit Ihrem Fall beschäftigen. Strafvereitelung, falsche Verdächtigung – da kommt noch einiges auf Sie zu ..."
Frau Findeisen nickte verschämt, unterschrieb die letzte Seite ihres Protokolls und verließ – bei Chrissy Dümbgen untergehakt – unser Kommissariat, wobei sie von Nina begleitet wurden.
„'n seltsames Pärchen, oder? Die scheißt ihn bei uns für Kohle an und er nimmt sie auch noch in den Arm."
„Wie hat meine Oma immer gesagt? ‚Pack schlägt sich, Pack verträgt sich.' Mir tut der Dümbgen jedenfalls nicht leid. Der ist

damals eh viel zu milde weggekommen."
Theo schüttelte den Kopf. „Du und dein persönlicher Rachefeldzug, da kann man echt Angst kriegen. Ich möchte dich jedenfalls nicht zum Feind haben."

Während Theo die übrigen MK-Mitglieder zusammentrommelte, setzte ich neuen Kaffee auf und rief „IGVP", die „Integrierte Vorgangsbearbeitung Polizei", auf, ein EDV-Programm, in der jeder polizeiliche Vorgang erfasst war. Und tatsächlich: Am 10. August war Schmahlacker beim Abbiegen vom Bayenthalgürtel in die Straße „An der Alteburger Mühle", in der sich auch die Modelagentur Angelika Findeisens befand, dem Transporter eines Paketdienstes in die Seite gerauscht. Die weitere Sachbearbeitung hatte Polizeihauptkommissar Dreesbach vom Verkehrskommissariat 3, der neu aufgestellten Direktion Verkehrsunfallbekämpfung, übernommen. Interessant war in diesem Zusammenhang, dass als Beifahrer Schmahlackers ein Mann namens Maik Wirtz aktenkundig erfasst worden war. Jetzt gab es einiges zu besprechen ...
„So. Wie es aussieht, hat die Findeisen diesmal die Wahrheit gesagt. Dann ist Schmahlacker der Schlüssel zu der Tat. Er hat Kontakt mit dem Drahtzieher und scheint in die Planung des Mordes involviert."
„Dann lasst uns keine Zeit mehr verlieren und diesen Maik Wirtz nochmal in die Mangel nehmen. Wenn wir Schmahlacker drankriegen wollen, muss alles hieb- und stichfest sein", sagte Theo. „Pitter, Eugen: Versucht ihr mal, den aufzugabeln."
Ich nickte und ging mit Eugen in die Tiefgarage, wo ich den alten Scorpio aufschloss. Es war bereits kurz vor sieben, als wir das Gelände des Präsidiums Richtung Hotel Bonner Hof verließen.

15. Kapitel: Ein Mann packt aus

Hotel garni Bonner Hof,
Elsaßstr. 20, 50677 Köln-Neustadt/Süd,
Dienstag, 23. August 2005, 19:35 Uhr

Im Hotel angekommen fanden wir Chrissy Dümbgen an der Rezeption sitzend vor.
„Was wollt ihr denn hier?“, fragte er und blickte uns niedergeschlagen an.
„Wo ist Maik Wirtz?“, wollte ich wissen.
„Im Früh em Veedel. Wie jeden Mittwoch. Der hat sich so 'nem Stammtisch angeschlossen, der sich da immer trifft. Darf man fragen, was ihr von ihm wollt?“, fragte er, während wir bereits eiligen Schrittes das renovierungsbedürftige Hotel verließen.
Nach ein paar Minuten Fahrzeit waren wir an dem alten Gasthaus, das im Schatten der Severinstorburg lag, angekommen.
Als wir den Tresenbereich betraten, schlug uns eine Duftwolke aus Bier und Nikotin entgegen. Der Zappes nickte zur Begrüßung knapp, als er uns erblickte. „Zwei Kölsch, Männer?“, fragte er, was wir jedoch leider ablehnen mussten.
An einem der schweren Holztische erblickte ich Maik Wirtz, der sich mit ein paar ziemlich heruntergekommen wirkenden Typen, die wie abgehalfterte, alternde Zuhälter aussahen, angeregt unterhielt.
„Herr Wirtz?“, sprach ich ihn an.
„Wat es dann schon widder?“, fragte er leicht ungehalten.
„Wir müssen Sie bitten, uns zu begleiten.“
„Ey, ihr Klappspaten, verzieht üch!“, mischte sich einer von Wirtz' Freunden, ein faltiger Mittfünfziger mit Hawaiihemd, Goldkette und Pferdeschwanz, ein.
„Schorsch, siehste dann nit, dat dat de Schmier es?“, fiel ihm ein

anderer Goldkettenträger ins Wort, worauf der Wortführer nur beschwichtigend die Hände hob. Widerstandslos ließ sich Wirtz von uns vor die Tür begleiten und nahm auf der Rückbank Platz. Während der ganzen Fahrt sagte er keinen Ton. Erst, als wir im Büro ankamen, meldete er sich wieder zu Wort.

„Wat wollen Se dann noch von mir?"

Ich belehrte ihn erneut und stellte ihm meine erste, entscheidende Frage.

„Warum haben Sie letztens Herrn Schmahlacker begleitet, als er Frau Findeisen in ihrer Modelagentur an der Alteburger Mühle aufsuchte?"

Wirtz biss sich nervös auf die Lippen. „Da – da kann ich nix zu sagen, Mann. Echt nit. Dat säät mich jar nix!"

„Schon seltsam. Sehen Sie, die Kollegen haben Ihre Personalien aufgenommen, als Sie am 10. August Schmahlacker in seinem Auto begleiteten und er einen Unfall baute. Nach unseren Informationen war er da auf dem Weg zu Angelika Findeisen, der Verlobten Ihres Chefs Christian Dümbgen."

Wirtz schwieg weiter.

„Es wäre wirklich besser für Sie, wenn Sie auspacken. Sie wissen doch, wie das vor Gericht läuft, wenn es zur Verhandlung kommt."

„A-aber ich weiß doch nix ..."

„Jetz machen Sie hier doch nicht einen auf blöd!", schrie ich, während ich auf den Tisch schlug, wodurch Wirtz zusammenzuckte.

„Es ja jot, jo – ich hab dr Uwe begleitet. Aber wat dä da jemacht hat, weiß ich nit, wa."

„Woher kennen Sie Herrn Schmahlacker?"

„Dä kam vor 'n paar Wochen in et Hotel, wie dr Chrissy nit da war. Dä hätt mich anjeboten, viel Jeld zu verdienen, wenn ich ihm helf. Da war ich natürlich einverstanden."

„Was wollte er genau?"
„Er wollt wissen, ob mir noch e Einzelzimmer freihätten beim Weltjugendtach. Dat konnt ich bestätigen. Dr Uwe meinte, ich sollt dat Zimmer ens als reserviert eintragen. 'N paar Daach später rief der an und saat, dat dat Ding endjültich reserviert es. Dann kom dr Uwe persönlich vorbei un hat mich 15.000 Euro in bar jebracht – 15.000 Euro! So viel hat ich im Leben noch nit jesinn! Dr Uwe hat mich dann jesacht, dat ich ihm bei dr Vorbereitung für 'ne jroße Sache helfen könnte. Ich sollt irjendwat besorjen und im Hotel deponieren, wat den Verdacht op dr Chrissy lenken könnt ..."
„Für was?"
„Hat der mich och nit jesacht! Jedenfalls kam ich op de Idee, 'ner Knopf von seiner Blouson abzureißen un de dreckijen Stiefel, die dr Chrissy für de Renovierung von dr Hinterhof trug, an mich ze nehmen. Dr Uwe fand die Idee jut, sachte, dat ich dr Knopp un dr Zweitschlüssel von Njabanes Zimmer in et Postfach vom Portujies lejen un de Stiefel bei der Anreise vom Souza da Santa Maria in dessen Zimmer stellen sollt. Dat hab ich dann auch jemacht, wa."
„Aber warum, das wurde Ihnen nicht gesagt?"
„Nä! Aber ich konnt mich vorstellen, dat dat wirklich 'ne verdammt jroße Sache sein sollte. Aber ich hab auch nit jefracht, jing mich ja nix an. Ich hab dr Uwe aber jetz oft begleitet, wenn der unterwegs war. Botengänge un so. So bin ich dann auch bei dr Unfall mit dabei jewesen. Aber wat der bei der Angelika wollt – keine Ahnung."
„Dann reisten die Pilger an ..."
„Ja. Un dr Portujies war 'ne janz Leeve, warum ich die Stiefel bei dem in et Zimmer stellen sollt, konnt ich mir nit erklären. Erst am Morjen, nachdem dr schwatze Mönch bei uns tot im Hotel lag, wusst ich, worum et wohl jing. Aber da wor et ze spät. Dr

Uwe hat mich morjens anjerufen, ich hab für ihn 'ner Koffer in dr Hauptbahnhof einjelagert, die Abholkarte hab ich in et Postfach vom Portujies jetan. Dann war et widder ruhich."
Ich legte ihm die Bilder vor, die während Schmahlackers Observation von ihm und Wirtz gemacht wurden.
Wirtz nickte. „Ja, da hatt dr Uwe mich anjerufen, ob ich ihn zu dr Bank begleiten könnt. Mer sin dann zu 'nem Anwesen nach Niederkassel jefahren, wo sich dr Uwe mit wem jetroffen hat."
„Mit wem denn?"
„Dat weiß ich nit! Ich sollt immer in dr Auto warten, wa, kenn die all nit. Danach sin mer zurück zur Bank in dr Jereonsstroß. Dr Uwe kam mit 'ner Koffer zurück, den ich in dr Hauptbahnhof einschließen sollt, wa. Als ich mit dä Abholkarte widder in dr Hotel war, kam 'ner Zeitungsverkäufer, der sachte, dat dr Auftrag ausjeführt, dr Doktor Selbach tot sei – wer immer dr Doktor Selbach och es – un ich wat für et Chamäleon hätt. Vorher hatte mich 'ner unbekannte Mann anjerufen, der mich sachte, dat dr Zeitungsverkäufer vorbeikäm un dr Satz zu mir sagen tät."
„Wer steckt hinter den Tötungen Ngabanes und Doktor Selbachs?"
„Keine Ahnung! Dr Uwe hat mich nie jesacht, wer dat es! Un ich durfte nie mit rein, wenn der sich mit den Hintermännern jetroffen hat! Ich weiß et nit! Ehrlich!"
Eugen druckte Wirtz' Aussage aus und ließ sie von ihm unterschreiben, bevor wir ihn gegen halb eins morgens endlich ins Polizeigewahrsam brachten. Mit Wirtz' Aussage hatten wir den Beweis, dass Schmahlacker maßgeblich in den Mordfall verwickelt war. Über ihn würden wir an seine Hintermänner kommen.
„Das ist ganz schön heftig", sagte Theo, als er sich das Vernehmungsprotokoll durchgelesen hatte. „Aber ich geb dir recht, Pitter: Über Schmahlacker kommen wir an die Auftraggeber. Sehen wir zu, dass wir diesen Arsch schnappen."

Ich hörte, dass Nina laut gähnte, als ich zurück in mein Büro ging, wo ich über das mir bekannte Kennzeichen des Funkmietwagens in Erfahrung bringen konnte, dass die E-Klasse auf die Firma „Abdul's Funk-Miet-Service" eines Libanesen namens Abdul Ishaq zugelassen war. Nachdem ich deren Telefonnummer rausgesucht hatte, meldete ich mich bei deren Zentrale und erkundigte mich unter einem Vorwand nach Schmahlacker.
„Tach Jung, he es der Pitter", meldete ich mich – womit ich ja noch nicht mal gelogen hatte ... „Es der Schmahlackers Uwe bei üch? Ich mööt ens dringend met dem spreche!"
„Ey, Mann, was laberst du so komisch? Ich versteh dich kaum. Aber der Uwe, der hat heute Fahrt nach Paris, Mann. Voll geiler Auftrag! Der ist morgen früh zuhause, klar? Ruf übermorgen wieder an!"
Ich legte grußlos auf und informierte Theo, wobei ich unwillkürlich an den Felix-de-Luxe-Hit „Taxi nach Paris" aus den Achtzigern denken musste.
„Na, wenn unser Freund eh nicht im Lande ist, können wir es – glaube ich – verantworten, für heute Schluss zu machen. Bis morgen früh!", sagte Theo und packte kurz nach halb zwei seine Tasche. Auch ich ging nach Hause.

Am nächsten Morgen, gegen halb neun, hatte ich in aller Früh unseren MK-Leiter Theo und Eugen informiert und uns für die Frühbesprechung entschuldigt. Nachdem Kollege Fröbel und ich unsere Dienstwaffen geholt und uns in den alten Scorpio gesetzt hatten, machten wir uns die paar hundert Meter auf den Weg zu Schmahlackers Domizil.
Auf unser Klingeln wurde die Haustür geöffnet. Wir gingen über die knarrende alte Holztreppe in den ersten Stock. Ein ekliges Gemisch aus getrocknetem Schweiß, Schnaps, verschüttetem Bier, Urin und weiterer Körperausscheidungen schlug uns entge-

gen. Wir mussten uns durch mehrere Spinnweben kämpfen, bis wir vor der abgewetzten Holztür standen.
Schmahlacker, der nur mit Boxershorts bekleidet war und den Blick auf seine stark behaarte Brust preisgab, öffnete das quietschende Portal und sah uns überrascht an. „Was wollt ihr denn hier?“, fragte er leicht feindselig. „Ich hab heute meinen freien Tag, bin vor ’n paar Stunden erst aus Paris zurückgekommen. Heute können mich alle mal am Arsch lecken! Also: Was gibt’s?“
„Uwe, du bist wegen dringenden Tatverdachts der Beihilfe zum Mord vorläufig festgenommen. Es steht dir frei, dich zu der Beschuldigung zu äußern oder nicht zur Sache auszusagen und jederzeit einen Anwalt zu Rate zu ziehen. Darüber hinaus kannst du einzelne Beweiserhebungen beantragen – aber ich denke, das weißt du ja noch von deiner Zeit bei der Truppe. Mach uns keinen Ärger, zieh dir was an und dann komm mit. Wir werden dich in dein Schlafzimmer begleiten.“
„Ich war aber nicht auf Besuch eingerichtet, ihr Arschlöcher! Hab länger nicht aufgeräumt“, brummte er, während er widerwillig durch einen kleinen Flur mit abgeblätterter Blümchentapete, fleckigem Teppich und leeren Bierflaschen in den Ecken zu einem Zimmer schlurfte, das wohl als Schlafzimmer diente. Notdürftig zusammengeschusterter Kleiderschrank aus Spanholzplatten, fleckige Matratze mit dreckiger Bettwäsche als Nachtlager. Überall konnte man Schmutzwäsche, leere Schnaps- und Bierflaschen sowie zerknitterte Pornohefte ausmachen. Eine kärgliche Glühbirne an der Decke diente – eingerahmt von Spinnweben und blutigen Mückenleichen – als einzige Zimmerbeleuchtung. Erschüttert fragte ich mich, wie tief ein relativ angesehenes Mitglied der Gesellschaft doch sinken konnte. Vom Polizeihauptkommissar und ET-Leiter zum „Penner de luxe“ mit Dach über dem Kopf.
Nachdem sich Schmahlacker angezogen hatte, griff ich nach den Handfesseln am Gürtel.

„Ist das jetzt wirklich nötig?“, wollte Uwe mit einem Blick auf die Handschellen wissen, worauf ich jedoch nichts entgegnete.
Es war bereits kurz nach halb zehn, als wir mit ihm auf dem Präsidium erschienen. Schmahlacker legte ein umfassendes Geständnis ab – und nannte uns den Drahtzieher der Aktion, der sich ihm gegenüber erst zu erkennen gegeben hatte, als es um die Bezahlung des Auftragskillers ging, die der Detektiv durchführen sollte.
„Wo finden wir ihn jetzt?“, wollte ich abschließend wissen.
„Keine Ahnung. Da müsst ihr seine Sekretärin fragen. Oder seine Frau. Ich weiß es nicht.“
Nach gut vier Stunden hatte Uwe sein Gewissen erleichtert. Wegen Beihilfe zum Mord wurde er in U-Haft genommen und später auch angeklagt – diesmal kam er nicht mit einer lächerlichen Bewährungsstrafe davon ...
Während sich Nina, Theo, Wolle und Hacki auf den Weg in das Büro des Drahtziehers machten, fuhren Eugen, Figo und ich zu seiner Wohnanschrift.
Es war bereits nach zwei, als wir im Hahnwald ankamen. Vor uns lag die große weiße Villa mit Dachgeschoss, dunklem Walmdach und breiter Garage, die uns als Wohnanschrift des Beschuldigten bekannt war.
„Ich glaube, wir kommen keinen Moment zu früh“, sagte Eugen mit einem Blick auf den schwarzen Porsche Cayenne, der in der gepflasterten Einfahrt stand und in dessen Kofferraum unser Beschuldigter gerade hastig einige Koffer einräumte. Als der Mann unser Auto erblickte, riss er panisch die Augen auf, stieg ein und brauste uns entgegen.
„Scheiße!“, sagte Figo. „Der hält direkt auf uns zu!“
„Und der hat auch noch ’ne Beifahrerin an Bord“, ergänzte ich, als ich die langen blonden Haare auf dem Platz neben dem Mann entdeckt hatte, die mich das Schlimmste erahnen ließen ... Mein

Herz schlug bis zum Hals, als dieser Kamikaze-Fahrer die Schnauze seines SUV im letzten Moment auf den Bordstein lenkte, um uns auszuweichen, während ich eine Vollbremsung hinlegte und in die andere Richtung einlenkte, wodurch sich unser betagter Ford mit quietschenden Reifen fast querstellte – was mir genügend Schwung gab, zu drehen. Während ich das Gaspedal durchdrückte, um dem Geländeporsche mit überhöhter Geschwindigkeit zu folgen, informierte Figo unseren MK-Leiter. Eugen setzte derweil einen Funkspruch ab und erbat Unterstützung. In dem wie ausgestorben wirkenden Prominentenviertel musste unsere Verfolgungsfahrt für einige Aufregung gesorgt haben. Aber darüber nachzudenken, blieb uns keine Zeit.

16. Kapitel: Die Flucht

Bonner Landstr., 50996 Köln-Hahnwald,
Mittwoch, 24. August 2005, 14:33 Uhr

Mit quietschenden Reifen preschte ich dem schwarzen Cayenne hinterher, der sich im dichten Berufsverkehr auf die Kreuzung zum Kiesgrubenweg bewegte. Angesichts der unterschiedlichen Motorleistungen und Fahrwerke war es ein ungleiches Duell à la David und Goliath, das wir uns mit dem Flüchtenden lieferten. Der große Porsche hatte jetzt schon einen beträchtlichen Vorsprung. Ich sah gerade noch, wie er rechts in den Kiesgrubenweg einbog, wobei er die rechts abbiegenden Fahrzeuge rücksichtslos, über den Bordstein rumpelnd, in zweiter Reihe überholte. Mangels Sondersignal oder Blaulicht war ich froh, dass Eugen daran gedacht hatte, von der Führungsstelle zumindest eine Anhaltekelle mitzunehmen. Diese hielt er jetzt aus dem Seitenfenster, während ich mit Lichthupe und Hupe versuchte, an den abbiegenden Fahrzeugen halbwegs unbeschadet vorbeizukommen. Einige Verkehrsteilnehmer quittierten das nur mit Kopfschütteln oder dem berühmten Stinkefinger ... Da aber auf der Abbiegespur zu viel Betrieb war, bremste ich ab und setzte auf die Fahrspur zurück, die geradeaus führte.

„Was hast du vor?", wollte André mit bebender Stimme wissen.

Ich nahm all meinen Mut zusammen und überholte wortlos eine Reihe vor einer roten Ampel wartender Autos. Um die Kolonne links zu überholen, musste ich in den Gegenverkehr rasen. Ein Lkw kam mir hupenderweise entgegen.

„Pass auf!", schrie Eugen, während der Laster immer näher kam. Sekunden und Zentimeter vor dem Zusammenprall konnte ich gerade noch rechtzeitig scharf rechts einlenken. Das Heck unseres großen Zivilwagens war dadurch ausgebrochen, annähernd im Neunzig-Grad-Winkel drifteten wir um die Kurve. Ich hatte Mühe, die Kontrolle über das Fahrzeug wiederzuerlangen. Das war mehr als knapp. Irgendwann hatten wir es dann doch geschafft, die betriebsame Kreuzung zu meistern. Ich spürte, wie meine Halsschlagader regelrecht bebte.

„Weiterfahrt auf Kiesgrubenweg, Fahrtrichtung A fünf-fünf-fünf, AS Rodenkirchen. ZF biegt auf BAB ab, fährt Richtung Bonn“, vernahm ich Eugen, der sich am Mikro und dem Handgriff über der Tür festkrallte. Von Figo hatte ich seit einigen Minuten keinen Ton mehr gehört.

Abstand zum Cayenne: geschätzte zwei- bis dreihundert Meter. Er war schon auf die Autobahn Richtung Bonn abgebogen, während wir immer noch auf dem Kiesgrubenweg waren. Von den Kollegen in ihren grün-weißen beziehungsweise -silbernen Fahrzeugen nicht der Hauch einer Spur – auch wenn die Kollegen der Marienburger Wache zugesagt hatten, uns mehrere Streifenwagen zur Unterstützung zu schicken.

„91/16 von Arnold! Edwin ist informiert, von APHW Bensberg rollen mehrere Einsatzmittel an, auf BAB dreimal fünf befindet sich Höhe Wesseling Edwin 12/33, der unverzüglich unterstützen kann und auf Frequenz vier-vier-acht umschaltet!“, hörte ich den Einsatzbeamten unserer Leitstelle, der uns darüber informierte, dass uns eine Streifenwagenbesatzung der Frechener Autobahnpolizeiwache unterstützen könne, während die eigentlich zuständige Autobahnpolizeihauptwache Bensberg weitere Einsatzkräfte schickte.

In der Zwischenzeit hatte ich unser Zielfahrzeug aus den Augen verloren. Trotzdem versuchte ich, alles aus unserem alten Ford herauszuholen. Adrenalin pur. Die Tachonadel hatte sich bei 160 km/h eingependelt. Eugen versuchte immer wieder mittels wildem Schwenken der Anhaltekelle hinter der Windschutzscheibe, den anderen Autofahrern anzudeuten, endlich zur Seite zu fah-

ren. Teilweise schrie er lauthals „Weg da!“ oder auch „Mach doch Platz, verdammt!“
Irgendwie schafften wir es auch ohne Blaulicht und Martinshorn, uns an den müden Berufspendlern vorbeizuquetschen. Die Anschlussstelle Sürth war in Sichtweite. Vorsprung des Cayenne: keine Ahnung. Ich hatte ihn zwar wiederentdeckt, jedoch war er nur ein kleiner schwarzer Punkt in weiter Ferne und schien uneinholbar. Wo wollte der Kerl bloß hin? Ich holte alles aus dem Scorpio raus und spürte, wie mein Herz immer höher schlug. Schweißperlen liefen mir in die Augen und sorgten für einen brennenden Schmerz. Während sich Eugen nunmehr komplett darauf konzentrierte, mir mithilfe seiner Kelle irgendwie den Weg zu ebnen, hatte Figo den Funkerposten übernommen.
Vorbei an den Godorfer und Wesselinger Raffinerien und Chemiefabriken fuhren wir weiter Richtung Bonn. Eugen und Figo hatten sich immer noch an ihren Türgriffen festgekrallt. Obwohl das nicht meine erste Verfolgungsfahrt war, konnte ich ihre Anspannung nachvollziehen. Schließlich ging es mir nicht anders. Mit übertrieben festem Griff umklammerte ich das Lenkrad, meine verschwitzten Hände klebten am Steuer. Die Tachonadel zitterte der 180 entgegen – und damit der von Ford angegebenen Höchstgeschwindigkeit unserer alten Reiselimousine ... Mehr ging einfach nicht. Wir rasten weiter auf der A 555, der alten Bundeshauptstadt Bonn entgegen. Wesseling. Vor uns erblickte ich einen grün-weißen Omega Caravan mit eingeschaltetem Blaulicht und Martinshorn.
„Edwin 12/33 von Arnold 91/16! Sind unmittelbar hinter euch in silbernem Zivil-Scorpio!“, hörte ich die zittrige Stimme Figos.
„Verstanden, Arnold 91/16! Haben euch im Blick! Hängt euch in unseren Windschatten! Haben Sichtkontakt auf ZF!“
Ich fuhr unseren Autobahnkollegen so dicht auf, dass ich ihnen fast ins Heck geknallt wäre. Im Formationsflug näherten wir uns

dem Zielfahrzeug, das nur noch gut hundertfünfzig Meter Vorsprung hatte. Aber irgendwann waren die letzten Reserven unseres Wagens erschöpft. Wir mussten den um einiges schnelleren Streifenwagen der Autobahnpolizei ziehen lassen. Ich sah, wie „Edwin 12/33“ weiter beschleunigte und uns regelrecht abhängte. Inzwischen hatten wir Bornheim passiert.
Da geschah es. Aus dem Augenwinkel sah ich, wie ein lahmer Twingo zum Überholen eines noch langsameren Lkw ansetzte und dafür auf die linke Spur zog. Ich wähnte mich einem Herzinfarkt nahe, als der winzige Renault mit gerade mal Tempo hundert hektisch nach links zog und bis auf wenige Zentimeter an unseren vorderen Radkasten herankam. Mein Hupen und die Anhaltekelle Eugens hatte der Fahrer des Kleinwagens wohl vollkommen übersehen. Instinktiv zog ich das Lenkrad nach links Richtung Mittelleitplanke, die nun ihrerseits auch bedrohlich nahe kam.
„Pitter! Lass die Scheiße! Brems ab und zieh wieder nach rechts!“, hörte ich die panische Stimme Eugens.
„Aber echt, Mann! Das geht schief!“, meldete sich jetzt auch Figo.
Aber es passte. Zwar war es nur eine Sache von Millimetern, dass wir nicht in die Leitplanke knallten, aber die Twingofahrerin hatte ihren Fehler bemerkt und zog wieder nach rechts – gerade noch rechtzeitig, um den Scorpio vor dem Zusammenprall mit der Schutzplanke abzufangen.
„Du bist doch wohl vollkommen übergeschnappt! Das hätte uns alle den Arsch kosten können!“ Ich hatte Eugen bislang noch nie so aufgebracht erlebt.
Nur ein paar Sekunden später knackte es im Funkgerät, während ich in einiger Entfernung die ersten abrupt aufleuchtenden Bremslichter sah.
„Arnold 91/16 von Edwin 12/33! ZF ist kurz vor AK Bonn-Nord mit langsamerem Vorderfahrzeug kollidiert! Wir geben Ed-

win Bescheid und sichern Unfallstelle, schalten wieder auf unsere Frequenz drei-sechs-eins!"

„Verstanden, Edwin 12/33!", antwortete Figo mit bebender Stimme.

Auch wir mussten nun verkehrsbedingt abbremsen. Im Schritttempo kämpften wir uns dank Eugens Anhaltekelle durch den Stau, den der Unfall verursacht hatte. Die beiden Kollegen der Autobahnpolizei hatten bereits Warnlampen und Pylonen aufgestellt, um den stockenden Verkehr an der Unfallstelle vorbeizuleiten.

Ich schaltete die Warnblinkanlage an, wir stiegen aus und gingen zu den uniformierten Kollegen, die sich in den demolierten Cayenne beugten, der einem Fiat Ducato ins Heck gerast war.

„So, jetzt steigen Sie mal endlich aus dem Wagen!", sagte die junge Kollegin mit fester Stimme zu dem Fahrer und hatte die Hand am Griff der Waffe im Pendelholster.

Ihr älterer Kollege stand auf der Beifahrerseite und sprach in sein Handfunkgerät. „Ihr seid die Kollegen von der Kripo Köln, richtig?"

Ich nickte und stellte uns vor.

„Der Irre ist dem Ducato fast ungebremst hinten drauf gerast. Gott sei Dank hat die Denise das noch rechtzeitig geschafft – sonst wären wir selbst in den Unfall verwickelt gewesen! Dem Ducatofahrer ist wohl nichts passiert", sagte er mit einem Blick auf den jungen Mann, der kopfschüttelnd an die Leitplanke gelehnt stand und die Arme vor der Brust verschränkt hatte. „Und die Insassen des Cayenne haben auch verdammtes Glück gehabt", fuhr er fort.

Hinter uns ertönten mehrere Signalhörner. Ein RTW und zwei weitere Opel-Kombis der Autobahnpolizei hielten an der Unfallstelle.

Der Fahrer des Cayenne stieg aus und hielt sich ein blutdurch-

tränktes Taschentuch an die Stirn. Ein Rettungssanitäter sah sich die Wunde an und verband sie.
Ich ging derweil zur Beifahrerseite, von wo aus ich ein lautes Schluchzen hörte. Die Frau sah mich mit verheulten Augen an. Vor ihr hing der erschlaffte Beifahrerairbag.
„Pitter, es tut mir alles so leid!"
„Halt ja die Schnauze, du verlogene Schlampe!", schrie ich meiner Exfrau entgegen, während Dr. Guntram Bürger, dem Fahrer des Cayenne, von Eugen Handschellen angelegt wurden ...

Epilog – Teil I (Das Geständnis)

Polizeipräsidium Köln, Dir K, KI 1, KK 11, MK 3, Walter-Pauli-Ring 2–4, 51103 Köln-Kalk, Mittwoch, 24. August 2005, 23:37 Uhr

„So, kommen Sie, Doktor Bürger“, sagte ich zu dem Vorstandsvorsitzenden der HohenfelsBank AG, nachdem mich Nina in Theos Büro gerufen und Dr. Bürger das Vernehmungsprotokoll durchgelesen und unterschrieben hatte. Ich legte ihm Handschellen an und brachte ihn in Polizeigewahrsam, wo er in einer trostlosen Zelle auf seine Haftvorführung am nächsten Tag warten sollte.
Zurück im Büro las ich mir die Vernehmung durch, deren Inhalt mich nur mit dem Kopf schütteln ließ.

(...)
Zur Sache

In den Räumen o. g. Dienststelle wird Dr. Guntram Bürger als Beschuldigter vernommen. Die Sachlage wird in Kurzform erörtert. U. a. sollen der Tathergang sowie die diesbezüglichen Hintergründe geklärt werden.

Zur Person erklärt er im Folgenden:

Ich habe 1969 auf dem Aloisiuskolleg in Bonn das Abitur absolviert. Danach habe ich meinen Wehrdienst beim Stab der Versorgungsflottille der Bundesmarine in Cuxhaven geleistet, bevor ich an der Universität Bonn Betriebswirtschaftslehre studierte, wo ich 1978 meinen Abschluss machte und später auch promovierte. Im Jahre 1979 habe ich bei der Kölner Bank eine Stelle als Manager angenommen, bevor ich 1985 zur Hohenfels'schen Credit-Anstalt als Chefökonom wechselte, deren Vorstandsvorsitzender ich seit 1996 bin.

Ich bin nicht vorbestraft.

Zur Sache:

Ich hatte Gelegenheit, nach meiner vorläufigen Festnahme mit meinem Anwalt, Herrn Hubertus Gürtler, zu sprechen, der mir anriet, ein umfassendes Geständnis abzulegen. Ich werde dem Rat meines Verteidigers folgen und bin bereit, in vollem Umfang auszusagen.

In diesem Zusammenhang möchte ich anmerken, dass ich auch die Ermordungen Karl-Ludwig von Hohenfels' und Prof. Dr. Domenico Prangettis in Auftrag gegeben habe, die mir bislang nicht zur Last gelegt wurden.

Frage:
Weshalb haben Sie die Ermordungen von Karl-Ludwig von Hohenfels, Prof. Dr. Domenico Prangetti, Bartholomé Ngabane und Weihbischof Dr. Innozenz Selbach in Auftrag gegeben?

Antwort:
Nachdem im Mai 2003 auf Grund eines anonymen Hinweises das Nachrichtenmagazin „DER SPIEGEL" einen Bericht veröffentlichte, wonach Mitglieder der Von-Hohenfels-Stiftung in den illegalen Handel mit Rohdiamanten aus dem Kongo, sog. „Blutdiamanten", verwickelt seien, begann Karl-Ludwig mit entsprechenden Nachforschungen. Da ich der Drahtzieher des Handels war, musste ich Karl-Ludwig von Hohenfels beseitigen.

Der Beschuldigte wird darüber belehrt, dass zu o. g. Tatvorwürfen auch noch der Tatvorwurf eines Verstoßes gegen das Außenwirtschaftsrecht hinzukommen könnte, der gesondert verfolgt würde. Der Beschuldigte wird über seine Rechte belehrt und erklärt, auch diesbezüglich weiter aussagen zu wollen.

Frage:
Bitte erläutern Sie, wie Sie in den Handel mit kongolesischen Diamanten verwickelt waren und schildern Sie die Hintergründe.

Antwort:
Das hatte nicht zuletzt einen persönlichen Hintergrund. So lange ich denken kann, war ich für Karl-Ludwig eine Art Ziehsohn. Gerade nach dem Tod meiner Eltern war er eine Vaterfigur für mich, die ich bewunderte – obwohl er gerade mal 11 Jahre älter war als ich. Es schmerzte mich zutiefst, dass er im Jahre 1999 eine Medienkampagne startete, um einen geeigneten Kandidaten zu finden, den er adoptieren könne und der sein millionenschweres Vermögen erben solle. Ich fühlte mich hintergangen und war außer mir vor Wut.
Kurze Zeit später erfuhr ich vom Hilfskoordinator unserer Stiftung, Herrn Raymond De Boer aus Südafrika, zu dem ich seit Jahren ein freundschaftliches Verhältnis pflege, dass ihm bei einem Inspektionsbesuch des Waisenheims „Hospice de Saint-François" in Mwene-Ditu, Demokratische Republik Kongo, von einem Rebellenführer im Dienste Kabilas, Aristide Matongo, Rohdiamanten zum Verkauf angeboten wurden. Dieser Matongo hielt sich zufällig in der Gegend auf. De Boer und er kamen in einem Café ins Gespräch.
Da die Regierung Kabila kaum über finanzielle Mittel verfügte, den Kampf ihrer Anhänger zu unterstützen, wurde Matongo eine Minenkonzession erteilt, um Diamanten zu fördern und zu verkaufen, um damit seine Kriegshandlungen zu finanzieren.
De Boer sagte weiterhin, dass man den Handel nach Ankauf über

einen seiner Bekannten namens Willem Bakker, einen hochrangigen Manager bei der United Transvaal Mining in Johannesburg, abwickeln könnte.
Angesichts der in Aussicht gestellten Gewinne und auf Grund der tiefen Enttäuschung über Karl-Ludwigs Entscheidung, Ralf adoptiert zu haben, willigte ich ein und beschloss, zwei vertrauenswürdige Kuratoriumsmitglieder der Von-Hohenfels-Stiftung in meine Pläne einzuweihen, die sofort hellauf begeistert waren und mich ihrer diesbezüglichen Unterstützung versicherten.

Frage:
Wie lauten die Namen dieser Mitglieder?

Antwort:
Dr. Kai Tannenbusch und Udo Schmelzer.

Frage:
Wie lief der Ankauf der Diamanten konkret ab?

Antwort:
Jedes unserer Kuratoriumsmitglieder führt jährlich einen nicht unbeträchtlichen Spendenbetrag an die Stiftung ab. Das Geld wird auf das Stiftungskonto in Südafrika überwiesen, auf das De Boer Zugriff hat. Von einem Teil der Spendengelder kaufte er Matongo die Rohdiamanten ab und schmuggelte sie nach Südafrika, wo sie gegen eine Gewinnbeteiligung von 10 Prozent von Bakker als dort regulär geschürft auf dem Weltmarkt verkauft bzw. seit Inkrafttreten des Kimberley-Prozesses Anfang 2003 von ihm bei den dortigen Regierungsstellen mit entsprechenden Herkunftszertifikaten versehen wurden, um sie dann ungehindert verkaufen zu können. Den Gewinn überwies Bakker auf das belizische Konto der IHS Trade Consulting, einer von mir eigens dafür gegründeten Firma in

der Hauptstadt Belmopan, die ich nach dem Symbol des Jesuitenordens, dem Monogramm „IHS“, benannte.
Vom Konto der IHS wurden dann Überweisungen auf die belizischen Konten der o. g. Kuratoriumsmitglieder sowie später auch unseres neuen Förderers Ümit Göcök überwiesen, die offiziell als „Beratungszahlungen“ ausgewiesen wurden.

Frage:
Sie haben eben bereits erwähnt, den Mord an Karl-Ludwig von Hohenfels in Auftrag gegeben zu haben. Wie lief das konkret ab?

Antwort:
Als ich aus der Presse erfuhr, dass Karl-Ludwig beabsichtigte, dem Diamantenhandel innerhalb der Von-Hohenfels-Stiftung nachzugehen, war mir klar, handeln zu müssen.

Vorhalt:
Dem Beschuldigten wird eine Faxkopie der Nachricht von Raymond De Boer vom 11.05.2003 vorgelegt. (vgl. Bl. 359 ff. d. A.)

Frage:
Das Original dieser Faxnachricht wurde uns durch Dr. Selbach übersendet. War es an Sie gerichtet?

Antwort:
Ja. Ich hatte es seinerzeit aus Unachtsamkeit in Karl-Ludwigs Papierkorb entsorgt. Wenn Sie mir sagen, dass Dr. Selbach in dessen Besitz war, schließe ich daraus, dass er damals höchstwahrscheinlich den anonymen Hinweis an den „SPIEGEL“ geschickt hat. Raymond hatte mir dieses Fax übersandt, da Willem nach nur wenigen Monaten aus heiterem Himmel eine höhere Umsatzbeteiligung für die Kimberley-Zertifizierung verlangte.

Wie ich bereits eingangs erwähnte, war mir damals klar, handeln zu müssen. Von Udo Schmelzer wusste ich, dass einer seiner Fahrer, Olaf Czepanski, ein ehemaliger Abhörspezialist des MfS, also der Stasi, war. Czepanski erklärte sich gegen eine angemessene Entlohnung bereit, die Wohn- und Büroräume sowie die Telefone von Karl-Ludwig, Dr. Selbach und Prof. Dr. Prangetti zu verwanzen.

Frage:
Warum gaben Sie die technische Überwachung von Dr. Selbach und Prof. Dr. Prangetti in Auftrag?

Antwort:
Sie hatten sich bei unseren regelmäßigen Sitzungen dahingehend geäußert, Karl-Ludwig bei seinen Ermittlungen nach Kräften zu unterstützen, hielten den Handel mit Blutdiamanten unter dem Deckmantel einer Hilfsstiftung für „widerwärtig". Ich betrachtete sie also als Gefahr.
Über die Telefonüberwachung bekamen wir mit, dass Karl-Ludwig wiederholt bei unserer Bankendependance in Belize anrief und sich eingehend nach den Konten der IHS erkundigte. Er kündigte seinem belizischen Stellvertreter an, die Firma eingehend unter die Lupe zu nehmen, weswegen er eigens nach Belize reisen wollte. Da fiel mir ein, dass Godinho Henrigues Neto, unser Hilfskoordinator für Lateinamerika, mir gegenüber in einem vertraulichen Gespräch erwähnte, dass er einen Auftragskiller kenne, der sich nur „Das Chamäleon" nenne. Godinho hatte dessen Dienste wiederholt in Anspruch genommen, stand in Kontakt mit ihm. Er setzte sich mit dem „Chamäleon" in Verbindung. Da ich von Godinho wusste, dass das „Chamäleon" vorrangig Giftanschläge verübte, ließ ich klarstellen, dass das in diesem Fall nicht in Frage kam. Schließlich wollte ich es wie einen Unfall aussehen lassen, da Karl-Ludwig als Raser bekannt war und ich mit einem Giftmord keine „schlafenden

Hunde“ wecken wollte. Das ließ ich dem „Chamäleon“ über Godinho ausrichten.
Über Godinho ließ mir das „Chamäleon“ seinerseits ausrichten, dass diese Vorgehensweise kein Problem darstelle. Da ihm durch Godinho versichert wurde, dass ich absolut vertrauenswürdig sei, und um kürzere Kommunikationswege zu ermöglichen, wies er mich an, ein E-Mail-Konto einzurichten, über das wir unmittelbar in Verhandlung treten konnten.

Frage:
Wie lautet diese E-Mail-Adresse, die Sie einrichteten?

Antwort:
„client42@yahoo.com“

Frage:
Ist Ihnen der bürgerliche Name des Auftragsmörders „Das Chamäleon“ bekannt?

Antwort:
Nein.

Frage:
Wie lautet die Ihnen bekannte E-Mail-Adresse des „Chamäleons“?

Antwort:
„peacemaker@yahoo.com“

Frage:
Wie lief die Beauftragung des „Chamäleons“ hinsichtlich der Ermordung Karl-Ludwig von Hohenfels‘ weiter ab?

Antwort:

Ich nannte ihm den Reisetermin Karl-Ludwigs nach Belize. Das „Chamäleon“ bat mich, selbst nach Belize zu reisen und mich mit einer halben Million US-Dollar bereit zu halten. Das Geld hob ich von meinem Schwarzgeldkonto in Belize ab, nachdem ich Karl-Ludwig nachgereist war.

Zwei Tage nach meiner Ankunft wurden mir vom „Chamäleon“ per E-Mail Bilder übersandt, die das Autowrack Karl-Ludwigs und Bilder der beiden Leichen zeigten.

Ich deponierte das Geld in einem Schließfach am Flughafen Belize, bevor ich nach Hause flog.

Frage:

Schildern Sie, wie der Tathergang hinsichtlich des Mordes an Prof. Dr. Prangetti ablief.

Antwort:

Als im Juni der „SPIEGEL“ erneut einen Bericht über den Ankauf von Blutdiamanten durch die Von-Hohenfels-Stiftung veröffentlichte, wusste ich, dass erhöhte Aufmerksamkeit vonnöten sein würde. Im Vorfeld hatten wir über die Telefonüberwachung das Gespräch zwischen Weihbischof Dr. Selbach und dem Heimleiter, Frère Henri Beaumont aus Mwene-Ditu, mitbekommen. Frère Henri erwähnte, dass sein junger Mitarbeiter Bartholomé in der Stadt eine Diamantenübergabe zwischen De Boer und Matongo, für den er einst als Kindersoldat kämpfen musste, beobachtet habe. Von der Übergabe habe er Bilder gemacht und einen Diamanten als Beweisstück entwendet.

Daraufhin setzte sich Dr. Selbach mit Prof. Dr. Prangetti telefonisch in Verbindung. Prangetti war fassungslos und schlug vor, den jungen Mönch mit seinen Beweisen zum Weltjugendtag einzuladen, um mit ihm den Fall zu besprechen. In der Zwischenzeit wollte

Prangetti seinen Dolomitenurlaub für die Prüfung der Stiftungsbücher nutzen. Gleichzeitig riet er Dr. Selbach, die Polizei einzuschalten, der aber lieber das Nachrichtenmagazin „DER SPIEGEL" einschalten wollte, was ja letztendlich auch geschah. Zwei Wochen nach Veröffentlichung des Berichts kündigte Prangetti in seinem SPIEGEL-Interview dann auch ganz offiziell an, die Bücher während seines Urlaubs prüfen zu wollen. Er ließ sich von mir die Buchhaltungsdaten der letzten Jahre auf Speicherdiskette aushändigen, was insoweit unproblematisch war, da Prangetti auf diesen Dateien keinerlei Unregelmäßigkeiten feststellen konnte.
Trotzdem beschlossen wir, Prangetti aus dem Weg zu räumen.

Frage:
Wen meinen Sie mit „wir"?

Antwort:
Meine Komplizen und Mitwisser Dr. Kai Tannenbusch, Udo Schmelzer und Ümit Göcök. So kontaktierte ich abermals das „Chamäleon", dem ich mitteilte, wo sich Prangetti aufhalten würde. Der Auftragskiller schlug vor, sich mit Prangetti vor Ort als „Bergkamerad" anzufreunden. Ich wusste schließlich, dass Prangetti ein begeisterter Bergsteiger war. Zeitgleich sollte ein Vertrauter von mir nach Norditalien reisen und eine halbe Million US-Dollar bereithalten, die ich gemeinsam mit meinen drei Komplizen organisiert hatte.

Frage:
Wer ist dieser Vertraute?

Antwort:
Uwe Schmahlacker. Ralf von Hohenfels hatte ihn uns vor einiger Zeit als seinen ehemaligen Chef und jetzigen Privatdetektiv vor-

gestellt, der ständig in Geldnot sei. Als Dr. Selbach im Verlauf der o. g. Telefonate seinem Freund Prangetti mitteilte, einen Privatdetektiv engagieren zu wollen, um die Hintergründe aufzuklären, installierten wir Schmahlacker wie eine Zufallsbekanntschaft. Da wir wussten, dass Dr. Selbach häufig das „Haus Pohle" in GL-Schildgen aufsuchte, ließen wir Schmahlacker den Weihbischof „zufällig" kennenlernen und in ein Gespräch verwickeln. Dr. Selbach fand Schmahlacker sehr sympathisch und engagierte ihn letztendlich als Detektiv, wodurch wir Dr. Selbachs weitere Vorgehensweise kontrollieren konnten. Zu diesem Zeitpunkt war nicht geplant, auch Dr. Selbach aus dem Weg zu räumen.
Das „Chamäleon" erledigte seinen Auftrag. Schmahlacker hinterließ im Gepäckschließfach am Bahnhof von Trient das Geld und kehrte nach Köln zurück, wo er sich um die Ankunft Ngabanes kümmerte. Schließlich wollte Dr. Selbach auch nach Prangettis Tod nicht davon ablassen, den jungen Mönch aus dem Kongo zu empfangen, und bat Schmahlacker, eine sichere Unterkunft zu organisieren.

Der Beschuldigte bittet um eine kleine Pause. Die Vernehmung wird um 20:34 Uhr unterbrochen. Dr. Bürger wird Gelegenheit gegeben, in Begleitung von KHK Voß die Toilette aufzusuchen und ein Erfrischungsgetränk zu sich zu nehmen. Um 20:47 Uhr wird die Vernehmung fortgesetzt.

Antwort:
Wenn ich gebeten werde, mit meiner vor der Pause getätigten Aussage fortzufahren, gebe ich an, dass meine o. g. Komplizen und ich uns im Klaren waren, dass Ngabane den Weihbischof niemals treffen durfte und die Beweise verschwinden mussten.
Schmahlacker hatte letztendlich die Idee, den Mönch im Hotel garni „Bonner Hof" seines ehemaligen Kollegen Christian Dümbgen einzuquartieren und dort ermorden zu lassen.

Frage:
Warum kam Schmahlacker auf diese Idee?

Antwort:
Schmahlacker machte Dümbgen für seine desolate Lage verantwortlich. Schließlich wurde er auf Grund der verbrecherischen Umtriebe Dümbgens zu einer Bewährungsstrafe verurteilt und aus dem Polizeidienst entlassen. Schmahlacker hasste Dümbgen dafür.
Er machte uns den Vorschlag, Dümbgen den Behörden als „Sündenbock“ darzubieten. Mit unserer Zustimmung weihte er den geldgierigen Rezeptionisten Maik Wirtz in seine Pläne ein, der zusagte, gegen Bezahlung Schmahlacker bei den Vorbereitungen der Tat zu unterstützen, während ich abermals das „Chamäleon“ per E-Mail reaktivierte und ihm Schmahlackers Plan vortrug.

Frage:
Wie sahen die Pläne Schmahlackers aus?

Antwort:
Da Schmahlacker von Wirtz wusste, dass während des Weltjugendtags im „Bonner Hof“ noch ein Zimmer frei sei, schlug er vor, den Mörder dort als Gast einzuquartieren – womit sich das „Chamäleon“ einverstanden erklärte. Weiterhin ließ er am Tattag von Wirtz einen abgerissenen Knopf des Veloursblousons Dümbgens sowie einen Zweitschlüssel des Zimmers Ngabanes für das „Chamäleon“ deponieren. Darüber hinaus hinterlegte Wirtz die von Dümbgen während der Bauarbeiten im Hinterhof genutzten alten Einsatzschuhe im Zimmer des „Chamäleons“, die er bei der Tatausführung tragen sollte, um über die damit gelegte „Schmutzspur“ letztendlich zu Dümbgens Blouson im Hinterhof, den Wirtz dort abgelegt hatte, zu führen.
Ich wies das „Chamäleon“ an, es diesmal nicht auf den ersten Blick

wie einen Giftmord aussehen zu lassen. Vielmehr wollte ich, dass Sie zuerst annehmen, er sei erdrosselt oder erwürgt worden – aus heutiger Sicht mit mehr als dürftigem Erfolg. Das Ziel, Ngabane mundtot zu machen und die von ihm mitgeführten Beweise zu finden, wurde ebenfalls nur halb erreicht, da das „Chamäleon“ zwar nach den Beweisstücken suchte, sie aber nirgends in Ngabanes Zimmer fand.

Frage:
Hat das „Chamäleon“ auch die Polizei alarmiert?

Antwort:
Ja, das war Bestandteil des Plans. Schließlich sollte Ngabane gefunden und Dümbgen damit des Mordes bezichtigt werden. Nach Ausführung der Tat deponierte das „Chamäleon“ den abgerissenen Knopf in Ngabanes Hand und brachte die Schuhe wieder zum Hinterhof, bevor er bei Ihnen anrief. Am nächsten Morgen deponierten Schmahlacker und Wirtz im Schließfach des Hauptbahnhofs den Koffer mit dem Honorar für das „Chamäleon“. Die Magnetstreifenkarte zur Abholung hielt Wirtz im „Bonner Hof“ bereit.

Frage:
Wie ist Frau Findeisen hinsichtlich Ihrer Falschaussage bezüglich des Alibis Dümbgens in den Fall verwickelt?

Antwort:
Im Vorfeld hatte Schmahlacker abgeklärt, dass sie in ihrer Beziehung zu Dümbgen unglücklich war. Darüber hinaus drohte ihrer Modelagentur die Insolvenz. Also überredete er sie, Dümbgens Alibi auf Nachfrage der Behörden nicht zu bestätigen, wofür sie Geld von mir bekam. Den Betrag überbrachte ihr dann Schmahlacker.

Frage:
Schildern Sie, wie es letztendlich zum Mord an Dr. Selbach kam.

Antwort:
Uns – also allen an dem Mordkomplott gegen Ngabane Beteiligten – war bewusst, dass mit dem Tod des Mönchs auch Dr. Selbach angesichts der unmittelbaren Bedrohung entweder verstummen oder eine noch größere Gefahr darstellen würde. Ich bat den Auftragskiller, so lange unter verdeckter Identität in Köln zu bleiben – er hatte nach Beendigung des Weltjugendtags sonntagabends im „Bonner Hof" ausgecheckt und war in ein mir unbekanntes Hotel gezogen –, bis wir darüber entschieden, was mit Dr. Selbach geschehen sollte. In diesem Zusammenhang gebe ich zu Protokoll, dass ich auf dem diesjährigen Neujahrsempfang der IHK Köln Frau Maria von Preysing-Osterloh kennenlernte, die für das Bankhaus Sal. Oppenheim als Managerin arbeitete. Wir verliebten uns ineinander und trafen uns ab dem damaligen Zeitpunkt heimlich, da wir beide verheiratet sind. Als letztens Ihre Kollegen Fröbel und Merzenich bei mir im Büro erschienen, um mich zum Tode Ngabanes zu befragen, wurde mir bekannt, dass Ihr Kollege der Ex-Mann von Frau von Preysing-Osterloh ist.
Da ich unbedingt wissen musste, wie es um den diesbezüglichen Stand ihrer Ermittlungen beschieden war, bat ich sie, Herrn Merzenich zuhause aufzusuchen und ihn zu verführen. Schweren Herzens willigte sie ein. Leider konnte Maria ihn trotz ihrer heißen Liebesnacht nicht dazu bewegen, sich dementsprechend zu äußern.

Vorhalt:
Dem Beschuldigten werden die Lichtbilder vorgelegt, die im Rahmen der Observation Schmahlackers am 22.08.2005 in Köln und Niederkassel gemacht wurden. (vgl. Bl. 332 ff. d.A.)

Frage:
Können Sie den Tagesablauf Schmahlackers, der im Rahmen der o. g. Observation dokumentiert wurde, erläutern?

Antwort:
Ja. Dr. Selbach hatte von Schmahlacker einen Zwischenbericht zu den Unregelmäßigkeiten bei der Stiftung eingefordert, den Schmahlacker ihm überbrachte. Der Weihbischof war angesichts der dürftigen Ermittlungsergebnisse Schmahlackers, die der Detektiv natürlich im Vorfeld mit uns abgesprochen hatte, äußerst erzürnt und drohte, den Auftrag an einen „fähigeren" Detektiv zu übertragen bzw. sich endgültig der Polizei anzuvertrauen.

Frage:
Warum war Schmahlacker an fraglichem Tag in Begleitung des Maik Wirtz?

Antwort:
Wirtz hatte sich wohl in den Kopf gesetzt, nach der Unterstützung Schmahlackers hinsichtlich der Mordvorbereitungen an Ngabane weiterhin als Assistent des Detektivs zu arbeiten. Er folgte ihm auf Schritt und Tritt und wurde immer mehr zum Sicherheitsrisiko – obwohl er bei unseren Treffen draußen warten musste und mich weder vom Sehen noch mit Namen kannte. Wir zogen in Erwägung, auch Wirtz auf kurz oder lang aus dem Weg zu räumen. Wenn ich nunmehr gebeten werde, Schmahlackers Tagesablauf am 22.08.2005 zu rekonstruieren, gebe ich an, dass er nach dem Besuch bei Dr. Selbach und dessen Androhung zu mir ins Büro in der HohenfelsBank fuhr, um mit mir die weitere Vorgehensweise zu besprechen. Ich hatte ihn vorab gebeten, auf telefonische Absprachen zu verzichten, um einer möglichen behördlichen Überwachung des Telefonverkehrs vorzubeugen.

Zunächst wurde Schmahlacker jedoch am Empfang abgewiesen. Erst nach längerem Insistieren erzählte ihm meine Sekretärin, dass ich mich bei Udo Schmelzer in seinem Anwesen in Niederkassel aufhalte. Ich war von ihm gemeinsam mit Maria von Preysing-Osterloh zum Mittagessen eingeladen, wobei wir mit ihm über eine lukrative Vermögensanlage sprachen.
Schmahlacker suchte das Anwesen auf und erzählte uns von Selbachs Plänen. Wir mussten handeln. So kontaktierte ich das „Chamäleon“ per E-Mail, das sich noch am gleichen Tag des Problems annehmen und Dr. Selbach aus dem Weg räumen wollte – wofür es diesmal jedoch eine Million US-Dollar verlangte.
Ich unterschrieb eine entsprechende Vollmacht und bat Schmahlacker, das Geld in meiner Bank zu besorgen und im Hauptbahnhof in der Schließfachanlage zu hinterlegen.
Die Abholkarte sollte Wirtz im „Bonner Hof“ deponieren, wo sie vom „Chamäleon“ abgeholt werden konnte – was nach Aussage Wirtz’ am Abend geschah, als ein Mann, der als Zeitungsverkäufer verkleidet war, das Hotel betrat und mit den Worten „Der Auftrag ist ausgeführt, Dr. Selbach ist tot. Sie haben etwas für das Chamäleon“ die Magnetstreifenkarte für das Gepäckschließfach einforderte. Im Vorfeld hatte mich das „Chamäleon“ über den ausgeführten Auftrag und seine Verkleidung, in der er im Hotel erscheinen würde, per E-Mail informiert, so dass ich Wirtz vorab per Telefon entsprechend instruieren konnte.

Frage:
Warum sind Sie heute Nachmittag vor den Kollegen geflüchtet?

Antwort:
Ich war mir sicher, dass Ihre Kollegen alles herausgefunden hatten. Weshalb hätten Sie mich sonst aufsuchen sollen? Ich hatte dieses Bauchgefühl schon eine Weile, weswegen ich mich mit Maria auch

absetzen wollte. Als Ihre Kollegen vor meiner Anschrift eintrafen, war ich gerade dabei, mein Gepäck einzuladen. Ich wollte mit Maria nach Frankfurt fahren und von dort über die USA nach Belize fliegen, wo ich mit ihr ein neues Leben beginnen wollte.

Frage:
Möchten Sie abschließend noch etwas sagen?

Antwort:
Nein. Ich habe alles gesagt.

(...)

Angesichts dieses Skandals würde es vermutlich noch einen Aufschrei in der Presse geben – und auch noch einige Haftbefehle. Enttäuscht ging ich ins Kalker Eck und ließ mich an der Theke meines Freundes Alfons volllaufen, während im Radio der Schlagerhit „Adios Amor“ von Andy Borg erklang – ein Lied über einen Mann, dessen Frau ihm von seinem besten Freund ausgespannt worden war. Ähnlich fühlte ich mich an jenem Tag ...

Epilog – Teil II (Der Abschied)

**Pizzeria Da Gaetano,
Deutz-Kalker Str. 122, 50679 Köln-Deutz,
Mittwoch, 31. August 2005, 21:35 Uhr**

Pünktlich zum Abschluss der Ermittlungen hatte uns ein Fax der Rechtsmedizin erreicht. Die chemisch-toxikologische Untersuchung der Leiche Ngabanes hatte ergeben, dass in seinem Körper Rückstände von Tubocurare festgestellt werden konnten. Jetzt hatten sich Nina, Theo, Andríkos, Eugen, unsere drei Kaderkräfte Wolle, Hacki und Figo sowie ich uns in der Pizzeria meines alten Freundes Gaetano eingefunden. Schließlich galt es, den erfolgreichen Abschluss der Ermittlungen und Ninas Abschied zu feiern. Und dann war da noch eine dritte Sache, die es zu feiern galt: Kollege Vikelas hatte am Montag seinen Dienst wieder angetreten. Das staatsanwaltschaftliche Ermittlungsverfahren gegen ihn wegen Verdachts der Körperverletzung im Amt war aus Mangel an Beweisen eingestellt, das auf Grund dessen vom Polizeipräsidenten ausgesprochene Verbot der Dienstausübung aufgehoben worden.

Tja, es war schon eine seltsame Stimmung, die an jenem Abend in der Pizzeria herrschte. Gaetano war zwar gastfreundlich und umsorgte seine Gäste, die neben uns acht nur noch aus zwei älteren Pärchen bestanden, wie immer, dennoch merkte man ihm an, dass ihm die Festnahme unseres gemeinsamen Bekannten, des Rechtsanwalts Dr. Kai Tannenbusch, naheging. Neben ihm waren auch die übrigen in den Mordfall verwickelten und von Dr. Bürger durch dessen Geständnis belasteten Beschuldigten Udo Schmelzer, Ümit Göcök, Maik Wirtz und Uwe Schmahlacker in U-Haft genommen worden.

Auch mit meiner Exfrau würde sich die Justiz eingehend beschäf-

tigen. Ihr „Noch-Ehemann“ Stefan jedenfalls war kurzerhand aus der gemeinsamen Wohnung ausgezogen, nachdem ihre Beziehung zu Dr. Bürger bekannt geworden war.
Seitdem nervte sie mich mit ihren ständigen Anrufen und bat fast schon flehentlich um eine Aussprache. Zwar klangen ihre AB-Nachrichten tatsächlich verzweifelt, aber wie oft hatte ich sie in den vergangenen Jahren in ähnlichem Zustand angerufen, ohne dass sie mich auch nur ansatzweise erhören wollte ... Nein, diesmal würde ich standhaft bleiben. Ich war ein für alle Mal kuriert. Sie hatte sich wie eine billige Nutte an mich rangemacht, um mir vertrauliche Informationen zu entlocken. Das Schlimme war, dass ich ein weiteres Mal auf ihre Masche reingefallen war. Dafür hätte ich mich selbst ohrfeigen können.
Meine Beziehung zu Judy hatte den Ausrutscher mit meiner Ex nicht überdauert. Wir hatten uns im Verlauf eines langen Telefonats nach einem durchaus lautstarken Schlagabtausch vor ein paar Tagen getrennt. Seltsamerweise fühlte ich mich dadurch aber irgendwie befreit ...
Jetzt sinnierte ich mit meinen Kollegen noch eine Weile über den Fall.
„Was ich nicht so ganz verstanden habe, ist, warum dieser Doktor Bürger so leichtsinnig war und das Fax De Boers einfach so in den Papierkorb bei der Familie von Hohenfels geworfen hat“, sagte Nina.
„Tja, das hat ihn der Haftrichter bei der Vorführung ja auch gefragt. Haben wir bei der Vernehmung glatt vergessen. Doktor Bürger ging beim Ehepaar von Hohenfels fast täglich ein und aus, betrachtete es als sein zweites Zuhause. Der hat sich da einfach keine Gedanken drüber gemacht.“
„Interessant ist aber auch, dass dieser Czepanski seelenruhig in die Büros und Wohnungen von Doktor Selbach, Professor Prangetti und Karl-Ludwig von Hohenfels reinspazieren konnte, um

die Buden und Telefone zu verwanzen", sagte Eugen.
„Czepanski hat im Rahmen seiner Vernehmung gesagt, dass ihm in Doktor Selbachs Büro unter einer Legende in Doktor Selbachs Abwesenheit Zutritt gewährt wurde. Er hat sich wohl irgendwie als Fensterputzer ausgegeben. Nachdem er das Büro verwanzt hatte, machte er sich auf den Weg zu Selbach nach Hause und brach dort ein. Wir haben Czepanskis Wohnung durchsucht: absolut hochwertiges Einbruchsequipment und die neuesten Abhörgeräte. Ist wohl immer noch eine Art Hobby von ihm."
Theo lächelte. „So ähnlich ist er auch bei Prangetti vorgegangen. Und beim Ehepaar von Hohenfels ist er eingestiegen, als die auf einem Kurzurlaub waren. Doktor Bürger hatte schließlich einen Hausschlüssel für das Anwesen."
„Ist echt unglaublich. Komisch ist auch, dass sich die Aussage von Wirtz nicht mit denen von Schmahlacker und Bürger deckt. Nach Wirtz' Angaben wurde er schließlich von Schmahlacker überredet, bei den Mordvorbereitungen zu helfen. Wenn man Schmahlacker und Doktor Bürger hingegen Glauben schenken will, hat sich Wirtz ja regelrecht aufgedrängt ..."
„Das, Nina, werden wir wohl nie klären können. Auch wenn ich in dieser Hinsicht eher Schmahlacker und Bürger glaube. Ist doch logisch, dass sich dieser Wirtz jetzt lieber als ahnungsloses Werkzeug darstellen möchte, das von nichts wusste und nur mit viel Geld zu seinen Taten überredet wurde. Ich kann mir gut vorstellen, dass er seine Dienste angeboten hat, nachdem Schmahlacker erstmalig Kontakt mit ihm aufgenommen hatte. Schließlich hatte Doktor Bürger ja sogar behauptet, dass man überlegte, ihn aus dem Weg zu räumen. Das würde doch niemand einräumen, der uns eine Lüge auftischen wollte ..."
„Und was ist mit Ralf von Hohenfels?", wollte Nina weiter wissen.
„Was soll mit dem sein? Der wurde von niemandem im Rahmen

der Vernehmungen auch nur ansatzweise erwähnt. Wahrscheinlich hat der mit der ganzen Sache tatsächlich nix zu tun."

„Ach, komm, der muss doch was gewusst oder zumindest geahnt haben. Das kann mir doch keiner erzählen!"

„Wenn er da wirklich mit drinsteckt, hat er seinen Kopf jedenfalls vorbildlich aus der Schlinge gezogen. Dem werden wir nie was nachweisen können."

„Also kann der feine Herr sein Leben weiterhin in vollen Zügen genießen", sagte Nina kopfschüttelnd.

Nachdem Gaetano acht Gläser Sekt gebracht und Theo ihm dankend zugenickt hatte, erhob sich unser MK-Leiter von seinem Platz. „So, Ninchen, jetzt wird's aber doch mal Zeit für 'ne kleine Rede, oder?", merkte unser Chef an.

„Aber wieso? Ich hab doch noch gar keinen Geburtstag! Werd doch erst in ein paar Tagen dreißig!", protestierte sie.

„Na, was soll ich denn da sagen? Ich werd nächsten Monat vierzig!", sagte ich bitter lächelnd. Und tatsächlich: Zwar beruflich so langsam dem Gipfel der Karriereleiter nah, konnte ich privat wieder mal bei null anfangen. Das hätte ich mit zwanzig auch nie für möglich gehalten. Damals sah ich mich mit spätestens Anfang dreißig als fürsorglicher Familienvater mit zwei Kindern, einer hübschen Frau und einem schönen Reihenhaus. Nichts von meinen privaten Träumen hatte ich auch nur ansatzweise erreicht ...

Aber für meine trübsinnigen Gedanken blieb keine Zeit. Theo räusperte sich und fuhr mit seiner Ansprache fort.

„Ich habe mir wirklich viele Gedanken gemacht, Nina, um die passenden Worte für diesen Moment zu finden, der mit deinem Geburtstag nun wirklich nicht das Geringste zu tun hat. Dieser Anlass ist viel trauriger ... Aber was soll ich sagen? Dass ich niedergeschlagen bin, eine Kollegin wie dich zu verlieren? Dass ich es – rein karrieretechnisch betrachtet – für die richtige Entscheidung halte, dass du zur Pressestelle gehst? Dass wir es vermissen werden, wie fürsorglich du uns immer mit Kaffee versorgt hast und du immer ein aufmunterndes Wort auf den Lippen hattest? Ja, Nina, all das würde der Wahrheit entsprechen!

In den letzten vier Jahren, in denen du bei der MK 3 warst, hast du dich unentbehrlich gemacht. Ich gebe zu, dass ich anfangs wenig begeistert war, als Micha mir eröffnete, dass da eine junge Kommissarin namens Nina Ossendorf unsere Mordkommission verstärken sollte, deren Prüfung gerade mal vier Jahre zurücklag und die keinerlei kriminalistische Erfahrung hatte. Das kann ja nichts werden, hab ich mir in Gedanken gesagt – und bin jeden Tag aufs Neue eines Besseren belehrt worden. Du warst eine der großen Stützen unserer Truppe – und mehr als nur sympathisch. Nina, dich zu ersetzen, wird schwer. Und dich zu vergessen, wird unmöglich. Trotz allem möchte ich jetzt mein Glas auf dich erheben und dir für die Zukunft alles erdenklich Gute wünschen. Und denk dran: Wenn dich der Dieter Hesse und die anderen Heinis von der Pressestelle und vom Stab zu sehr nerven, du bist uns jederzeit willkommen! Prost!"

Theo, Andríkos (der an jenem Abend sehr schweigsam und nachdenklich war), Eugen und ich stießen nacheinander mit Nina an, die nur verlegen und wortlos lächelte. Ich sah, dass meiner Kollegin Tränen in den Augen standen.

Jetzt kam mein Part. „Theo hat eingangs ja schon gesagt, dass wir dich nicht vergessen werden. Und damit dir das auch so schwer wie möglich fällt, hat da ein Kollege noch eine Überraschung für dich ... Gaetano: Lass die Musik laufen!"

„Wird gemacht, amico!", antwortete mein alter Freund und machte sich hinterm Tresen an der Stereoanlage zu schaffen, bevor der Trude-Herr-Song „Niemals geht man so ganz" erklang und ein spindeldürrer Mittdreißiger mit Pferdeschwanz aus der Küche erschien. Damian „Dammi" Kühnert, frischgebackener

Kriminalkommissar und Nachfolger Ninas, der von Gaetanos Koch Luigi mit zwei Wunderkerzen in der Hand begleitet wurde, kam auf uns zu. Er hielt einen großen Bilderrahmen und ein Kuvert in der Hand.
„Hallo Nina“, sagte der Kollege, der uns als Praktikant Ende des Vorjahres bei der Aufklärung eines verzwickten Mordfalls entscheidend geholfen hatte, „kraft meines Amtes als dein Nachfolger ist es mir eine besondere Ehre, dir die Abschiedspräsente der Kollegen zu überreichen“, sagte er in gespieltem Amtston.
Nina betrachtete die Fotokollage, die Porträtbilder und die Unterschriften aller Mitarbeiter unseres Kommissariats zeigte und die Überschrift *Zur Erinnerung an deine Zeit bei den Todesermittlern – Bye-Bye, Nina!* trug.
Schluchzend vor Rührung öffnete sie nun den Umschlag.
„Da wolltest du doch schon immer hin“, sagte ich und lächelte. Der Wochenendtrip nach Venedig für zwei Personen hatte uns eine Stange Geld gekostet. Aber es war jeden Cent wert, den wir für unsere sympathische Kollegin und ihren Mann Pravdan ausgegeben hatten. An diesem Abend feierten wir ohne Ende. Der Wein floss in Strömen, gegen halb vier torkelte ich nach Hause. Nur gut, dass ich mir für den nächsten Tag freigenommen hatte ... Theo, Andríkos und Eugen müssten sich um die Einarbeitung unseres neuen Kollegen Dammi wohl oder übel allein kümmern, während ich erst einmal meinen Rausch ausschlief.

Epilog – Teil III (Erwischt)

**JFK International Airport, Queens, NY 11422,
Samstag, 3. September 2005, 01:28 p. m.**

New York. Endlich. Er liebte es, in dieser Stadt anzukommen. Schon der Anflug über die Freiheitsstatue auf Liberty Island war atemberaubend. Nicht zu vergessen die gigantische Skyline unzähliger riesiger Wolkenkratzer, die zwar nach „Nine-Eleven“ klaffende Wunden in ihrer Mitte aufwies, aber nichts von ihrer faszinierenden Ausstrahlung eingebüßt hatte. Es war vermutlich das letzte Mal, dass er diesen Anflug genießen würde. Seine Zeit war gekommen. Immer häufiger waren ihm Fehler unterlaufen. Erstmalig beim Mord an Trevor Edwards, dem Börsenmakler aus dem noblen Londoner Stadtteil Kensington, wo er am Tatort seine Fingerabdrücke hinterlassen hatte. Dann bei der Vernehmung durch diesen Kölner Polizisten, wo ihm doch tatsächlich der brasilianische Ausdruck „ligação“ für „Telefonanruf“ entfahren war, obwohl er in seiner Rolle als Priesterschüler Souza da Santa Maria angegeben hatte, bis auf Deutschland und seine angebliche Heimat Portugal noch nie ein anderes Land der Welt bereist zu haben. Gott sei Dank war das diesem einfältigen Kommissar Merzenich nicht aufgefallen – was für ihn jedoch kein Trost war ...
Nein, mit seinen zweiundvierzig Jahren war er seines Jobs als Auftragskiller überdrüssig und war ihm auch gar nicht mehr gewachsen. Er hasste es, in immer neue Verkleidungen und Rollen zu schlüpfen, um unerkannt zu bleiben. Ständig dieses Versteckspielen. Außerdem würde ihm bald auch niemand mehr seine diversen „jugendlichen“ Rollen, wie die eines Mannes Ende zwanzig, abnehmen. Dafür waren seine Gesichtsfurchen trotz professionellen Make-ups zu deutlich und seine Stimme zu alt und rau.
Rui Venâncio Brinkmeyer verließ die Lufthansa-Maschine, die

aus Frankfurt am Main über den großen Teich gekommen war. Zuvor hatte er nochmals alle Register seines Könnens gezogen. Mit Koffern voller Geld, dem „Honorar“ für die Ermordungen Ngabanes und des Weihbischofs, hatte er sich nach einer Fahrt mit dem ICE von Köln nach München – als italienischer Geschäftsmann Cesare Zanollo getarnt – einen Mietwagen genommen und war nach Vaduz im kleinen Fürstentum Liechtenstein gefahren, wo er das gesamte Geld auf sein dortiges Nummernkonto einzahlte. Ebensolche millionenschwere Konten besaß er noch auf den Bahamas sowie auf Malta, zwei weiteren verschwiegenen Steueroasen.

Von Liechtenstein aus war er nach Zürich gefahren, von wo aus er nach zwei Übernachtungen im „Hotel Marriott“ mit „Air Malta“ nach Valletta geflogen war, der romantischen, mittelalterlichen Festungsstadt auf dem kargen Mittelmeerfelsen.

Er hätte sich durchaus vorstellen können, hier alt zu werden. Aber da Malta seit einem Jahr zur EU gehörte, würde es für einen international gesuchten Auftragskiller um einiges schwieriger, sich und sein Geld dort verborgen zu halten.

So war er ein letztes Mal in die Rolle des katholischen maltesischen Priesters Guzeppi Fenech geschlüpft, nachdem er sein dortiges Konto geräumt und den gesamten Betrag auf das Nummernkonto in Nassau transferiert hatte.

Er liebte es ohnehin, sich als Geistlicher zu verkleiden, da in diesen Gewändern niemand einen eiskalten Killer wähnte. Noch mehr liebte er diese Rolle. Sie gab ihm schließlich die notwendige Möglichkeit zur Authentizität, die für seinen Beruf unabdingbar war, indem er den staunenden Mitreisenden nachweislich davon berichten konnte, dass er als Malteser zum wohl einzigen römisch-katholischen Volk Europas gehörte, das dank seiner kuriosen Sprache mit englisch-italienisch-arabischem Einfluss zu „Allah“ betete.

Ja, diese Rolle und die Herzlichkeit der Malteser, die er immer wieder gerne in Anspruch genommen hatte, wenn er sich nach einem „Einsatz" für ein paar Wochen mit einem jungen Mädchen in eines der prachtvollen alten Häuser mit ihren verzierten Erkerbalkonen zurückzog, um mit allen Sinnen zu entspannen, waren ihm über die Jahre ans Herz gewachsen. Aber Malta würde er nie wieder sehen.

Vor Monaten hatte er mit einem Makler Kontakt aufgenommen, der ihm eine Ranch in Wyoming verkauft hatte. Hier, am Fuße des wildromantischen Grand Teton Peak, des zweithöchsten Bergs des Bundesstaats, würde er sich der Bisonzucht widmen – fernab von den Menschen, die er seit Jahren schon verachtete und für die er keinerlei Verständnis mehr aufbrachte.

Für ihn gab es – bis auf wenige Ausnahmen – eigentlich keine Unschuldigen. Selbst die Straßenkinder Rios, die er mit Erbarmungslosigkeit gejagt und umgebracht hatte, waren in seinen Augen nichtsnutzige Parasiten und Störenfriede, die es auszurotten galt – weswegen er von vielen als mordlüsterner, eiskalter Sadist betrachtet wurde.

Dabei konnte er durchaus auch Mitgefühl zeigen, wenn auch nur für einen Bruchteil der Menschheit oder seiner zahlreichen Opfer. Diese Welt mit ihrer Gier nach Reichtum und Macht war ihm verhasst, weswegen er es als seinen Beitrag zum Erhalt der Schöpfung betrachtete, wenn er das unnütze Leben eines der Mitglieder dieser misslichen Gemeinschaft auslöschte. Aber gerade deshalb widerstrebte es ihm auch im Grunde genommen, Idealisten wie Karl-Ludwig von Hohenfels, Prof. Prangetti, Bartholomé Ngabane oder Dr. Selbach für Geld zu ermorden. Sie waren mit ihrer Uneigennützigkeit schließlich ein Lichtblick am dunklen Horizont. Es war ihm schwergefallen, die Bremsschläuche an von Hohenfels' Jeep zu manipulieren oder sich als französischer Bergtourist Jean Ravier das Vertrauen des arglosen und lie-

benswerten Professors Prangetti zu erschleichen. Als er bei der gemeinsamen Bergtour letztendlich nach seinem Blasrohr griff, zitterten seine Hände.
Ähnlich ging es ihm bei Dr. Selbach, als er an dessen Wohnungstür klopfte und sich unter dem Vorwand, für einen Nachbarn, der nicht öffnete, ein Paket zu haben, Zugang zur Wohnung verschaffte.
Nach der durchaus riskanten ED-Behandlung und den Zollformalitäten würde er seinen alten Bekannten „Rasta Jack" aufsuchen, der in einem verfallenen Brownstone-Haus an der Lenox Avenue im Stadtteil Harlem eine Fälscherwerkstatt betrieb.
Rasta Jack war mehr als ein Fälscher. Er war ein Künstler. Ob indischer Reisepass, kuwaitischer Führerschein oder bolivianische Geburtsurkunde. Für genügend „Kleingeld" konnte er jegliches Dokument fertigen, das selbst ein absoluter Experte erst beim fünften oder sechsten Hinsehen als Fälschung entlarven würde. Seit Jahren arbeitete er eng mit Rasta Jack zusammen, der ständig bekifft war. Er hatte ihm alle Identitäten verpasst, auch die von Jeff Carlsson, der die Ranch in Wyoming erworben hatte. Tja, er würde den Führerschein und den Sozialversicherungsausweis, die auf Jeff Carlsson ausgestellt waren und die er vorsichtshalber in einem Bankschließfach in Manhattan aufbewahrte, abholen und unter dieser Identität fortan weiterleben – wenn er denn endlich seinen letzten Mord, diesmal in eigener Sache, begangen hatte.
Er brauchte die Dienste des Fälschers nicht mehr. Und er konnte kein Risiko eingehen, durch irgendeinen blöden Zufall dank seines Mitwissers doch noch entlarvt zu werden.
Also musste er ein letztes Mal sein Blasrohr mit einem Giftpfeil bestücken und auf den Hals seines Opfers zielen. Danach stand seinem neuen, friedfertigen Leben als Büffelzüchter nichts mehr im Wege. Unter der schwarzen Soutane war ihm warm. Freundlich lächelnd, aber dank der bevorstehenden Einreisekontrolle,

bei der auch seine Fingerabdrücke genommen würden, durchaus angespannt, drängte er sich durch den mithilfe von Absperrbändern abgesteckten, labyrinthartigen Weg zu der langen Schalterreihe der „CBP", der „U.S. Customs and Border Protection". Das laute Gewühl von Geschäftsreisenden und Touristen, das sich mit ihm im Schneckentempo durch den „Irrgarten" zwängte, machte ihn nur noch nervöser. Als er endlich das Ende des Zugangs erreicht hatte und als Erster in der Warteschlange stand, wurde er mit einer knappen Handbewegung zu dem Schalter herangewunken, der von einem korpulenten, jedoch muskulösen Weißen mit rotblonder Flattop-Frisur und Schnauzbart besetzt war. Wie die übrigen Beamten an den anderen Schaltern trug auch er die nachtblaue Uniform und die im Neonlicht glänzende Dienstmarke eines Officers des US-Zolls auf der Brust.
Nur gut, dass er in einem unbeobachteten Augenblick die Fingerabdrücke des Züricher Zimmermädchens von der Türklinke seines komfortablen Einzelzimmers im Hotel Marriott am Neumühlenquai am Ufer der Limmat kopiert und mithilfe hauchdünnen Ballistikgels auf seine Fingerkuppen aufgetragen hatte ...

Officer Hank O'Reilly, der korpulente rotblonde Zollbeamte mit Flattop-Frisur und exakt gestutztem Schnauzbart, hasste die Wochenendschichten am JFK. Darüber hinaus lagen ihm die vier Cheeseburger, die „Diet Coke" und die beiden Donuts schwer im Magen, die er in der Mittagspause zu sich genommen hatte. Statt mit seinem jüngsten Sohn eines der Vorbereitungsspiele der New York Jets gebannt zu verfolgen oder den sonnigen Tag mit der gesamten Familie beim Barbecue mit Spare Ribs und einer eiskalten Flasche „Bud" im Garten hinter seinem kleinen Vorstadthäuschen in Garden City, Nassau County, New York, zu verbringen, musste er hier diese ganzen Eindringlinge in Emp-

fang nehmen und kontrollieren. Seit den Terroranschlägen vom 11. September beinhaltete das auch das Einscannen von Fingerabdrücken und die Fertigung von Lichtbildern jedes Einzelnen. Für ihn waren sie alle Eindringlinge, die allesamt mit unlauteren Absichten in die Vereinigten Staaten einreisten. Ein Teil von ihnen wollte am amerikanischen Wohlstand partizipieren. Andere wiederum, diese verfluchten muslimischen Kameltreiber-Terroristen aus Afrika und Arabien – wie er zu sagen pflegte –, wollten ihnen die Häuser unterm Hintern wegbomben. „Nine-Eleven" hatte ja gezeigt, zu was sie imstande waren.
Wenn es nach ihm gegangen wäre, hätte man einen riesigen Zaun um sein so sehr geliebtes Heimatland gezogen. Deshalb war er ein glühender Anhänger des Präsidenten George W. Bush und dessen Republikanischer Partei. Die Errichtung des Heimatschutzministeriums, zu dem nun auch der Zoll gehörte, und die Verabschiedung des „Patriot Act", der unter anderem die Einreisebedingungen drastisch verschärfte, hatte er euphorisch begrüßt. Die Einzigen, die er halbwegs mochte, waren die Touristen und Geschäftsreisenden aus Europa. Die Deutschen, Franzosen und Engländer waren gar nicht so übel und den Amerikanern – weshalb auch immer – sogar relativ ähnlich. Dafür, dass dieses Europa, das in der Nähe Irlands, der Insel seiner Vorfahren, lag, ja wohl nur ein Anhängsel dieses Schlitzaugen-Kontinents Asien war, sahen die alle verdammt weiß aus, dachte er jedes Mal erstaunt.
Aber Hank war kein Experte in Erdkunde, Geschichte oder Politik. Er wusste gerade mal, wo New York, New Jersey, Connecticut und die Staatsgrenze zu Kanada lagen – das reichte für seine Tätigkeit ja auch aus. In seinen vierundvierzig Jahren auf Gottes Erde war er auch gut ohne allzu viel Wissen über die Runden gekommen, dank seiner überaus guten Spürnase.
Sergeant Bill Koehler, sein Supervisor während der langjährigen

Dienstzeit beim Nassau County Police Department, hatte mal einen Satz zu ihm gesagt, den er zwar nie ganz verstanden, den er sich aber gut gemerkt hatte:
„Hank, du hast zwar nicht alle Lampen an, aber dein Zinken ist der eines Bluthundes.“
Tja, und sein Instinkt hatte ihm auch diesmal geholfen. Vor ein paar Tagen hatten die Kollegen des NYPD und die Agents des FBI New York Field Office nach einem anonymen Tipp die Fälscherwerkstatt des Haitianers Jacques Trudeau, genannt „Rasta Jack“, bei dem man Aufzeichnungen über diverse Kunden, Dokumentvorlagen für Ausweise und Pässe sowie Listen verschiedener Aliaspersonalien fand, gestürmt und durchsucht.
Trudeau packte aus, nannte Kunden und Adressen. Ihr Schichtleiter Brad Turner hatte ihnen diverse Aliaspersonalien genannt, auf die von Rasta Jack gefälschte Pässe ausgestellt worden waren. Wie der Zufall es wollte, hatte Hank als Erster bemerkt, dass ihr Computer beim Abgleich der Passagierliste des Lufthansa-Flugs LH 400 aus Frankfurt, planmäßige Ankunft 12:45 Uhr mittags, einen Namen von Rasta Jacks Liste erkannte:

Guzeppi Fenech

Jetzt hieß es warten und alle Passagiere freundlich aber bestimmt zu begrüßen, ihre Pässe und Fingerabdrücke einzuscannen sowie Fotos von ihnen zu machen.
Nachdem er ihn herangewunken hatte, stand jetzt ein Priester in schwarzer Soutane vor ihm und lächelte verlegen.
"Welcome to the United States, Father. May I see your passport, please?“, fragte der CBP-Officer freundlich und arglos.
Erst, als er das kleine Passbüchlein mit der Aufschrift Repubblika ta' Malta aufschlug und allen Ernstes den Namen Guzeppi Fenech las, schlug sein Herz höher. Es war tatsächlich einer der

Kunden Trudeaus, der auch noch die Dreistigkeit besaß, sich als Mann Gottes zu verkleiden.

In Hank, einem gläubigen Katholiken, stieg Wut auf.

Er wusste ja noch nicht, welcher Fang ihm da ins Netz gegangen war. Noch nicht ...

– ENDE –

+++ *Peter Merzenich kommt zurück in*
„Kein schöner Land – Mord in Waldbröl“

Danksagung

Besonderer Dank gilt meiner geliebten Frau Sonja, die mich von jeher nach Kräften unterstützt und mir immer der kritischste aller Lektoren war.

Weiterhin wäre die Buchreihe in dieser Form wohl auch nicht zustande gekommen, wenn mich mein alter Freund Mark Liebrecht nicht tatkräftig mit seinen inhaltlichen Korrekturen „auf den rechten Weg“ geführt hätte. Ferner war er es, der für das Design der diversen Zeitungsartikel dieses Bandes verantwortlich zeichnete.

Des Weiteren möchte ich mich recht herzlich bei Kriminalhauptkommissarin Dorothee „Doro“ Christmann, Mordkommissionsleiterin beim KK 11 des PP Köln, für ihr fundiertes fachspezifisches Lektorat bedanken.
Doro Christmann hat es sich trotz ihres zeitintensiven Berufs nicht nehmen lassen, dafür zu sorgen, dass die Arbeitsabläufe einer Mordkommission durch mich so realitätsnah wie möglich geschildert werden konnten – und das in allen zwölf Romanen der Peter-Merzenich-Reihe (und trotz gefühlter 1000 nerviger Anrufe mit allerlei Detailfragen, die sie jedoch mit regelrechter Engelsgeduld beantwortet hat). Tausend Dank, Frau Kollegin!

Darüber hinaus möchte ich mich bei meinem lieben Kollegen Harald Ratzka bedanken, mit dem ich für einige Monate zusammenarbeiten durfte und der mit seinem Lektorat die letzten Unstimmigkeiten im Plot auszuräumen vermochte.